Spion aan de hemel

Len Deighton

Spion aan de hemel

derde druk

1991 – De Boekerij – Amsterdam

Oorspronkelijke titel: Twinkle, Twinkle Little Spy
Vertaling: J. Pasman
Omslagontwerp: Pieter van Delft / ADM International
Omslagfoto: ABC Press

CIP-GEGEVENS KONINKLIJKE BIBLIOTHEEK, DEN HAAG

Deighton, Len

Spion aan de hemel / Len Deighton ; [vert. uit het Engels door J. Pasman]. – Amsterdam : De Boekerij
Vert. van: Twinkle, twinkle, little spy. – London : Cape, 1976. – Oorspr. Nederlandse uitg.: Amsterdam [etc.] : Elsevier, 1976.
ISBN 90-225-1203-7
NUGI 331
Trefw.: romans ; vertaald.

'Ik heb te veel van de sterren gehouden om nog bang te zijn voor de nacht.'

Grafschrift van een onbekende astronoom

'En nog iets anders . . . als ze zo bezig blijven staan daar over een paar jaar nog eens een miljoen sterren bij – voldoende spionage-satellieten om ons allebei overbodig te maken.'

(blz. 8)

Hoofdstuk een

'Moet je eens ruiken,' zei majoor Mann.
Ik snoof. 'Ik ruik niets,' zei ik.
'Dat bedoel ik nou,' zei Mann. Hij krabde zich en grijnsde. 'Geweldig, hè?'
Er valt weinig te ruiken als je bijna tweeduizend kilometer diep in de Algerijnse Sahara zit; weinig te ruiken, weinig te doen, weinig te eten.
Voor reizigers die alleen de zwembaden en de airconditioning van de staatshotels langs de noordzoom van de Sahara kennen, is Adrar een klap in het gezicht. Het hotel hier heeft alleen maar potdichtgeschoven gordijnen om de toeristen tegen de zon te beschermen en het personeel twist luidruchtig over de vraag wiens beurt het nu is voor de siësta op de koele stenen vloer van de receptiehal. Alleen Europeanen blijven de hele dag wakker, met name vier gebaarde Oostenrijkers die in de geblindeerde eetzaal dag en nacht zaten te kaarten. Ze wachtten op een nieuwe brandstofpomp voor hun vrachtwagen. Tussen twee spellen door klokten ze zoete, lauwe cola naar binnen. Alcohol werd niet verkocht en roken werd ook niet gewaardeerd.
Zelfs op deze winteravond straalden de stenen en het zand nog de hitte van de woestijndag uit.
Er was geen maan, maar de sterren waren zo helder dat we gemakkelijk onze auto's konden zien, hoog opgetast met voorraden en de sextant en een reclamebord waarop 'Dempsey's Woestijntochten' stond. Ze stonden geparkeerd op het reusachtige hoofdplein van Adrar. Mann liep om de voertuigen heen om zich ervan te vergewissen dat de voorraden niet geplunderd waren. Dat was niet waarschijnlijk want we stonden voor het politiebureau.
Mann bleef staan en leunde tegen de Landrover. Hij haalde een doosje dunne sigaren te voorschijn; er zaten er nog maar vier in.
'Moet je die sterren zien,' zei hij.
'De melkweg – ik heb hem nog nooit zo goed kunnen zien. Een ruimteschip met een snelheid van 150 000 km per uur heeft

670 miljoen jaar nodig om de melkweg over te steken,' zei ik. 'Er staan daar zo'n honderdduizend miljoen sterren.'

'Hoe weet je dat?' vroeg Mann. Hij stak een sigaar in zijn mond en begon erop te kauwen.

'Gelezen in de *Reader's Digest Atlas*.'

Mann knikte. 'En nog iets anders . . . als ze zo bezig blijven staan daar over een paar jaar nog eens een miljoen sterren bij – voldoende spionagesatellieten om ons allebei overbodig te maken.'

'Als spionnen flonk'rend aan de hemel staan,' zei ik.

Mann keek me aan om te zien of ik me aan insubordinatie bezondigde. 'Laten we maar weer naar binnen gaan,' zei hij ten slotte. Hij besloot zijn sigaar nog maar niet aan te steken en borg hem weer weg. 'Ik trakteer op een flesje Algerijnse limonade.' Hij lachte. Mann was net een kleine, keurig geklede gorilla: dezelfde zware wenkbrauwen, dezelfde diepliggende ogen en lange armen – en hetzelfde gevoel voor humor.

De eetzaal is groot en hoewel de grote ventilatoren niet draaiden, was het de koelste plek honderden kilometers in de omtrek. De muren zijn lichtblauw gekalkt en grofgeweven gestreepte kleden liggen op de vloer en hangen aan de muren. Boven ons hoofd bonkte het houten plafond als een paar jungletrommels als er iemand op de eerste etage liep. We hoorden het plotselinge gebrul van de douche en het onvermijdelijke razende gerammel van de afvoer. We hielpen onszelf aan limonade en legden het geld op de kassa.

'Dat Engelse etter neemt om de vijf minuten een douche.'

'Ja, ongeveer om de vijf minuten,' was ik met hem eens. Majoor Mickey Mann, voorheen van de legerverbindingsdienst van de vs, nu b.d., CIA-expert op het gebied van Russische elektronica en tijdelijk mijn baas, had in de hitte van de dag geen tekenen van ongemak vertoond ondanks zijn strakgeknoopte das en lange broek. Hij hield me zorgvuldig in de gaten zoals altijd als hij kritiek leverde op mijn landgenoten. 'Dat Engelse etter heeft een metalen plaat in zijn schedel, een been vol Duitse granaatsplinters en is eenenzestig jaar,' zei ik zacht.

'Berg de gevoelige snaar maar weg, maat – wil je me aan het huilen maken?'

'Je behandelt Dempsey of hij debiel is. Mag ik je helpen herinneren dat hij vier jaar bij de Long Desert Group was? Hij woont een dikke dertig jaar in Algerije, spreekt Arabisch, kent alle lokale dialecten en als we echt in moeilijkheden raken in de woestijn hebben we hem nodig om die sextant te gebruiken.'

Mann bromde iets. Hij ging aan het tafeltje zitten en begon met het Zwitserse legerzakmes te spelen dat hij in de souvenirwinkel op het vliegveld van Genève had gekocht. 'Als het vanavond weer gaat waaien . . . ,' hij balanceerde het mes op het stompe eind, 'wordt de weg naar het zuiden onbegaanbaar. En ik heb jouw vriendje Percy niet nodig om me dat te vertellen.'

'Ook met de Landrover?'

'Heb je die drietonner niet gezien? Tot aan de assen erin.' Hij liet het mes los en het bleef perfect in evenwicht staan. 'Als dat zand een drietonner vast kan houden, wordt een Landrover helemaal begraven.'

'Ze bleven maar gasgeven,' zei ik. 'Op die manier begraaf je jezelf.'

'Je hebt zeker het hoofdstuk "Kamperen in de woestijn" uit het padvindershandboek zitten lezen,' zei Mann. Met een klap liet hij het knipmes weer op de tafel neer komen en weer bleef het in evenwicht staan. 'En hoe dan ook,' voegde hij eraan toe, 'hoe weten we dat Ruskie in staat is een auto met aandrijving op de vier wielen te stelen? Hij kan wel proberen hierheen te komen in een Moskovitsj sedan, voor zover wij weten.'

'Zo stom kan hij toch niet zijn?'

'Het intellect van professor Bekuv wordt niet algemeen bewonderd,' zei Mann. 'In de tijd dat hij tot de Russische wetenschappelijke delegatie bij de vn hoorde publiceerde hij twee artikelen over kleine mannetjes in vliegende schotels en verwierf zich een reputatie als mafketel.'

'Overlopende mafketels krijgen niet het groene licht van het departement,' zei ik.

'Het speuren naar berichten van kleine mannetjes in vliegende schotels was waarschijnlijk de aanleiding voor zijn onderzoek naar masers,' zei Mann. 'En Bekuv is een van de topexperts op het gebied van masers.'

'Ik ben er niet eens zeker van dat ik weet wat een maser is,' zei ik.

'Je hebt de Technische Instructie toch gelezen?'

'Twee keer,' zei ik. 'Maar niet zo dat ik er iets van begrepen heb.'

'Maser,' zei Mann. 'Het is een acrostichon – een letterafkortingen woord. M is microgolf, A is amplificatie, S is stimulering, E is emissie en R staat voor radiatie.'

'Mag ik aantekeningen maken?'

'Luister, sufferd. Het zet elektromagnetische radiatie, straling – van een brede reeks verschillende frequenties – om in een zeer krachtig versterkte, coherente microgolfstraling.'

'Heeft het iets met een laser te maken?'

'Nou, een maser is een laser maar een laser is niet noodzakelijkerwijs een maser.'

'O ja, dat raadsel ken ik. "Tis niet me broer, tis niet me zus . . .".'

'Je begint er iets van te begrijpen,' zei Mann.

'Iemand moet zich razend interesseren voor masers,' zei ik, 'anders hadden ze ons niet hierheen gestuurd om voor Bekuv de loper uit te leggen.'

'Of ze zijn geïnteresseerd in vliegende schotels,' zei Mann.

'Als die Rus dan zo'n idioot is, waarom geloven ze dan dat hij in staat is uit die Russische vestiging te ontsnappen, een betrouwbare auto te stelen en dat hele eind hierheen af te leggen om ons te spreken?'

'Begrijp me niet verkeerd, makker. Bekuv is net zo mesjogge als Albert Einstein. Hij mag dan een vliegende-schotelfreak zijn, maar toen hij in New York bij die wetenschappelijke handel van de VN zat, rapporteerde hij aan de KGB. Hij werd lid van het 1924-Genootschap – misschien zijn het mafketels, maar een aantal topgeleerden zijn ook lid. Bekuv wilde maar al te graag lange verhandelingen voorlezen over smoespartijtjes van Russische geleerden met het galactische plasma, maar hij luisterde ook heel goed als ze hem vertelden over hun onderzoek met radiotelescopen en elektromagnetische golftransmissies.' Majoor Mann streek met zijn vingers door zijn piekerige haar dat met de dag grijzer werd sinds hij het laatste van zijn donkere spoeling had verbruikt. Bijna onbewust duwde hij zijn haar over de kalende plek op zijn achterhoofd. 'Professor Bekuv was een spion. Vergeet dat nooit. Hoe je het ook voorstelt, vrije uitwisseling van wetenschappelijke kennis of zo, Bekuv wist heel knap een heleboel meer op te graven dan roddels over vliegende schotels.'

Ik keek Mann aan. Ik heb plenty van zulke mannen gezien, over de hele wereld, van Shetland tot Alaska, en ook overal in Communistisch Algerije: rusteloze Amerikanen, met schone overhemden en geteisterde levers, nauw hoorbare accenten afgestompt door een leven van reizen en trekken. Je zou gemakkelijk kunnen geloven dat deze taaie vijftiger een *condottiere* van de olievelden was – en dat stond ook in zijn nieuwe paspoort geschreven.

'Waar ging Bekuv in de fout?' vroeg ik.

'Naar Mali gestuurd te worden in het kader van de sovjethulp aan onderontwikkelde Afrikaanse landen . . . plaatsvervangend hoofd van een delegatie van zes sovjetgeleerden?' Majoor Mann reikte naar zijn heupflacon. Hij keek de eetzaal rond of nieman hem zag voordat hij een scheut wishky in zijn zoete, Algerijnse cola deed. 'Niemand weet het zeker. De meest recente uitleg is dat zijn vliegende schotels enigszins pijnlijk voor de Russische Academie van Wetenschap begonnen te worden en dat ze hem voor een tijdje hier naar toe hebben gestuurd om na te denken over de politieke realiteit.'

'Ik dacht dat de Russen zo enthousiast waren over vliegende schotels,' zei ik. 'Hoe zit het dan met die grote radiotelescoop die ze in het noorden van de Kaukasus hebben gebouwd – de RATAN-600?'

'Nu worden de peilloze diepten van je onwetendheid duidelijk,' zei Mann. 'Er is een wereld van verschil tussen respectabel wetenschappelijk onderzoek naar signalen van buitenaardse intelligenties in de ruimte en het volkomen knotse waarnemen van ongeïdentificeerde vliegende voorwerpen of de ufologie zoals die science-fictiongekken het noemen.'

'Ik ben blij dat je me dat hebt verteld,' zei ik, Manns aanbod van de heupfles wegwuivend. 'En dus werd Bekuv van de ladder afgeschopt naar het ontwikkelingshulpprogramma en daarom heeft hij besloten over te lopen. Tja, het past allemaal keurig in elkaar.'

Mann slikte zijn borrel weg en zijn grimmige glimlach was een erkenning dat een dergelijk oordeel in onze kringen zelden als een compliment is bedoeld. 'Precies,' zei hij.

'Wie het eerst onder de douche staat heeft gewonnen,' zei ik. Toen ik opstond zag ik dat zijn zakmes helemaal niet op het stompe eind balanceerde; hij had de korte schroevedraaier in het hout gedreven.

Hoofdstuk twee

De Transsahara Hoofdweg is een spoor dat naar het zuiden voert,
via In-Salah en Tam, tot de Atlantische Oceaan. Maar wij gebruikten een andere transsahara; de minder bekende route die er
vele mijlen naar het westen parallel aan loopt. Dit was de weg
naar de minst bekende gebieden van Afrika. Dit was de weg naar
Gao en Bamako, de hoofdstad van het door land omsloten Mali.
Dit was de weg naar Timboektoe.

Het was de volgende morgen kwart over vier toen we het hotel in
Adrar verlieten. Mann en Percy reden in de landrover. Ik volgde
in de vw-bus met Johnny, een chauffeur van 'Dempsey's Woestijntochten'. In de sombere woestijnnacht reden we over de markt.
Het was verdomd koud en de chauffeurs droegen wollen mutsen
en hadden sjaals om. De grote vrachtwagens die de woestijn in
konvooi oversteken, beladen met gedroogde vis en sinaasappelen,
stonden op het punt om weg te rijden. Een van de chauffeurs gebaarde dat we konden passeren. Overleven is iets dat woestijn-
reizigers gemeen hebben en je weet nooit wanneer je een vriend
nodig hebt.

We bogen af naar het zuiden. Ik volgde de achterlichten van de
Landrover. De weg voerde over hard zand en we schoten goed
op langs de ruwgeschilderde borden die naar verre dorpen wezen.
Op sommige plaatsen was los zand op het spoor gestoven en elke
keer als ik de achterlichten van de Landrover zag opwippen,
remde ik; maar het stuifzand was nog niet aangegroeid tot die
bulten die een as in tweeën kunnen breken.

De grijsmetalen lucht werd lichter en gloeide rood op aan de
horizon; als een thermische lans boorde de zon er een witheet gat
in. Deze weg voerde langs de rand van de grootste zandzeeën van
de Sahara. Naar het westen ontrolde zich de horizon als een door
storm geteisterde oceaan, maar naar het oosten was het land vlak
en eentonig, zo grauw en hard als beton. Soms passeerden we
kudden door de motten aangevreten kamelen, de bodem krabbend
op zoek naar een hap doornstruif of een bekvol groen. De zuid-

12

route was aangegeven door kleine steenhopen. Vaak kwamen we een Arabier tegen op een wrakkig beest, zo klein en gebogen dat de voeten van de ruiter bijna de grond raakten. Eenmaal zagen we een Arabisch gezin dat bezig was de lasten op de zadels van drie kamelen opnieuw te pakken. We zagen geen gemotoriseerd verkeer.

Adrar lag drie uur achter ons toen we het einde van het spoor bereikten. Zes geblutste olievaten blokkeerden de weg en een zongebleekt houten bord gaf aan dat we nu, voor een omleiding van de aangegeven route, de bandensporen moesten volgen.

De Landrover hobbelde de harde berm af en wierp wolken stofzand op toen de wielen slipten op een plek los zand. Mijn gladde banden kregen greep op het zand en volgden de bandensporen. Ik bleef vlak achter de anderen, beide wagens direct in lijn om de problemen bij het lostrekken te vereenvoudigen, er bestond weinig twijfel over dat ik degene was die vast zou komen te zitten. De aandrijving op alle vier de wielen zou hen geen last met dit zand bezorgen.

De omleiding werd om de honderd meter of zo aangegeven door een geroest olievat. Sommige waren omgewaaid en ver weggerold van de oorspronkelijke plaats. Twee waren bijna begraven in stuifzand. Het was gemakkelijker om de bandensporen in de gaten te houden.

Na ongeveer acht kilometer hield de Landrover stil. Mann stapte uit en kwam op me toelopen. Het was volledig dag nu en zelfs met zonnebril moest ik mijn ogen dichtknijpen tegen het licht dat door het zand weerkaatst werd. Het was nog vroeg in de ochtend, maar nu we gestopt waren voelde ik de zonnehitte en rook ik het warme rubber, de vervluchtigende benzine en de after-shave lotion van Mann.

'Hoe ver was het laatste vat?' vroeg Mann.

'Een paar honderd meter.'

'Precies en vóór ons zie ik er geen meer. Jij blijft hier. Ik kijk een beetje rond.'

'En als we de bandensporen volgen?' vroeg ik.

'Beroemde laatste woorden,' verklaarde Mann. 'Dat soort sporen leiden je de zandzee in en uiteindelijk kom je op een plek waar ze omdraaien en weer teruggaan.'

'En waar gaan die sporen dan naar toe?'

'Naar een niet meer gebruikt kamp van olieprospectors of naar een dumpplaats van een dievenbende.'

'Deze sporen lijken nog vers,' zei ik.

'Ja,' zei Mann. Hij schopte tegen een van de randen van het samengedrukte zand. Het was zo hard als beton. 'Net als de tanksporen in het zuiden van Libië – die zijn er al sinds Rommel.'

Ik keek op mijn horloge.

Mann zei: 'Ik hoop maar dat naar het zuiden de omleiding goed is aangegeven, anders komt die Rus langs scheuren, terwijl wij hier vastzitten in die eierwekkerfabriek.'

Op dat moment stapte Percy Dempsey uit de Landrover en hinkte op ons toe. Hij was een merkwaardige figuur met zijn flaphoed, wollen vest, wijde korte broek en beenwindsels.

'Jezus,' zei Mann. 'Daar heb je Miss Marple.'

'Zeg – beste kerel,' zei de oude man. Het kostte hem moeite onze namen te onthouden. Misschien omdat we ze zo vaak veranderden. 'Ik bedoel . . . eh . . . meneer Antony. U vraagt zich zeker af hoe het met de weg verder gaat?'

'Ja,' zei ik. Mijn naam was Antony; Frederick L. Antony, toerist. Dempsey knipperde. Hij had een zacht, baby-achtig gezicht, soms zijn oudemannengezichten zo. Zijn blauwe ogen werden waterig nu hij zijn zonnebril had afgezet.

Mann zei: 'Maak je geen zorgen, opoe, we komen er wel uit.'

'Verderop langs het spoor staan weer olievaten,' zei de oude man.

'Hoe weet je dat?' vroeg Mann.

'Ik kan ze zien,' zei de oude man.

'Japa,' zei Mann. 'Hoe komt het dan dat ik ze niet zie, en mijn maat hier ook niet?'

'Ik gebruik mijn verrekijker,' zei de oude man verontschuldigend. 'Waarom zei je godverdomme niet dat je een verrekijker had?' zei Mann.

'Ik heb hem nog aangeboden, even buiten Oran. Maar u zei dat u niet van plan was naar de opera te gaan.'

'Laten we gaan,' zei Mann. 'Ik wil het kamp opzetten voor de zon te hoog staat. En we moeten nog een plek zoeken waar Ruskie ons kan zien vanaf de weg.'

Dempsey's Woestijntochten-vw-bus was uitgerust met twee voor-

14

tenten die een behoorlijke schaduwplek verschaften. Boven het dak was een nylondoek strak gespannen dat voorkwam dat het zonlicht direct het dak raakte en daardoor de bus in de gebruikelijke oven veranderde.

De helderoranje vlakken waren kilometers ver te zien. De Rus ontdekte ze zonder moeite. Hij was zonder stoppen komen rijden van een of andere proefboring langs de Niger ten oosten van Timboektoe. Het was een afschuwelijke tocht over armzalige sporen en open terrein, hij bereikte het eindpunt in de felle hitte van de voormiddag.

De Rus was een midden-veertiger met een gezicht als het blad van een bijl. Hij was lang en slank met gemillimeterd zwart haar dat geen spoortje grijs vertoonde. Zijn donkere pak was slobberig en bevlekt, het jasje droeg hij over een gespierde schouder. Zijn roodgeblokte hemd was ook vuil en het gouden potlood in de borstzak was daarom des te opvallender. Bleekblauwe ogen waren bijna verzegeld door stofzand en zijn gezicht vertoonde diepe lijnen en merkwaardige vlekken, net bloeduitstortingen, die vaak met totale uitputting samengaan. Zijn gespierde armen waren donkerbruin verbrand.

Majoor Mann opende de nylon tentdeur en gebaarde naar de passagiersstoelen van de vw-bus en het vaste tafelblad ertussen. Ondanks de getinte ruiten was de plastic bekleding gloeiend. Ik ging tegenover de Rus zitten en keek toe hoe hij zijn zonnebril afzette, geeuwde en zijn neusvleugel krabde met een autosleuteltje. Het was typerend voor Manns sluwheid en voor zijn opleiding, dat hij de Rus geen rust gunde. In plaats daarvan schoof hij een glas en een thermoskan met water en ijsblokjes naar hem toe. Met een knappend geluid draaide Mann de schroefdop van een halveliterfles whisky los en schonk onze gast royaal in. De Rus keek Mann aan en schonk hem een flauwe glimlach. Hij schoof de whisky opzij en greep een handvol ijsblokjes uit de thermoskan en wreef ermee over zijn gezicht.

'Hebt u een I.D.?' vroeg Mann. Als om zijn gezicht te redden schonk hij voor zichzelf en voor mij whisky in.

'Wat is een I.D.?'

'Identificatie. Paspoort, veiligheidspasje of zo iets.'

De Rus haalde een portefeuille uit zijn heupzak. Hij bracht een bruin stuk karton met ezelsoren te voorschijn; zijn foto zat erop.

15

Hij overhandigde het aan Mann die het aan mij gaf. Het was een pas voor het militaire gebied langs de grens tussen Mali en Nigeria. Het beschreef Bekuvs lichamelijke kenmerken en noemde hem professor Andrei Mikhail Bekuv. Veelbetekenend was dat de kaart gedrukt was in het Russisch, Chinees alsook in het Arabisch. Ik gaf de pas aan hem terug.

'Hebt u een foto van mijn vrouw?'

'Dat zou uit veiligheidsoogpunt een veel te groot risico zijn geweest,' zei Mann. Hij nipte van zijn glas, maar toen hij het neerzette leek het nieveau niet gedaald.

Professor Bekuv sloot de ogen. 'Het is vijftien maanden geleden dat ik haar voor het laatst zag.'

Mann schoof ongemakkelijk op zijn stoel heen en weer. 'Tegen de tijd dat wij in Londen zijn is zij er ook.'

Bekuv sprak heel rustig, alsof hij een ongelooflijke woede moest bedwingen. 'Jullie mensen hebben een foto van haar beloofd – staand op Trafalgar Square.'

'Het was . . .'

'Dat was de afspraak,' zei Bekuv, 'en die hebt u niet gehouden.'

'Ze is nog niet uit Kopenhagen vertrokken,' zei Mann.

Bekuv zweeg een lange tijd. 'Was ze wel op het schip uit Leningrad?' vroeg hij eindelijk. 'Hebt u de passagierslijst nagekeken?'

'Alles wat we weten is dat ze niet het vliegtuig naar Londen heeft genomen,' zei Mann.

'Je liegt,' zei Bekuv. 'Ik ken jouw soort. Mijn land zit er vol mee. Jullie mensen hebben haar daar opgewacht.'

'Ze komt heus wel,' zei Mann.

'Zonder haar ga ik niet met jullie mee.'

'Ze komt,' zei Mann. 'Waarschijnlijk is ze er al.'

'Nee,' zei Bekuv. Hij draaide zich om in zijn stoel en keek naar de weg die hem duizend mijlen terug zou voeren naar de Russen in Timboektoe. Ondanks de getinte ramen was het zand niet minder dan oogverblindend. Bekuv pakte de gehavende zonnebril die hij op tafel had gelegd naast zijn autosleuteltjes. Hij speelde er even mee en deed hem toen in het zakje van zijn overhemd. 'Zonder haar ben ik niets,' zei Bekuv, meer tot zichzelf. 'Zonder haar heeft het leven geen waarde voor mij.'

Mann zei: 'Er is uiterst dringend werk te doen, professor Bekuv. Uw leerstoel Interstellaire Communicatie aan de Universiteit van

New York zal u eveneens toegang verschaffen tot de radiotelescoop van Jodrell Bank – en, zoals u wel zult weten, bezit deze een bestuurbare parabolische reflector met een middellijn van 75 meter. De universiteit probeert nu ook toegang voor u te krijgen tot de radiotelescoop bij Arecibo in de Portoricaanse bergen, die een middellijn van 300 meter heeft.'

Bekuv gaf geen antwoord maar hij ging ook niet weg. Ik keek tersluiks naar Mann die me het soort blik toewierp dat bedoeld was me tot zwijgende materie ineen te laten schrompelen. Ik realiseerde me nu dat Manns grapje over die kleine mannetjes in vliegende schotels helemaal geen grapje was.

'Er is niemand anders die zich met dit soort kosmologie bezighoudt,' zei Mann. 'Zelfs als u er niet in slaagt in contact te komen met leven in andere zonnestelsels zult u in ieder geval in staat zijn het definitief naar het rijk der fabelen te verwijzen.'

Bekuv keek hem minachtend aan. 'Er is al voldoende *bewijs* om, met uitzondering van de allergrootste stommelingen, iedereen tevreden te stellen.'

'Als u deze recent gecreëerde leerstoel Interstellaire Communicatie niet aanvaardt zal er opnieuw een bitter gevecht ontstaan. De cynici zullen proberen hun kandidaat op die plaats te krijgen. Professor Chataway of die ouwe Delahousse zouden zo'n gelegenheid met beide handen aangrijpen om te bewijzen dat er nergens leven is in het heelal.'

'Dat zijn twee dwazen,' zei Bekuv.

Mann trok een gezicht en haalde zijn schouders op.

Bekuv zei: 'Ik heb een mooie vrouw die me trouw is gebleven, een trotse moeder en een begaafde zoon die binnenkort naar de universiteit gaat. Zij zijn voor mij het belangrijkst.'

Mann nam nog een slokje van zijn whisky en deze keer dronk hij echt. 'Veronderstel dat u teruggaat naar Timboektoe, en uw vrouw zit in Londen te wachten? Wat dan?'

'Dat risico neem ik,' zei Bekuv. Hij schoof over de bank en stapte uit de vw in het zand. Het licht dat door de nylon voortent scheen kleurde hem helder oranje.

Mann bewoog zich niet.

'Je houdt me niet voor de gek,' zei Mann. 'Je gaat nergens naar toe. Je hebt je besluit al lang geleden genomen en je zit er aan vast. Als je nu teruggaat, zullen je kameraden je aan een paal in

17

het zand vastbinden en je zachtjes roosteren.'

Bekuv zei niets.

'Hier, je vergeet je autosleuteltjes, maat,' hoonde Mann.

Bekuv nam de sleutels van Mann aan maar verzette verder geen stap. Het plotselinge gezoem van een vlieg klonk onnatuurlijk luid.

'Professor Bekuv,' zei ik. 'Het is ons wederzijds belang dat uw gezin zich bij u voegt.'

Bekuv haalde zijn zakdoek te voorschijn en veegde zand uit zijn ooghoeken, maar hij liet niet blijken dat hij mij had gehoord.

'Ik heb begrepen dat er voor u nog werk te doen is, dus kunt u er zeker van zijn dat de Amerikaanse regering, voor zover dat in haar macht ligt, al het mogelijke zal doen ervoor te zorgen dat u zich in *ieder* opzicht gelukkig zult voelen.'

'Voor zover het in haar macht ligt, ja . . .' zei Bekuv triest.

'Er zijn altijd wel mogelijkheden,' zei ik. 'Er zijn zowel officiële uitwisselingen als ontvluchtingen. En waar je nooit over hoort zijn de *geheime* overeenkomsten tussen onze regeringen. De handelsovereenkomsten, de leningen, de graanverkopen . . . al deze overeenkomsten bevatten honderden geheime clausules. Vele ervan hebben betrekking op mensen die wij uitwisselen.'

Bekuv trok met de neus van zijn hoge rijglaarzen een figuur in het zand. Mann leunde naar voren in zijn stoel en legde een hand op Bekuvs schouder. De Rus maakte een nerveuze beweging.

'Bekijk het eens van dit standpunt, professor,' zei Mann met een stemgeluid waarvan hij dacht dat het vriendelijk en sussend was. 'Als uw vrouw vrij is brengen we haar bij u, dus u kunt net zo goed met ons meegaan.' Mann pauzeerde. 'Als ze gevangen zit . . . bent u knettergek als u teruggaat.' Hij gaf weer een klopje op Bekuvs schouder. 'Zo staan de zaken, professor Bekuv.'

'Er was deze week geen brief van haar,' zei Bekuv.

Mann keek hem aan maar zei niets.

Ik had het eerder gezien: mannen als Bekuv zijn al slecht toegerust voor een samenzwering tot overlopen, laat staan voor een jarenlange samenzwering die de veiligheid van zijn gezin in gevaar kon brengen. De afmattende reis door de Sahara had hem uitgeput. Maar zijn ernstigste fout was dat hij uitzag naar het ogenblik wanneer alles voorbij zou zijn; professionals doen dat

18

nooit. 'O Katinka!' fluisterde Bekuv. 'En mijn dierbare zoon. Wat heb ik jullie aangedaan? Wat heb ik gedaan?'

Ik bewoog mij niet, Mann evenmin, maar Bekuv duwde de nylon flap opzij en stapte in de verzengende hitte. Hij bleef daar lange tijd staan.

Hoofdstuk drie

Het volgende probleem was hoe Bekuvs auto kwijt te raken. Het was een GAZ 59A, een Russische terreinwagen met aandrijving op de vier wielen. Het was een opzichtig geval – linnen kap, een hoekige carrosserie en glimmende metalen veren die door de zittingen heenkwamen. Je kon hem niet in het zand begraven, en de brand er in steken zou waarschijnlijk juist de aandacht trekken die we probeerden te vermijden.

Mann rukte met een grote sleutel de nummerborden van de wagen en misvormde het R.M.M.-teken waaruit zelfs een ongeletterde verklikker zou kunnen opmaken dat het voertuig uit Mali kwam.

Mann vertrouwde Percy Dempsey alleen voor zover hij hem zag. En Mann vertrouwde Johnny, de altijd glimlachende Arabische chauffeur, helemaal niet. Alleen omdat hij niets beters wist, stemde hij erin toe dat Johnny met de GAZ naar het noorden terugging, en wij met Bekuv in de vw achter hem aan. En terwijl hij Percy in de Landrover achter ons in de gaten hield en tegen mij zei dat Percy Dempsey niet half zo goed was als ik hem had voorgesteld, draaide hij zich voortdurend om om naar Bekuv te kijken.

'Het is verdomd heet,' zei ik.

Mann gromde en keek naar Bekuv die nog steeds sliep op de bank achter ons. 'Als we die GAZ hier in het zuiden dumpen, gaat de politie controleren of er ergens iemand van dorst omkomt. Maar hoe verder we naar het noorden gaan, hoe meer belangstelling de politie zal krijgen in dat eigenaardig uitziende geval.'

'Dat komt best in orde.'

'Nergens in Algerije hebben we zo'n apparaat gezien.'

'Maak je nou maar geen zorgen,' zei ik. 'Percy regelde zulke dingen al hier in de woestijn toen Rommel nog in korte broek liep.'

'Jullie Engelse stinkerds houden elkaar altijd de hand boven het hoofd.'

'Waarom rij jij niet een poosje, majoor?'

Toen we stopten om van plaats te verwisselen, bleven we lang genoeg staan om Johnny een paar kilometer voorsprong te geven. De GAZ was geen racewagen. Zover stond hij nog niet af van de A-Ford waarvan hij was afgeleid. Het zou geen moeite kosten hem in te halen, zelfs niet met de vw.

Binnen vijfentwintig minuten nadat wij de reis hadden hervat kwam de oude GAZ weer in zicht. We zagen hem de flauwe helling van een zandduin beklimmen en Mann seinde met zijn koplampen als teken van begroeting.

'We zullen deze afstand aanhouden,' zei Mann. Er was een afstand van ongeveer vijfhonderd meter tussen de wagens.

Achter ons kwam Percy in zicht, met de Landrover. 'Is Percy een poot?' zei Mann.

'Flikkers?' zei ik. 'Percy en Johnny? Ik heb er nooit over nagedacht.'

'Percy en Johnny,' zei Mann. 'Het klinkt als een knus barretje in Tanger.'

'Maakt het dat meer of minder waarschijnlijk dat het flikkers zijn?'

'Als ze hun werk maar doen,' zei Mann. 'Dat is het enige dat ik vraag.' Hij wierp een blik in de spiegel alvorens een pakje Camel uit zijn borstzak te halen, er een sigaret uit te schudden en aan te steken zonder het stuur los te laten. Hij inhaleerde en blies de rook uit voordat hij verder sprak. 'Alles wat ik vraag is dat ze ons bij die verdomde airstrip brengen.' Hij sloeg met zijn grote benige vuist op het stuurwiel. 'Da's alles wat ik vraag.'

Ik glimlachte. Bekuv had de eerste hint over een mogelijk overlopen aan een Engelse geleerde gegeven. Dat betekende dat de Britse inlichtingendienst als een hechtpleister aan de zaak zou blijven kleven. Ik was tot hechtpleister benoemd en Mann hield helemaal niet van pleisters.

'We hadden 's nachts moeten reizen,' zei ik, eigenlijk meer om iets te zeggen dan dat ik er diep over had nagedacht.

'En wat hadden we de politie dan verteld, dat we motten gingen fotograferen?'

'We hoeven niks uit te leggen,' zei ik. 'Op deze wegen is er 's nachts als het koeler is waarschijnlijk meer verkeer. Het risico zit in de kans dat je een kameel of een wandelaar raakt.'

'Kijk nou die . . . – Jezus Christus!'

Mann tuurde voor zich uit maar ik zag niets en tegen de tijd dat ik me realiseerde dat hij in de achteruitkijkspiegel keek, was het al te laat. Mann rukte aan het stuur en in een stofwolk reden we hortend en stotend de woestijn in. Een woedegehuil klonk toen Bekuv van de achterbank op de grond werd geworpen.

Ik hoorde de straalhelikopter lang voor ik een blik ervan opving. Ik staarde nog steeds naar de GAZ en zag hem verdwijnen in een werveling van zand en witte flitsen. Toen werd het een grote druppel gesmolten ijzer die opzwol en, als een helderrode ballon, ontplofte de benzinetank met een afschuwelijke knal.

Het gejank van de helikopter veranderde in een geroffel van de rotorbladen toen hij terugkwam en met amper een meter tussenruimte overvloog; de rotorbladen hakten Indiaanse rooksignalen van de rook die uit de GAZ opsteeg.

De plexiglazen luchtbel van de cabine schitterde in de zon toen hij zo dicht langs de woestijngrond zwenkte dat de rotorbladeinden haast de duinen raakten. Hij was even uit het gezicht en tegen de tijd dat ik de motor weer hoorde lag ik vijftig meter bij het wagenspoor vandaan languit op mijn gezicht en probeerde mijn hoofd in het zand te begraven.

De piloot maakte een scherpe bocht toen hij bij de weg kwam. Hij cirkelde boven de brandende wagen en kwam nog een keer terug voor hij helemaal tevreden was over zijn werk. Hij wendde de neus naar het oosten. Op die hoogte was hij binnen twee seconden uit het gezicht.

'Hoe raadde je dat zo?' vroeg ik Mann.

'Door de manier waarop hij boven de weg hing. Ik heb die kanonneerboten in Vietnam bezig gezien. Ik wist wat hij ging proberen.' Hij sloeg het stof van zijn broek. 'Alles oké, professor?'

Bekuv knikte grimmig. Klaarblijkelijk waren de laatste twijfels die hij gehad mocht hebben of het niet beter was om terug te rijden naar Mali en te zeggen dat alles vergeven en vergeten was nu weggenomen.

'Laten we dan als de sodemieter hier verdwijnen voor de politie komt om de troep op te ruimen.'

We hielden vaart in toen we door de smook en de stank van rubber en verkoold vlees reden. Bekuv en ik draaiden ons allebei om om ons te vergewissen dat de jongen geen kans had gehad de aanslag te overleven. Mann versnelde maar achter ons zagen we de Landrover stoppen.

Mann keek in de achteruitkijkspiegel. Hij had het ook gezien.

'Waarom stopt die ouwe gek nou weer?'

Ik gaf geen antwoord.

'Ben je doof?'

'Hij begraaft die jongen.'

'Zo stom kan hij toch niet zijn?'

'Er zijn tradities in de woestijn,' zei ik.

'Bedoel je dat die stommeling dat tegen de smerissen zegt als ze hem vinden terwijl hij de grafsteen zit te beitelen?'

'Waarschijnlijk wel.'

'Ze schudden hem uit,' zei Mann. 'De politie grijpt Percy Dempsey en rammelt hem heen en weer en weet je wat er dan uit zijn zakken valt?'

'Niets.'

'*Wij* vallen uit zijn zakken!' zei Mann, nog steeds in de spiegel kijkend. 'Die godvergeten stomme miet.'

'Ik schat nog zo'n twintig kilometer tot de afslag voor de airstrip.'

'Tenzij onze hemelbestormer in zijn broek· heeft gescheten uit angst voor die helikopter en teruggegaan is naar Marokko.'

Onze man heeft nog niet eens zijn valse vliegplan ingeleverd,' zei ik. 'Het is amper een kwartiertje vliegen.'

'Rustig, rustig,' zei Mann. 'Het laatste dat ik nodig heb is dat stoerejongensgelul.' Lange tijd reden we in stilte verder.

'Let op die steenhoop bij de afslag,' zei ik. 'Het zijn maar een paar stenen en sinds de laatste keer is er een zandstorm geweest.'

'Er zit geen schop in die Landrover,' zei Mann. 'Hij zal hem toch niet met zijn blote handen begraven, wel?'

'Rustig aan nu,' zei ik. 'Die steenhoop is aan deze kant.'

Haasje-over spelend met de duinen kwam hij uit het noordwesten aangevlogen. Hij hoorde bij een vloot Dornier Skyservant korte-afstandsmachines, gecharterd om Marokkaanse ambtenaren, politici en technici naar de fosfaatgroeven bij de Algerijnse grens te vervoeren. De vraag naar fosfaten hadden de mijnen tot de meest verwende industrie van Marokko gemaakt.

De piloot landde al de eerste keer dat hij kwam aanvliegen. Het hoorde bij zijn werk om op elk boomloos stuk land te kunnen landen. De Dornier taxiede op ons toe, sloot het gas van de bakboordmotor af zodat hij om zijn eigen as draaide en was gereed om weer op te stijgen. 'Pas op voor propellerwind!' waarschuwde Mann.

Manns vader was lijndienstpiloot geweest en Mann had een tienjaarsabonnement op *Aviation Week*. Vliegmachines brachten het slechtste in hem boven. Hij sloeg op de metalen huid voor hij naar binnen klom. 'Prima kisten, die Dorniers,' vertelde hij me. 'Al eens eerder een gezien?'

'Ja,' zei ik. 'Mijn oom George heeft er in 1940 eentje neergeschoten.'

'Let op dat je de deur goed dichtdoet,' zei Mann.

'Vooruit, opschieten,' zei de piloot, een jonge Zweed met druipsnor en 'Elsa' op zijn spierbal getatoeëerd.

Ik duwde Bekuv voor me uit. Er waren een stuk of twaalf stoelen in de cabine en Mann had zich al het dichtst bij de deur neergeplant.

'Opschieten!' zei de piloot. 'Ik wil zo snel mogelijk weer op mijn vliegplan zitten.'

'Casablanca?' vroeg Mann.

'En net zoveel koeskoes als je maar lust,' zei de piloot. Nog voor ik de deur dicht had, opende hij het gas.

De plek waarvan de tweemotorige Dornier steil omhoogklom was een niet meer gebruikt werkkamp, achtergelaten door de wegenbouwers. De gebruikelijke stapel olievaten stond er, en twee trekkerchassis en een paar markeringsstenen. Al het andere was door de nomaden meegenomen. Nu stond er een blinkende nieuwe vw-bus in een ondiepe uitholling van een wadi.

'En deze landingsbaan is ook grondig verpest,' zei Mann. 'Als de politie de vw vindt houden ze deze airstrip voor altijd in de gaten.'

'Dempsey haalt hem op,' zei ik.

'Een echte Lawrence van Arabië in zakformaat, jouw vriendje Dempsey.'

'Hij had het zaakje best alleen afgekund,' zei ik. 'We hadden helemaal niet hier naar toe hoeven komen.'

'Je bent nog dommer dan je eruitziet.' Mann keek om om er zeker van te zijn dat Bekuv hem niet kon horen.

'Waarom dan?'

'Omdat als de prof maar hard genoeg om zijn gemalin begint te roepen, iemand haar daar moet gaan halen.'

24

'Daarvoor gebruiken ze een van de plaatselijke mensen,' zei ik.

'Daarvoor gebruiken ze iemand die met de professor heeft gesproken ... en dat weet jij best! Iemand die er hier bij was, die met moeders kan spreken en dat overtuigend kan doen.'

'Verdomd riskant,' zei ik.

'Sjuust!' zei Mann. 'Als de Ruskies een bewapende helikopter hierheen sturen en auto's uit de woestijn paffen, laten ze moeders niet zonder slag of stoot uit hun klauwen gaan.'

'Misschien schrijven ze Bekuv af als dood,' zei ik.

Mann draaide zich in zijn stoel om en bekeek de professor. Zijn hoofd hing achterover over de rugleuning van zijn stoel. Zijn mond was open en zijn ogen gesloten. 'Misschien,' zei Mann.

Ik kon nu het Atlasgebergte zien. De bergen waren bijna onzichtbaar door de trillende hitte die van de kleurloze woestijn onder ons opsteeg, maar boven de hittenevel kon ik de besneeuwde toppen van de hoogste pieken onderscheiden. Spoedig zouden we de Atlantische Oceaan kunnen zien.

Hoofdstuk vier

Ik ben er nooit achter gekomen of de Universiteit van New York zich realiseerde dat ze een leerstoel in Interstellaire Communicatie had verworven; zeker is dat het nimmer in de pers werd vermeld. Het huis dat we gebruikten lag aan Washington Square en zag over de boomtoppen heen uit op de universiteitsgebouwen. Het was al jaren eigendom van de CIA – via een projectontwikkelingsmaatschappij – en werd voor verschillende clandestiene doeleinden gebruikt, onder andere voor de buitenechtelijke activiteiten van sommige hogere leden van de afdeling Operaties.

Technisch gezien was Mann verantwoordelijk voor Bekuvs veiligheid – hetgeen een nette zegswijze was voor verzekerde bewaring –, zoals Bekuv zelf ons ten minste drie keer per dag nadrukkelijk duidelijk maakte. Maar het was Manns overduidelijke bewakersrol die het voor Bekuv geloofwaardig maakte dat het ondervragingsteam ook werkelijk de wetenschappelijke medewerkers van de universiteit waren die ze pretendeerden te zijn.

De eerste hindernis die de ondervragers moesten nemen was te verhinderen dat Bekuv zich ging bemoeien met bestuurlijke aangelegenheden. Misschien was het onvermijdelijk voor een Sovjetgeleerde om te willen weten welk vloeroppervlak zijn afdeling zou innemen, wat de aankoopbeperkingen waren, op hoeveel administratief personeel hij recht had, wat zijn status in de hiërarchieke structuur zou zijn, in hoeverre hij over fotolab, drukkerij en computertijd kon beschikken en met welke prioriteit voor hem de gewone en post-doctorale studie kon worden opengesteld.

Het researchteam werd steeds zenuwachtiger. Het gerapporteerde doorsijpelen van wetenschappelijke informatie naar het oosten vond zijn weerslag in de ruzieachtige memo's die zich in mijn bak 'inkomende post – geheim' opstapelden.

Door net te doen alsof ze zijn ondergeschikten waren hoopten de ondervragers het karakter van de gegevens waarover Bekuv al beschikte te herkennen zodat ze de Amerikaanse bron waarvan ze gestolen waren konden opsporen. Daarom was aangepaste informatie aan bepaalde medewerkers van overheidslaboratoria verstrekt. Tot dusverre was niets van het uitgezaaide materiaal via Bekuv teruggekomen en nu had Bekuv, ondanks heftige protesten van zijn 'staf', de kerstvakantie voor begonnen verklaard. Op een aanmatigende manier had hij zijn ondervragers weggestuurd naar huizen en gezinnen. Bekuv kon daardoor zijn dagen doorbrengen met het ontwerpen van een gigantische berg elektronische troep die gegarandeerd contact zou leggen met een van die superbeschavingen die daar ergens in de ruimte zaten te wachten om te worden voorgesteld.

Donderdagavond waren de bomen van Washington Square bepoederd met de eerste sneeuw van de winter, de beschikbare kooptijd voor kerstgeschenken werd door de radioreclame nu in uren afgeteld en Mann keek toe hoe ik me schoor voor een chique feestje bij een hoge UNO-veiligheidsbeambte. Een haastige krabbel op de gedrukte uitnodiging had gezegd 'en neem je tamme Rus mee'. Het had Mann in een staat van ijsberende ongerustheid gebracht.

'Zei je dat Tony Novak die uitnodiging naar de Engelse ambassade in Washington heeft gestuurd?' vroeg hij voor de vierde of vijfde keer.

'Je kent Tony,' zei ik. 'Weinig tact. Komt door zijn UNO-opleiding.'

'Die godvergeten lulfabriek.'

'Denk je dat hij van dit huis hier afweet?'

'Morgen brengen we Bekuv ergens anders heen,' zei Mann.

'Tony kan zijn mond wel houden,' zei ik.

'Ik maak me geen zorgen over Tony,' zei Mann. 'Maar als hij weet dat we hier zitten, kun je er donder op zeggen dat tien andere UNO-lui het ook weten.'

'Wat vind je van Californië?' stelde ik voor. 'UCLA-universiteit?' Ik zocht tussen mijn laatste schone linnengoed. Ik was al aan mijn wash-and-wear overhemden toe, de badkuip stond er tot aan de rand mee vol.

'Wat vind je van de Sing Sing?' vroeg Mann. 'Feit is dat ik begin te geloven dat Bekuv aan het vertragen is – met opzet – en dat hij bezig blijft totdat we zijn Frau kunnen produceren.'

'Dat hebben we allebei al geraden,' zei ik.

Ik trok een wit overhemd aan en deed een zelfstrikker om. Het zou waarschijnlijk het soort feestje zijn waar je maar het beste Engels kon lijken.

'Ik trek dat etter zijn teennagels uit,' grauwde Mann.

'Dat meen je niet,' zei ik. 'Dat is precies het soort grappen waardoor je een slechte reputatie krijgt.'

Ik beleefde een pervers plezier aan het provoceren van majoor Mann en hij hapte zoals ik wist dat hij zou doen: hij drukte zijn sigaar uit en gooide hem in zijn Jim Beam-bourbon – en je moet Mann kennen om te weten hoe dicht dat bij zelfmoord ligt. Mann keek toe hoe ik mijn haar kamde en wierp een blik op zijn horloge. 'Je moet de valse wimpers vandaag maar overslaan,' zei hij. 'Ik heb om acht uur met Bessie afgesproken.'

Manns vrouw Bessie zag eruit of ze twintig was maar ze moest al tegen de veertig lopen. Ze was lang en slank met een frisse huidskleur die ze aan haar jeugd op een boerderij in Wisconsin dankte. Om te spreken van een schoonheid was misschien een beetje té, maar ze was in ieder geval knap genoeg om alle mannelijke hoofden te laten draaien toen ze het appartement aan Park Avenue, waar het feestje werd gegeven, binnenkwam.

Tony begroette ons en pakte handig drie glazen champagne van het blad van een passerende ober. 'Nu kan het feest echt beginnen,' zei Tony Novak – of Novak de Polak zoals sommige kennissen hem noemden die zijn snelle klim – met spijkerschoenen aan – op de maatschappelijke ladder niet bewonderden. Want voor zijn baantje bij de veiligheidsdienst van de UNO hoefde Tony niet in de hal van het VN-gebouw te staan met uniformpet op en een metaaldetector in de hand om bagage te controleren. Tony had een salaris van zes cijfers, een kantoor met drie ramen, uitkijkend op East River en een heleboel mensen die in drievoud brieven voor hem tikten. Naar VN-maatstaven was hij geslaagd.

'Nu kan het feest echt beginnen,' zei Tony nog eens. Hij kuste Bessie, nam Manns hoed aan en stompte mij tegen de arm. 'Leuk je weer eens te zien – Jezus-nog-an-toe, wat zijn jullie bruin geworden in Miami.'

Ik knikte beleefd en Mann probeerde te glimlachen. Het lukte hem niet en hij stopte zijn neus in de champagne.

'Ik hoor dat je ermee uitscheidt, Tony,' zei Bessie.

'Ik ben nog te jong om ermee uit te scheiden, Bessie, en dat weet je heel goed!' Hij knipoogde naar haar.

'Kalm aan, Tony,' zei Bessie, 'je wilt toch niet dat die oude erachter komt?'

'Hij had je nooit alleen mogen thuislaten voor die Miami-trip,' zei Tony Novak.

'Een hoogtezon,' zei Mann. 'Duur merk met drie donkere brillen erbij.'

'Nee toch,' zei Tony Novak. 'Ik dacht dat dat bruin erop gesmeerd was.'

Achter ons klonk zacht een gong en een bediende opende de deur. Tony Novak had nog steeds Bessies arm beet maar toen hij een glimp opving van zijn nieuwe gasten verslapte zijn greep. 'Dat zijn die lui van het secretariaat . . .,' zei Tony Novak.

'Ga maar voor je nieuwe gasten zorgen,' zei Mann. 'Het ziet ernaar uit dat je Liz Taylor uit de klauwen van de Sjah van Perzië moet redden.'

'En jij bent precies de kerel die dat kan,' zei Tony Novak. Hij glimlachte. Het was een grap die hij zou herhalen met de namen van VIPS die werkelijk in zijn appartement waren geweest.

'Ik heb geen flauw idee waarom hij ons gevraagd heeft,' zei ik tegen Mann.

Mann gromde.

'Zijn we hier voor zaken?' vroeg ik.

'Wil je soms overwerk betaald hebben?'

'Ik wil alleen maar weten wat er gaande is.'

Uit een donkere hoek kwam de aarzelende muziek die de pianist gelegenheid geeft tussen twee noten door een slok martini te nemen. Toen Mann het Chinese scherm was genaderd dat deze kamer van de eetkamer scheidde, bleef hij staan en stak een dunne zwarte sigaar op. Hij nam er de tijd voor zodat wij allebei een vlugge blik om ons heen konden werpen. 'Onderhandelingen,' zei Mann zachtjes.

'Onderhandelingen met wie?'

'Precies,' zei Mann. Hij inhaleerde de sigarerook, nam mijn arm in zijn ijzeren greep en vertelde mij alles over de mensen die hij herkende.

In de eetkamer was ruimte gemaakt om plaats te bieden aan zes backgammontafels waaraan zwijgende spelers voor hoge inzetten speelden. De kamer was vol met toeschouwers en er stond een bijzonder grote groep om de verste tafel waaraan een middelbare fabrikant van ultrasone inbrekersalarmapparatuur slag leverde met een opzienbarende roodharige vrouw.

'Dat is nou het soort meisje met wie ik het zou willen aanleggen,' zei Mann.

Bessie stompte hem zachtjes in de maag. 'En geloof maar niet dat hij een geintje maakt,' zei ze tegen mij.

'Doe dat niet terwijl ik Franse champagne sta te drinken,' zei Mann.

'Mag het wel als je Amerikaanse champagne drinkt?' vroeg Bessie.

Tony Novak kwam langs met een magnum Heidsieck. Hij schonk onze glazen tot de rand vol met champagne, neuriede het thema uit *Alligator crawl* beter dan wat de pianist ervan brouwde en maakte een merkwaardig danspasje voor hij verder ging om andere glazen te vullen.

'Tony is zeer attent vanavond,' zei ik.

'Tony houdt je in de gaten,' zei Bessie. 'Tony herinnert zich wat er gebeurde toen jullie tweeën met die dronken muzikanten kwamen aanzetten en er een stamppartij van maakten.'

'Ik hou nog steeds vol dat Tony's neef, dat stuk versliegeraar, de spaghetti in de piano heeft gekieperd,' zei Mann.

Bessie glimlachte en wees naar mij. 'De laatste keer dat we erover spraken was *jij* de schuldige partij,' vertrouwde ze me toe.

Mann trok een vampiersgezicht en probeerde zijn vrouw in de keel te bijten. 'Schone beloften,' zei Bessie en draaide zich om zodat ze Tony te midden van zijn gasten kon gadeslaan. Mann liep de eetkamer in en wij volgden hem. Het stond er vol met chinoiserie en opzettelijke kitsch; lampionnen, goudbeslagen Boeddha's en miniaturen van oosterse koppels in acrobatische paarhoudingen.

'Dat is Red Bancroft,' zei Mann nog steeds naar de roodharige vrouw kijkend. 'Ze is internationaal meester – moet je opletten.'

Ik volgde hem toen hij zich met de ellebogen een weg naar de backgammontafel baande. We keken zwijgend toe. Als ze een vertragende tactiek volgde, ging het vèr, vèr uit boven het spel dat ik speel en waarbij je elk bereikbaar veld pakt en zorgt zo gauw mogelijk thuis te zijn. Dit meisje liet zelfs losse schijven ongedekt. Het kon een manier zijn om haar tegenstander uit haar thuisbak te lokken, maar ze was daar nog niet aan het opbouwen. Ze had rood en haar losse schijven leken kwetsbaar verspreid, twee schijven stonden op het punt binnen te komen. Afgezien van Manns opmerking leek het mij de ondoordachte stelling van een beginneling.

De roodharige vrouw glimlachte toen haar tegenstander van middelbare leeftijd de biedsteen nam. Hij draaide hem om en om alsof hij probeerde de kansen te vinden die hij wenste en zette hem toen weer neer. Ik hoorde verbaasde geluiden achter me toen het publiek zijn bod zag. Als het meisje al verbaasd was dan liet ze het niet merken. Maar toen ze weer glimlachte, was het te breed en duurde het te lang. Backgammon is een spel waarbij zowel bluf, vaardigheid als geluk meespeelt en de roodharige vrouw geeuwde en hief haar hand om haar mond te verbergen. Het was een gebaar dat haar figuur goed deed uitkomen. Ze knikte instemmend. De man schudde de dobbelstenen langer dan hij eerst had gedaan en ik zag zijn lippen bewegen als in gebed. Hij hield zijn adem in toen de stenen rolden. Als het een gebed was geweest, was het vlug en volledig vervuld – dubbelzes. Hij keek op naar het meisje. Ze glimlachte alsof het allemaal deel van haar plan uitmaakte. De man nam lang de tijd, starend naar het bord, voor hij zijn schijven verplaatste.

Ze nam de stenen op en wierp ze achteloos, maar vanaf dit ogenblik veranderde haar spel ingrijpend. De thuisbak van de man lag helemaal open, ze kon dus zonder moeite haar twee schijven binnenbrengen. Met haar volgende worp begon ze haar thuisbak op te bouwen, die bezaaid was met open velden. Een vier en een drie. Meer had ze niet nodig om alle zes de velden te bezetten. Haar tegenstander was ingesloten. Alleen een hoge worp kon hem nu helpen, maar daarvoor bleven zijn gebeden onbeantwoord. Worp na worp had ze de partij voor zichzelf. De man stak een sigaar op, met bestudeerde aandacht toeziend hoe de partij in zijn nadeel verliep zonder dat hij er iets tegen kon doen. Slechts nadat ze haar schijven begon binnen te brengen kon hij weer wat verplaatsen.

Nu had zij de biedsteen in haar hand en – als onderdeel van haar strategie – verhoogde ze het bod. De man keek naar de steen en toen omhoog naar de gezichten van zijn vrienden. Sommigen hadden met hem mee gewed. Hij glimlachte en knikte, instemmend met de nieuwe inzet, hoewel hij geweten moet hebben dat alleen een paar hoge dubbelworpen hem nog konden redden. Hij raapte de stenen op en schudde ze alsof ze konden ontploffen. Toen ze uitgerold waren stonden er een vijf en een één boven. Hij zuchtte. Hij had nog steeds niet al zijn schijven in de thuisbak. Het meisje wierp dubbel vijf – en met vijf schijven binnen was dat het einde van de partij.

Hij gaf op. De roodharige vrouw glimlachte toen ze de 1000 dollar in honderddollarbiljetten in haar krokodilleleren portefeuille met gouden randen stopte. De omstanders verspreidden zich langzaam. Het meisje keek op naar Bessie en glimlachte, en toen glimlachte ze ook tegen majoor Mann.

Afgezien van het rode haar had ze oosters kunnen zijn. Haar jukbeenderen waren hoog en plat en haar mond was een beetje te breed. Haar ogen stonden iets te ver uit elkaar, ze waren smal – en als ze glimlachte nog smaller. Het was de glimlach die ik mij nog lang zou herinneren, lang nadat al het andere was verbleekt. Het was een vreemde, onzekere glimlach die soms spotte en soms berispte, maar dan toch niet minder bekoorlijk, zoals ik tot eigen schade zou leren.

Ze had een kostbare gebreide jurk in gestreepte herfstkleuren aan en in haar oren droeg ze kleine, jade ringen die exact de kleur van haar ogen hadden. Bessie bracht haar naar de plaats waar ik stond, bij de champagne en het voedsel.

Toen Bessie weer verderop ging zei het meisje: 'Je wordt erg dik van pizza.'

'Dat geldt voor alles wat ik lekker vind,' zei ik.

'Alles?' vroeg ze.

'Nou alles . . . dat scheelt verdomd weinig,' zei ik. 'Gefeliciteerd met je overwinning.'

Ze haalde een pakje mentholsigaretten te voorschijn en stak er een in haar mond. Ik gaf haar een vuurtje.

'Dank u zeer, meneer. Ik heb hem toch even zitten knijpen.'

'Ik zag het,' zei ik. 'Toen je geeuwde.'

'Dat zijn zenuwen – ik probeer van alles om niet te geeuwen.'

'Wees blij,' zei ik. 'Sommige mensen gaan lachen als ze nerveus zijn.'

'Bedoel je dat jij lacht als je zenuwachtig bent?'

'Men heeft mij geadviseerd me daar niet over uit te laten,' vertelde ik haar.

'Ach, hoe typisch Engels! Je wilt wel mijn zwakheden weten maar die van jou onthul je niet.'

'En maakt dat me tot een anti-feministisch mannelijk zwijn?'
'Het vergroot wel de kansen,' zei ze. Toen merkte ze dat ze een geeuw probeerde te onderdrukken. Ik lachte.
'Hoe lang ken je Mann en zijn vrouw al?' vroeg ik.
'Ik ontmoette Bessie op een yogacursus, een jaar of vier geleden. Zij probeerde af te vallen en ik probeerde dat geeuwen kwijt te raken.'
'Nou maak je een grapje.'
'Ja. Ik deed aan yoga na . . .' Ze hield op. Het was een pijnlijke herinnering. '. . . Ik kwam op een avond vroeg thuis en trof twee jongens die bezig waren mijn appartement te beroven. Ze gaven me een afschuwelijk pak slaag en lieten me bewusteloos achter. Na het ziekenhuis ging ik naar zo'n yogaboerderij om op te knappen. Daar kwam ik Bessie tegen.'
'En het backgammon?'
'Mijn vader was brandweercommandant – en een keer semi-finalist in het backgammonkampioenschap. Hij was geweldig. Ik heb zo'n beetje mijn hele studie betaald met wat ik met spelen verdiende. Drie jaar geleden ben ik prof geworden. Als prof kun je de hele wereld afreizen, van het ene toernooi naar het andere, het is niet aan een bepaald seizoen gebonden. Het kost hopen geld – het is een rijkeluisspelletje.' Ze zuchtte. 'Maar dat is drie jaar geleden. Ik heb een rotjaar gehad. En een rotjaar in Seattle is ook werkelijk een rotjaar, geloof mij maar! En hoe zit het met jou?'
'Er valt weinig te vertellen.'
'Bessie heeft me al veel verteld,' zei ze.
'En ik dacht dat ze een vriendin was.'
'Alleen maar de goeie dingen – je bent Engelsman . . .'
'Sinds wanneer hoort dat onder backgammonspelers bij de "goeie dingen" van Illinois?'
'Je werkt samen met Bessies man, op de analyse-afdeling van een of andere bank waar ik nooit van heb gehoord. Je . . .'
Ik legde mijn vingers op haar mond. 'Zo is het genoeg,' zei ik. 'Ik kan er niet meer tegen.'
'Verblijft je gezin ook hier in de stad?' Ze was aan het flirten. Ik was bijna vergeten hoe leuk ik dat vond.
'Nee,' zei ik.
'Ga je met Kerstmis naar ze toe?'

'Nee.'

'Maar dat is afschuwelijk.' Spontaan stak ze haar hand uit en raakte mijn arm aan.

'Ik heb geen gezin,' bekende ik.

Ze glimlachte. 'Ik wilde het Bessie niet vragen. Ze is een echte koppelaarster.'

'Ik zou maar uitkijken,' zei ik.

'Ik heb geen geluk in de liefde,' zei ze. 'Alleen maar met backgammon.'

'En waar is jouw huis?'

'Mijn huis is een middelgrote Samsonite koffer.'

'Een welbekend adres,' zei ik. 'Waarom juist New York?'

Ze glimlachte. Haar zeer witte tanden waren een klein beetje onregelmatig. Ze nipte van haar glas. 'Ik had genoeg van Seattle,' zei ze. 'New York was de eerste plaats die in me opkwam.' Ze drukte haar halfopgerookte sigaret in de asbak uit of het Seattle was.

In de andere kamer begon de pianist aan een slaperige versie van 'How long has this been going on?' Red kwam een beetje dichterbij en bleef in haar glas staren als een kristallenbolkijkster die daar haar fortuin zocht.

De inbrekersalarmfabrikant kwam langs en glimlachte. Red pakte mijn arm en legde haar hoofd op mijn schouder. Toen hij uit het gehoor was keek ze me aan. 'Ik hoop dat je het niet erg vond,' zei ze. 'Ik heb hem verteld dat mijn vriendje er ook was; en ik wilde dat duidelijk laten zien.'

'Met plezier.' Ik sloeg mijn arm om haar heen; ze was zacht en warm en haar glinsterende rode haar rook fris toen ik haar tegen me aan drukte.

'Sommigen van die lui die aan de speeltafel verliezen geloven dat ze hun verlies op een andere manier kunnen goedmaken,' murmelde ze.

'Nou heb je een gedachte op gang gebracht,' zei ik.

Ze lachte.

'Je wordt niet geacht te lachen,' zei ik.

'Ik mag je,' zei ze en lachte weer. Maar nu was het een aardige keellach in plaats van de nerveuze tandenontblotende grijns die ik aan de speeltafel had gezien.

'Je hebt goed geraden,' zei ze. 'Ik ben op de loop voor een afschuwelijke liefdesaffaire.' Ze schoof een stukje van me af, maar niet te ver.

'En je vraagt je nu af of je er goed aan hebt gedaan,' zei ik.

'Hij was een schoft,' zei ze. 'Andere vrouwen . . . schulden die ik moest betalen . . . zuippartijen . . . nee, ik vraag me niet af of ik er goed aan heb gedaan. Ik vraag me af waarom ik er nog zolang over heb gedaan.'

'En nu belt hij je elke dag op en vraagt of je terugkomt.'

'Hoe weet je dat?' Ze mompelde de woorden tegen mijn schouder.

'Zo gaat het meestal,' zei ik.

Ze greep mijn arm. Lange tijd stonden we zwijgend bij elkaar. Ik had het gevoel of ik haar mijn hele leven kende. De inbrekersalarmman kwam weer langs. Hij glimlachte naar ons. 'Laten we weggaan,' zei ze.

Ik had niets liever gedaan maar Mann was uit de kamer verdwenen en als hij bezig was met de onderhandelingen die hij verwachtte, rekende hij erop dat ik hier met wijdopen ogen en oren zou blijven staan.

'Ik moet bij de Manns blijven,' vertelde ik haar. Ze kneep haar lippen samen. En toch glimlachte ze een ogenblik later en er was geen teken van een gekwetst ego.

'Tuurlijk,' zei ze. 'Ik begrijp het,' maar ze begreep het niet helemaal want kort daarop zag ze een paar mensen die ze kende en maakte ze een uitnodigend gebaar.

'Speelt u backgammon?' vroeg een van de nieuwkomers.

'Niet zo dat het opvalt,' zei ik.

Red glimlachte naar me, maar toen ze hoorde dat twee vroegere kampioenen in de andere kamer een wedstrijd gingen spelen nam ze mijn hand en trok me mee.

Backgammon ligt me beter dan schaak. De dobbelstenen voegen een aanzienlijk gelukselement aan het spel toe zodat een beginneling soms een kampioen verslaat, net zoals in het leven zelf. Maar soms wordt, door het zwaarwegende gelukselement, een partij vervelend om naar te kijken. Dat gold voor deze partij – of misschien vond ik de wijze waarop Red groeten en glimlachjes met zoveel mensen om de tafel uitwisselde vervelend.

De twee ex-kampioenen waren aan de openingszetten van hun derde partij toen Bessie Mann aan mijn mouw plukte om me te zeggen dat haar man me zocht.

Ik ging naar de hal waar Tony Novaks chauffeur op wacht stond voor de slaapkamer. Hij keek fronsend in een spiegel en probeerde er als politieagent uit te zien. De frons had ik verwacht, maar niet het fouilleren op verborgen wapens. Ik ging naar binnen. Ondanks de flauwe verlichting zag ik Tony Novak op de hoek van een toilettafel zitten, zijn das was los en zijn voorhoofd glom.

Er hing de geur van dure sigaren en after-shave. En in de beste stoel – zijn instapschoenen op een geborduurde voetenbank – zat Harvey Kane Greenwood. Het was al lang geleden dat ze hem de jonge senator die het ging maken hadden genoemd: Greenwood had het gemaakt. Zijn lange haar – geföhnd en met kleurspoeling – het gebatikte overhemd, zover openstaand dat een medaillon aan een gouden ketting zichtbaar was, behoorden allemaal tot zijn knap gebrachte imago en veel van zijn aspiraties waren terug te vinden in Gerry Hart, de magere jonge assistent die hij onlangs had aangetrokken om hem te helpen met zijn werk voor de Subcommissie voor Wetenschappelijke Ontwikkeling van de Senaatscommissie voor Internationale Samenwerking. Toen mijn ogen aan het donker waren gewend kon ik de Hepplewhite-sofa ontwaren waarop twee kalende zwaargewichten hun horloges zaten te vergelijken en zacht in het Russisch discussieerden. Ze merkten me niet op, evenmin als Gerry Hart, die een diagram op een servet tekende voor Greenwood, zijn baas, die zat te knikken.

Ik stond nog in de deuropening toen Mann naar me gebaarde en me achterstevoren de kamer uitduwde langs Novaks schildwacht en de hele gang door tot in de keuken.

Opgestapeld op de aanrecht stonden borden met overgeschoten feesthapjes, volle asbakken en plastic dozen met gebruikt bestek. De overblijfselen van twee kalkoenen steunden elkaar op de openstaande ovendeur van het fornuis en toen we binnenkwamen sprong er een kat op de grond. Verder was de helverlichte keuken leeg.

Majoor Mann opende de ijskast en pakte een karton karnemelk. Hij nam twee glazen van een plank en schonk ze vol.

'Hou je van karnemelk?'

'Niet zo erg, nee,' zei ik.

36

Hij dronk, scheurde toen een stuk papier van een keukenrol en veegde zijn mond af. Al die tijd liet hij de ijskastdeur openstaan. Al gauw sloeg de motor aan. Dit geluid, samen met de storing van de tl-buizen boven ons hoofd, gaf ons enige bescherming zelfs tegen de meest moderne afluisterapparatuur. 'Dit is helemaal te maf,' zei Mann zachtjes.

'In dat geval,' zei ik, 'neem ik toch maar wat karnemelk.'

'Of we mevrouw B. in ontvangst willen nemen?' Hij verborg zijn woede niet.

'Waar?' vroeg ik.

'Hier!' zei Mann verontwaardigd. 'Hier in deze kelere stad.'

Ik glimlachte. 'En dit is een aanbieding van de Eerlijke Jim Greenwood en onze vriend Hart?'

'En van die twee wodkahandelaren uit het gezapige Omsk.'

'KGB?'

'Olifantebroeken, schoenen met stalen neuzen, grote Cubaanse sigaren en dure manicures – ja, mijn vermoedens gaan in die richting.'

'Misschien heeft Hart ze bij een theaterbureau gehuurd.'

Mann schudde zijn hoofd. 'Zware jongens,' zei hij. 'Ik heb ze goed bekeken. Zo link als een looie deur.'

Mann had de gewoonte om zijn hand op zijn hart te plaatsen en met zijn duim en wijsvinger aan zijn boord te friemelen. Dat deed hij nu ook weer. Het leek alsof hij een eed zwoer voor de twee Russen.

'Maar waarom?'

'Goeie vraag,' zei Mann. 'Als Greenwood met zijn van God verlaten commissie zo hard bezig is om al onze wetenschappelijke geheimen aan elke vreemdeling te geven die erom vraagt – wie heeft dan nog de KGB nodig?'

'En ze hadden het over B.?'

'Ik word seniel of zo iets,' zei Mann. 'Waarom heb ik niet aan die etters van de Wetenschappelijke Samenwerkingscommissie gedacht – allemaal gore communisten als je het mij vraagt.'

'Maar wat willen ze?'

Mann hief zijn hand op, de vingers gespreid.

'Die gasten – Greenwood en zijn slapie – geven me les over vrijheid. Vertellen me dat ik bezig ben met een soort van ketterjacht in de wetenschappelijke wereld . . .'

'En, zijn we daar mee bezig?'

'Reken maar dat ik Bekuvs vrienden en bekenden door de stofkam haal ... en Greenwood en al zijn rooie commissieleden zullen me niet kunnen tegenhouden.'

'Ze hebben deze ontmoeting niet alleen gearrangeerd om je te zeggen dat je geen heksenjacht moet beginnen,' zei ik.

'Ze zouden ons werk beter doen dan wij zelf,' zei Mann bitter. 'Ze zeggen dat ze Bekuvs vrouw uit Rusland kunnen krijgen alleen maar door aap-wat-heb-je-mooie-jongen met het Kremlin te spelen.'

'Bedoel je dat ze haar een geldige uitreisvergunning geven, op voorwaarde dat wij niks oprakelen wat de commissie in verlegenheid kan brengen?'

'Precies,' zei Mann. 'Neem nog wat karnemelk.' Hij schonk in zonder te vragen of ik nog wilde.

'Uiteindelijk,' zei ik in een poging om zijn woede te temperen, 'is dat wat ze willen ... ik bedoel ... het maakt ons werk wel gemakkelijker.'

'Precies de kans waarop we hebben zitten wachten,' zei Mann sarcastisch. 'Weet je, ze hadden werkelijk verwacht dat we vanavond Bekuv bij ons zouden hebben. Ze dreigen dat ze zijn verschijning voor de commissie zullen eisen.'

'Waarom?'

'Om vast te stellen dat hij uit vrije wil naar het Westen is gekomen. Hoe vind je dat?'

'Het bevalt me niks,' zei ik. 'Zijn foto in de *Daily News,* verslaggevers die een microfoon in zijn mond duwen. De Russen zullen zich verplicht voelen te reageren. En dan kan het erg ruw worden.'

Mann maakte een grimas en reikte naar de telefoon die aan de muur hing. Hij pakte de hoorn en luisterde een ogenblik om zich ervan te vergewissen dat de lijn niet bezet was. 'Ik ga nog even terug om een kwartiertje een moeilijk gezicht te zetten.' Hij draaide het nummer van de CIA-garage in de 82ste Straat. 'Met Mann. Stuur de tweede auto voor stand-by. Ik ben nog op hetzelfde adres.' Hij hing op. 'Jij gaat naar beneden en wacht op de tweede wagen. Zeg tegen Charlie dat hij die twee Russische boeven schaduwt en geef hem een beschrijving.'

'Dat zal niet gemakkelijk zijn,' waarschuwde ik. 'Daar zijn ze vast en zeker op voorbereid.'

'Hoe dan ook, het is interessant genoeg om te zien hoe ze reageren.' Mann sloeg de ijskastdeur dicht. Het gesprek was voorbij. Ik salueerde plechtig en ging naar de hal om mijn jas te halen.

Red Bancroft stond daar een fraaie military-style suède jas met lederen garnering en koperen knopen en gespen aan te trekken. Ze knipoogde naar me toen ze haar prachtige kastanjerode haar in een raar gebreid mutsje stopte. 'En daar is hij dan,' zei ze tegen de inbrekersalarmman die zichzelf stond te bekijken in een spiegel terwijl een bediende aan de kraag van zijn kameelharen jas rukte. Hij raakte zijn snor aan en knikte goedkeurend.

Hij was een lange, pezige vent met haar dat grijsde op de manier waar presidenten en filmsterren het patent op schijnen te hebben. 'Deze jongedame zocht u overal,' zei de alarmfabrikant. 'Ik probeerde haar over te halen met mij mee te rijden naar de 60ste.'

'Ik zorg wel voor haar,' zei ik.

'En ik groet u zeer,' zei hij. 'Het was een genoegen tegen u te spelen, miss Bancroft. Ik hoop dat u me nog een kans op een revanche geeft.'

Red Bancroft glimlachte en knikte en glimlachte toen tegen mij. 'Laten we hem smeren,' fluisterde ik.

Ze greep mijn arm, en net toen de man naar ons omkeek kuste ze me op de wang. Het was moeilijk te zeggen of het goede timing was of een impuls maar ik greep de gelegenheid aan om haar vast te pakken en terug te zoenen. Tony Novaks bedienden merkten plotseling dat hun aandacht elders nodig was.

'Heb je karnemelk gedronken?' vroeg Red.

Het duurde een hele tijd voor we in het trappenhuis stonden. De inbrekersalarmman stond er nog steeds, zich kwaad makend op de lift die maar niet kwam. Hij arriveerde op hetzelfde moment als wij. 'Voor verliefden loopt alles op rolletjes,' zei de alarmfabrikant. Ik vond hem een stuk aardiger.

'Hebt u een auto?' vroeg hij. Hij liet ons voorgaan in de lift. 'Die hebben we inderdaad,' zei ik. Hij drukte op de parterreknop en de cijfers begonnen op te lichten.

'Deze stad is niet geschikt voor wandelingen in de maneschijn,' zei hij. 'Zelfs niet hier op Park Avenue.'

We hielden stil en de liftdeuren gingen open.

Zoals zovele ogenblikken van dodelijk gevaar was elk onderdeel volkomen verstild. Ik zag alles en toch hadden mijn hersenen tijd nodig om de gebeurtenissen in enig redelijk verband te plaatsen.

De hal van het flatgebouw was hel verlicht door een in het plafond aangebrachte indirecte stripverlichting. Een enorme vaas kunstbloemen trilde door de vibratie van een of andere ondergrondse verwarmingsketel en een koude windvlaag droeg door de glazen toegangsdeur een paar verdwaalde sneeuwvlokken binnen. De donkerbruine vloerbedekking, waarschijnlijk gekozen omdat het het binnengelopen straatvuil verhulde, liet nu de samengeklonterde sneeuw zien van de schoenen van bezoekers.

De entree was niet leeg. Er stonden drie mannen die alle drie de donkere regenjas en de uniformpet droegen die vaak door particuliere chauffeurs wordt gedragen. Een van hen had zijn voet tussen de glazen deur gestoken. Hij stond met zijn rug naar ons toe en keek de straat in. De dichtstbijzijnde man stond tegenover de liftdeuren. Hij had een grote Smith en Wesson Heavy Duty .38 kaliber revolver in de hand en richtte die op ons.

'Sta stil,' zei hij. 'Rustig, dan raakt er niemand gewond. Kalm aan! Pak je portefeuille.'

We bleven stilstaan. We stonden zo stil dat de liftdeuren weer begonnen dicht te gaan. De man met de revolver trapte met een zware laars tegen de vergrendeling en gebaarde dat wij eruit moesten komen. Ik stapte voorzichtig naar voren met mijn handen goed zichtbaar omhoog.

'Als je alleen geld wilt,' zei de inbraakalarmfabrikant, 'neem dan mijn portefeuille en veel plezier ermee.' Ondanks zijn flinke woorden tastte hij in paniek in de binnenzak van zijn kameelharen jas. In zijn stem was zo'n jammerende angst te horen dat de man met de revolver moest glimlachen. Zijn vriend moest ook lachen.

Toen klonken er twee schoten: doofmakende knallen die in de nauwe lobby echoden en een geur van ontbrand buskruit achterlieten. De man met de revolver gilde hoog. Zijn ogen sperden zich wijdopen, hij probeerde adem te halen maar hoestte bloed op. Het duurde maar even voor zijn pistool met een plof de vloerbedekking raakte en de eigenaar langzaam langs de muur naar beneden gleed, een lange bloedveeg achterlatend. Red Bancroft greep mijn arm zo stevig vast dat het pijn deed. De tweede kogel raakte de man die de trappen in de gaten hield. Hij ging bij de schouder naar binnen en verpletterde het sleutelbeen. Hij wierp zijn pistool weg en greep zijn elleboog. Ze zeggen dat dat de enige manier is om de pijn van een kapot sleutelbeen te verlichten. Hij kon niet erg hard hollen met zo'n wond. Daarom had de alarmfabrikant voldoende tijd om zijn pistool op ooghoogte te brengen. Hij raakte hem met zijn derde schot in de ruggegraat. De inslag van het schot liet hem in volle lengte struikelen op de overal verspreid liggende sneeuwklonters en het stuk plastic dat in het voorste gedeelte van de lobby was neergelegd om de vloerbedekking te beschermen. Hij stierf met zijn hoofd rustend op het woord 'Welkom'. Er was niet veel bloed.

Het lichaam van de tweede man hinderde me toen ik de glazen deur probeerde te openen. Het sloot via een elektrisch oog. Ik moest de knop van de handbediening indrukken.

In de deuropening botste ik tegen de inbrekersalarmman maar we haastten ons allebei naar buiten, net op tijd om de derde man te zien wegrennen. Zijn pet was verdwenen en hij was de straat al half overgestoken. Ik hoorde een auto starten. De alarmman hief zijn pistool voor een schot maar hij gleed uit op een plek bevroren sneeuw en verloor zijn evenwicht. Hij viel. Er klonk een gekletter en een vloek toen hij tegen een geparkeerde auto viel. Ik rende de lege straat in. Aan de overkant ging de deur van een zwarte Mercedes open om de derde man erin te laten. De Mercedes sprintte weg toen de deur nog steeds open was. Ik zag een gefladder van armen, één been hing nog buiten en maakte een spoor in de sneeuw. Toen de Mercedes het kruispunt bereikte deed de chauffeur de lichten aan.

'Nummerbord van Fulton County,' zei de stem van de alarmman.

'Zag je dat? Een auto uit Fulton County. Heb je het nummer kunnen zien?'

Hij was buiten adem van de val die hij had gemaakt, en ik was ook buiten adem.

'Drie cijfers en FC,' zei ik. 'Ze waren te vuil om te kunnen onderscheiden.'

'Dat kloteweer,' zei de man. 'Als die verdomde sneeuw er niet was geweest had ik hem gepakt.' Hij draaide zich om en we liepen terug naar de lobby.

'Dat denk ik ook,' zei ik.

Hij sloeg me op mijn rug. 'Nog bedankt voor de manier waarop je hem afleidde, jongeman,' zei hij.

'Deed ik dat dan?'

'Met je handen omhoog en doen of je bang was . . . dat nam zijn aandacht in beslag. En dat was verdomd beheerst.' Hij stapte over het lichaam dat op de grond lag uitgestrekt. Ik volgde hem. 'Vertel dat verder,' zei ik. 'Maar tussen ons gezegd en gezwegen – ik deed niet alsof.'

De alarmman lachte. Het was een verstikte lach die veel onderdrukte spanning ontlaadde. Hij speelde met zijn kaliber .38 revolver die hij nog steeds in zijn hand had. Het was een blauwglanzende Colt Agent met beschermkap die voorkwam dat de revolver bleef haken als hij uit de jaszak werd gehaald. De haan moest gespannen zijn geweest want daarvoor had hij geen tijd gehad in het moment dat tussen de beweging van zijn hand en het geluid van de schoten had gelegen.

'Ik zou hem maar wegstoppen,' zei ik. 'Hou hem uit het gezicht voor de politie komt.'

'Ik heb een vergunning,' zei hij verontwaardigd. 'Meer nog, ik ben voorzitter van onze plaatselijke schietvereniging.'

'Als ze hier komen en ze zien je staan met een nog warme revolver in je hand en twee lijken in de buurt zullen ze waarschijnlijk eerst schieten en daarna pas je vergunning controleren.'

Hij borg zijn revolver weg, maar niet na eerst nog een kogel in de vuurkamer te hebben gebracht. Hij knoopte zijn overjas en colbert los en deed zijn revolver in een zeer decoratieve Berns-Martin-veergreepschouderholster. Teruggekeerd in de lobby kwamen Mann en Tony Novak er aan.

'Stomme lul,' zei Mann tegen de alarmfabrikant, hoewel ik het gevoel had dat het ook voor mij was bedoeld.

'Wat had ik dan moeten doen?' vroeg de alarmman, in de spiegel kijkend en zijn haar kammend, 'me laten afmaken door dat tuig? Ik zou de risé zijn van iedereen in de alarmbusiness.'

'Ze zijn allebei dood,' zei Mann. 'Je schoot om te doden.'

De alarmman draaide zich om en bekeek Mann. Toen keek hij naar de twee lijken en weer naar Mann. Een ogenblik dacht ik dat hij zijn tevredenheid zou uiten over wat hij had gedaan, maar daarvoor wist hij te veel van de wet. 'Nou, dat is iets dat u beter met mijn advocaat kunt bespreken,' zei hij ten slotte. Iets van de opgetogenheid die altijd volgt na zo'n gevaar was verdwenen en had hem bedrukt en wat angstig achtergelaten.

Mann ving mijn blik op. 'Nee, ik smeer hem,' zei hij.

'Ik ben James Bond niet,' zei de man. 'Ik kan geen wapens uit die lui hun handen schieten.'

Ik nam Red Bancroft bij de arm. 'Ik zal je thuisbrengen,' zei ik.

'De politie zal me wel willen verhoren,' zei ze.

'Nee. Tony regelt dat wel,' zei ik.

Tony Novak knikte. 'Ga jij maar naar huis, Red. Mijn chauffeur brengt je wel. Ik zou me ook maar geen zorgen maken over die gasten . . . we hebben hier een hele serie berovingen gehad verleden maand. Dat zijn linke klanten. Ik ken de inspecteur – ik zal zorgen dat hij jou erbuiten houdt.'

Ik dacht eerst dat het meisje het allemaal met bovenmenselijke kalmte verwerkte. Nu realiseerde ik me dat ze van angst verstijfd was. Haar gezicht had alle kleur verloren en toen ik mijn arm om haar schouders legde voelde ik haar lichaam heftig schokken. 'Kalm aan maar, Red,' zei ik. 'Ik zal hier moeten blijven.'

'Ze zijn allebei dood,' zei ze en stapte hoog over het lichaam van de man in de deuropening heen zonder ernaar te kijken. Buiten in de wervelende sneeuwstorm wond ze een gebreide sjaal om haar hoofd. Ze strekte zich naar me en plantte een zusterlijke zoen op mijn lippen. 'Zou het iets kunnen worden tussen ons . . . jij en ik?'

'Ja,' zei ik. Toen we daar stonden kwam een politieauto aanrijden en een wagen met het esculaapteken op de voorruit.

Tony Novaks chauffeur opende de deur van de Lincoln voor haar. Ik wuifde en bleef een hele tijd, staan tot de auto niet meer te zien was. Tegen de tijd dat ik terug was in de lobby waren de agenten er al. Ze kleedden de dode overvallers uit en deden de kleren in bewijsmateriaalzakken.

Hoofdstuk vijf

Tony Novaks appartement bevindt zich in het zeventiende politiedistrict, maar ook de dode lichamen uit die chique buurt gaan naar het lijkenhuis aan de Eenentwintigste straat waar ze in de gekoelde laden naast dopedealers van Times Square en Chinees wasserijpersoneel van Tenderloin komen te liggen.

'Mag ik hier roken?' vroeg ik de bewaker. De koelkamer had een griezelige echo. Hij knikte, trok een la open en las zwijgend het politiedossier. Klaarblijkelijk tevreden ging hij een pas achteruit zodat we de roofovervaller goed konden bekijken. Hij lag met zijn voeten naar voren en aan zijn teen hing een bedrukte label. Het bloed op zijn gezicht was weggewassen en zijn haar gekamd, maar aan zijn open mond hadden ze niets kunnen doen zodat hij eruitzag alsof hij door verrassing om het leven was gekomen.

'De kogel raakte de luchtpijp,' zei de bewaker. 'Hij is snakkend naar lucht gestorven.' Hij sloot het dossier. 'Het is een druk nachtje voor ons geweest,' vertelde hij. 'Als jullie geen bezwaar hebben ga ik weer naar mijn kantoor. Schuif de la dicht als je met hem klaar bent.' Hij klemde zijn notitieblok onder zijn arm en wierp een blik op zijn zakhorloge. Het was kwart over twee 's nachts. Hij geeuwde en tilde de grote plastic zak met bewijsmateriaal op een roestvrij stalen tafel.

'De politiearts laat ze op de plaats van het misdrijf uitkleden — dan kan het Lab niet beweren dat we wat zijn kwijtgeraakt.' Hij duwde tegen de doorzichtige, plastic zak waarin de pet, de donkere regenjas, een goedkoop katoenen pak en vuil ondergoed zaten. 'Als er papieren zijn, zitten ze erin.' Hij draaide de label aan de teen van de dode om zodat hij het standaardkaartje kon lezen. 'Gestorven in Park Avenue, hè? Tenminste een schoft met smaak.' Hij keek naar het lichaam. 'Niet omdraaien voor de fotograaf klaar met hem is.'

'Oké,' zei ik.

'Die andere ligt in la zevenentwintig — we houden alle revolverdooien bij elkaar in het laatste stuk van de koelruimte. Als je nog

iets anders wilt weten, kun je me in het kantoor van de politiearts vinden naast de snijkamer . . .'

Mann opende de zak en pakte het overhemd. Er zat een kogel-
gaatje in het boord.

'Een scherpschutter,' zei ik.

'Een lul,' zei Mann. 'Een scherpschutter was tevreden geweest
als hij zijn pistoolarm had getroffen.'

'Denk je dat de overval iets met de Bekuv-affaire te maken heeft?'
vroeg ik.

'Plak Bekuv een keurig snorretje op, koop een 400-dollarkostuum
voor hem en voer hem genoeg ijsjes om een paar centimeter meer
omtrek aan zijn middel te geven, verf zijn slapen een beetje grijs
en wat krijg je dan?'

'Niks,' zei ik. 'Ik krijg niks. Wat bedoel je eigenlijk?'

'Ik bedoel dat stuk godvergeten cowboy van een alarmfabrikant
– stommeling.'

Ik dacht er even over na. Er was een vage gelijkenis tussen
Bekuv en de alarmfabrikant. 'Niet erg,' zei ik.

'Maar genoeg, als je een huurmoordenaar met jeuk in je vingers
bent die in de hal staat te wachten en alleen maar een bejaard
kiekje van Bekuv heeft om hem te herkennen.'

'Wie zou er nu gedacht hebben dat we Bekuv naar Novaks feestje
zouden meenemen?'

'Greenwood en Hart, die gasten hadden hem daar willen hebben,'
zei Mann.

Ik schudde mijn hoofd.

Mann zei: 'En als ik je nu zeg dat een halfuur nadat we waren
vertrokken Andrej Bekuv in smoking tegen de portier van Washington Square probeerde te vertellen dat ik hem toestemming
had gegeven alleen uit te gaan?'

'Denk je dat ze hem hebben kunnen bereiken? Denk jij dat ze hem
een persoonlijke uitnodiging hebben gegeven om hier te komen?'

'Hij heeft zijn goeie goed niet aangetrokken om zijn geluk in
de kieteltenen langs Third Avenue te beproeven,' zei Mann.

'En jij had ermee ingestemd?' vroeg ik hem. 'Jij hebt Hart en
Greenwood en Novak gezegd dat je Bekuv mee zou nemen naar
hun feestje?'

'Achteraf praten is gemakkelijk,' zei Mann, zich verdedigend. Hij
probeerde met zijn tong een draadje tabak tussen zijn tanden op

te sporen. 'Die gasten in de hal vroegen niet om geld, horloges of zijn gouden dasspeld, ze vroegen naar zijn portefeuille. Ze wilden controleren – ze waren doodnerveus – ze wilden een bewijs dat hij werkelijk Bekuv was.'

Ik haalde mijn schouders op. 'Portefeuille, portemonnee ... zo'n straatrover kan van alles vragen als hij geld wil. Hoe zit dat met het nummerbord van Fulton County?'

'Weet je hoe groot Fulton County is?'

'Een zwarte Mercedes moet toch te vinden zijn?'

'Nou, we gaan het na. En als je je daardoor beter voelt, we hebben een gozer van de kentekenregistratie uit zijn nest gehaald.'

'Goed zo,' zei ik, 'maar ik zou me nog prettiger voelen als we dat "bejaarde kiekje" van Bekuv bij deze spullen vonden. Tot we zo iets in handen krijgen blijft dit een doodgewone, ouderwetse Newyorkse roofoverval.'

'Alleen een beroving, hè? Maar als ik morgen ons vrindje Bekuv de zaak vertel zal ik het afschilderen alsof ze op zijn bloed uit zijn.'

'Waarom?'

'Misschien komen we iets meer van hem te weten als hij denkt dat hij betere bescherming nodig heeft. Ik ga hem ergens verstoppen waar niemand hem kan vinden.'

'Waar?'

'We smeren hem nog voor Kerstmis, het wordt te gevaarlijk hier.'

'Miami? Of het CIA-huis in Boston?'

'Laat me niet lachen! Als we hem naar dat "geheime" CIA-huis sturen kunnen we net zo goed een kleine advertentie in de *Pravda* zetten.' Mann schoof het lichaam de koelcel weer in. Het geluid deed me griezelen. 'Jij neemt de reservewagen,' zei Mann tegen me. 'Ik rijd zelf.'

'Waar stop je Bekuv dan?'

'Kom morgen maar niet te vroeg.'

'Je hebt mijn plechtige belofte,' zei ik. Ik keek hem na toen hij wegmarcheerde tussen de lange rijen koude snijtafels, zijn schoenen tikkend op de betegelde vloer en dat merkwaardige piepende geluid voortbrengend dat ik later zou leren herkennen als dat van majoor Mann die een liedje floot.

Ik denk dat Manns zorgeloze aftocht de aandacht van de bewaker had getrokken. 'Wat is er aan de hand, Harry?' Hij keek me

enkele ogenblikken aan voor hij besefte dat ik Harry niet was.
'Ben jij de fotograaf?'
'Nee,' zei ik.
'Wie ben je dan wel voor de donder?'
'Ze weten ervan in het zeventiende district,' zei ik.
'Dat zal wel,' zei hij. 'Hoe ben je erin gekomen, makker?'
'Kalm aan. Ik heb met je collega gesproken.'
'Je hebt met mijn collega gesproken,' bauwde hij na met falset-
stem. 'Wel nou praat je met *mij*.' Ik zag dat hij voortdurend zijn
handen tot vuisten kneep en weer ontspande. Ik had het gevoel
dat hij me wilde provoceren om een excuus te hebben om me een
klap te geven. Ik was erop gespitst hem dat excuus niet te verschaffen.
'Het is officieel,' zei ik.
'Je identificatie, makker,' zei hij en prikte een vinger in mijn borst.
'Het is oké, Sammy.' We draaiden ons allebei om. De andere
bewaker was door de middelste deur binnengekomen. 'Ik heb
Charlie Kelly naar hem gevraagd. Charlie zegt dat het oké is.'
'Ik hou er niet van als er hier gasten rondsluipen zonder mijn
toestemming,' zei het vechtlustige mannetje. Zachtjes voor zich
uit beledigingen mompelend bekeek hij zijn klembord en trok
zich terug met die rukkerige stijve pas die je vaak bij sufgeslagen
boksers ziet.
'Mijn excuses,' zei de eerste bewaker. 'Ik had Sammy moeten vertellen dat u hier was.'
'Ik dacht even dat hij me op zo'n snijtafel wilde hebben,' zei ik.
'Sammy valt best mee,' zei hij. Hij bekeek me eerst goed voor hij
vond dat ik recht had op een nadere verklaring. 'Sammy en ik
zaten samen bij de politie ... we zijn samen begonnen en we
raakten allebei bij hetzelfde vuurgevecht gewond, in Delancey,
een jaar of tien terug. We werden allebei afgekeurd voor gewone
dienst. Sammy is een goeie vent.'
'Hij weet het prima te verbergen,' zei ik.
'Op een dag brachten ze zijn zoon hier, vijftien jaar, aangereden
door een vrachtauto toen hij uit school kwam – als je dat gebeurt
blijft het je je leven lang bij. Elke keer als je zo'n plastic zak met
een lichaam openmaakt draait het je voor je ogen.' Hij keerde
zich om. 'U bent er goed vanaf gekomen, niet? Ik hoorde dat u
er middenin zat toen de kogels begonnen te fluiten.'

'Ik heb geluk gehad,' zei ik.

'En die derde gozer ging er in een zwarte Mercedes vandoor.' Het stond allemaal in het verbaal te lezen. 'Hebt u het nummer opgenomen?'

'FC,' zei ik. 'Ze hebben me verteld dat dat een Fulton County-nummer is.'

'Nou, dan bent u er tenminste niet ingetrapt met dat Fulton County-nummerbord.'

'Hoe bedoelt u?'

'Nou, elke smeris die een paar jaar bij de politie is kan je vertellen over de tijd toen die lui van Fulton County in de stad kwamen en overal in Manhattan dubbel parkeerden. En bonnen ho maar. Jezus, als ik denk aan die keren dat ik die wagens zag staan ... soms driedubbel geparkeerd op Madison Avenue, opstoppingen veroorzakend ... en dan liep ik door alsof ik niks had gezien.'

'Dat begrijp ik niet.'

'Als je niet uit deze stad komt kun je dat ook niet weten, maar een Fulton County-nummerbord heeft eerst FC en dan drie cijfers. Er zijn niet zoveel agenten die het verschil zien tussen dat en eerst drie cijfers en daarna FC ... ik bedoel, als agent heb je al genoeg aan je kop zonder dat je je met dat soort gezeik bezighoudt.'

'En wat is er dan aan de hand met een auto met nummerbord FC plus drie cijfers? Waarom kan die wel dubbelgeparkeerd staan op Madison Avenue?'

De bewaker keek me mistroostig aan. 'Je bent zeker nooit straatagent geweest, wel? Drie cijfers en FC, dat is een officiële wagen van de consulaire dienst met diplomatieke onschendbaarheid en dat geldt ook voor parkeerbonnen. En daar gokten al die slimmeriken uit Fulton County op.'

'Nou begrijp ik het,' zei ik.

Hij hoorde me niet, hij keek terug naar de jaren zestig en zag al die aardige kinderen die we toen nog waren. 'Van 's nachts twaalf tot acht uur 's morgens,' zei hij. 'Ik hield van die dienst – geen gezin, dus wat maakte het uit – en je verdiende meer, overwerk ook als je overdag voor de rechtbank moest getuigen. Maar het was in die dagen een moeilijke dienst.'

'In die dagen?' vroeg ik.

'In het begin van de jaren zestig gingen ze de hele nacht door in deze stad – bars waren open tot de officiële sluitingstijd van vier

48

uur, nacht-broodjeszaken, nacht-dancings, nacht-noem-maar-op. Maar de stad werd steeds gevaarlijker dus bleven de mensen 's avonds thuis naar de TV kijken ... Als je er nu heengaat zijn de straten donker en uitgestorven.' Hij nam een doek op en veegde zijn handen af. Zijn handen leken mij heel schoon, maar toch veegde hij ze af. 'De straten zijn zo verlaten dat een overvaller de tijd kan nemen: geen getuigen, geen telefoontje naar de politie, helemaal niks. Van middernacht tot twaalf was vroeger een moeilijke dienst voor een agent ...' Hij liet een vreugdeloos lachje horen. 'Nou is het een moeilijke dienst hier in het lijkenhuis.' Hij gooide de doek opzij. 'Je zou ze eens moeten zien zoals we ze hier krijgen ... ook kinderen en oude vrouwtjes ... godnogantoe! Dus je komt van buiten, hè?'

'Ja,' zei ik. 'Van vijfduizend kilometer ver.'

'Dan heb je het voor elkaar,' zei hij.

Buiten was het een koude nacht. De lucht was paars en de wereld hing een beetje scheef. De harde sneeuwlaag was rondom de putten van het stadsverwarmingsbuizennet gesmolten, zodat het asfalt in het maanlicht glom. De ontsnappende stoom dreef tot halverwege de straat voor het door de wind werd verdreven. De sirene van een politiewagen riep ergens aan de andere kant van de stad. Het was een meelijwekkend geluid, als de aanhoudende, maar verzwakkende kreten van een geranseld dier dat wegkruipt om te sterven.

Hoofdstuk zes

Het huis op Washington Square was in de gebruikelijke CIA-stijl 'gedubbeld' – verticaal in tweeën gedeeld – zodat de achterkant van het huis, geblindeerd tegen telescopen en met dubbele beglazing tegen afstandsmicrofoons, een kantoor is terwijl het voorste gedeelte bestaat uit appartementen voor het personeel en op die manier een huiselijk uiterlijk toont.

Ik woonde op de eerste verdieping. Bekuv had zijn kamers boven de mijne. Bekuvs uiterlijk was in die paar dagen in New York veranderd. Zijn haar was door een of andere modekapper geknipt en hij had genoeg rust gekregen om weer wat kleur op zijn wangen te krijgen. Zijn kleding had ook een verandering ondergaan: een maatbroek, lamswollen blauwe trui en lichte linnen schoenen. Hij zat op de vloer omringd door luidsprekers, platen, versterkeronderdelen, extra tweeters, een draaitafel, een soldeerbout en hi-fi tijdschriften. Bekuv zag er moedeloos uit.

'Andrej is verneukt,' zei Mann me toen we naar binnen gingen.

Ik kon moeilijk geloven dat hem dat speet.

'Hoe?'

'Koffie staat op de verwarmingsplaat,' zei Bekuv.

Ik schonk mezelf in en nam een koffiekoekje.

'Al die verdomde hi-fi troep,' zei Mann.

Bekuv plaatste de pick-uparm op een van zijn platen en plotseling was de kamer vervuld van muziek.

'Jezus Christus!' schreeuwde Mann kwaad.

Voorzichtig lichtte Bekuv de arm op en de muziek verstomde.

'Sjostakovitsj,' zei hij tegen een iegelijk die die inlichting wenste.

Mann zei: 'Andrej heeft bijna tweeduizend dollar aan deze spullen uitgegeven en toen pas heeft hij de advertenties van de discountwinkels gelezen.'

'Ik had het voor vijfhonderd dollar minder kunnen krijgen,' vertelde Bekuv mij. Het viel me op dat verscheidene hi-fi-tijdschriften met rode viltstift waren gemarkeerd en dat er kleine sommetjes op de achterkant van een envelop stonden.

'Nou, misschien kunnen we er wat aan doen,' zei ik vaag en dronk mijn koffie op; mijn gedachten waren elders.

'Andrej gaat niet de stad in,' zei Mann, 'en dat is mijn laatste woord.' Ik realiseerde me dat ze aan het ruziën waren of Bekuv wel of niet de straat op kon.

'Nou bromt *deze* speaker weer,' zei Bekuv.

'Nou moet je eens horen, hufter,' zei Mann tegen hem, vooroverbuigend in zijn stoel zodat hij dichtbij Bekuvs oor kon spreken. 'Daarbuiten wachten de kameraden om je koud te maken. Heb je niet geluisterd naar wat ik je over die schietpartij van gisteren heb verteld? Wij hebben de kleine uurtjes in het lijkenhuis doorgebracht – en ik kan je die plek niet aanbevelen, zelfs niet als je een lijk bent.'

'Ik ben niet bang,' zei Bekuv. Hij bracht de pick-uparm weer op de plaat. Er klonk een luid gesis voor hij het geluidsvolume een beetje terugdraaide. Het was nog steeds erg hard. Mann boog voorover en lichtte de arm van de plaat. 'Het kan me godverdomme geen moer schelen of je bang bent of niet,' zei hij. 'In feite kan me het geen moer schelen of je leeft of niet, maar ik zal ervoor zorgen dat het pas gebeurt nadat je hier vertrokken bent en ik een ontvangstbewijs voor je heb gekregen.'

'En gaat dat nu gebeuren?' vroeg Bekuv. Hij bladerde zijn losbladige notitieboekje door.

'Misschien,' zei Mann.

'Ik kan voorlopig niet weg,' zei Bekuv. 'Ik heb werk te doen.'

'Wat voor werk?' vroeg ik.

Bekuv keek me aan alsof hij zich nu pas realiseerde dat ik er ook was. 'Mijn werk aan interstellaire communicatie,' zei hij sarcastisch. 'Ben je vergeten dat ik een leerstoel aan de universiteit hier heb?'

'Nee,' zei ik.

'Ik heb het initiële transmissieprogramma berekend. Het kost niet zoveel en het vestigt de aandacht op wat we hier aan het doen zijn.

'Transmissieprogramma?' vroeg Mann.

'In de ruimte bevinden zich waterstofwolken. Ze vibreren en brengen daarmee een radiozoemtoon voort. Met elk ontvangtoestel kun je het opvangen op de 1420-meterband. Mijn stelling is dat dat de beste frequentie is voor ons eerste bericht in de ruimte. Andere beschavingen zullen zeker de verandering in de zoemtoon van het vibrerende waterstof opmerken.'

'Kan niet missen,' zei Mann.

'Niet exact dezelfde golflengte,' voegde Bekuv eraan toe. 'Onze uitzending zou overstemd worden. Wij moeten vlak bij die golflengte zenden.'

'Vlak bij, niet erop,' zei Mann. Hij knikte.

'Het kost heel weinig,' zei Bekuv. 'En binnen zes maanden heb ik het voor elkaar.'

'Net voor de groene Marsmannetjes op zomervakantie gaan,' zei Mann.

Bekuv keek Mann aan. Zijn stem klonk schril en het leek alsof hij een lange lijst van onuitgesproken vragen beantwoordde toen hij schreeuwde: 'Tweemaal heb ik een bijeenkomst van het 1924-Genootschap bijgewoond! Twee keer maar! Vijf jaar geleden voor het laatst. De wetenschap *is* niet het gezellige clubje dat jij denkt dat het is. En schei uit met me onder druk te zetten. Ik kende daar niemand en we hebben geen namen en adressen uitgewisseld, om voor de hand liggende redenen.'

'Voor de hand liggende redenen,' zei Mann. 'Die hoerenzonen waren bezig het hele Amerikaanse militaire elektronische programma te verraden.'

'En krijg jij je geheimen terug door mij hier gevangen te houden?' schreeuwde Bekuv. 'Mag niet naar buiten . . . mag niet telefoneren.'

Mann liep snel naar de deur, alsof hij bang was dat hij zijn beheersing zou verliezen. Hij draaide zich om. 'Jij blijft hier zolang het mij goeddunkt,' zei hij. 'Als je je netjes gedraagt krijg je van mij een doosje grammofoonnaalden en een abonnement op het Marsmannetjesmagazine voor jongens van acht tot achtentachtig!'

Bekuv zei heel zacht: 'Het bevalt jou allemaal niks, hè, kosmologie bevalt je niet, hi-fi bevalt je niet, Sjostakovitsj bevalt je niet en koffiekoekjes bevallen je niet . . .' Bekuv glimlachte. Ik kon er niet achterkomen of hij Mann probeerde te jennen of niet.

'Russen bevallen me ook niet,' legde Mann uit. 'Witrussen, Rooie Russen, Oekraïeners, Moskouse liberalen, balletdansers of flikkerige dichters – ze bevallen me allemaal niet. Begin je het te snappen?'

'Ik snap het,' zei Bekuv somber. 'Heb je nog meer?'

'Nog één ding,' zei Mann. 'Ik ben geen internationaal expert op het gebied van elektronische masers. Alles wat ik ervan weet is dat een maser een of ander kristallen apparaatje is dat je volpompt met elektronische energie zodat het zwakste radiosignaal opgevangen en versterkt kan worden. Op die manier krijg je een duidelijke toeter vergeleken met de achtergrond van statisch geruis en storing.'

'Dat klopt,' zei Bekuv. Het was voor het eerst dat hij werkelijk geïnteresseerd leek.

'Ik heb gelezen dat jouw techniek om een maser in een bad van vloeibaar heliumgas op 268 graden onder nul te houden elk radiosignaal twee miljoen maal versterkt.'

Bekuv knikte.

'Nou kan ik me voorstellen dat over een poosje elke driedubbeltjestransistorradio zo wordt uitgerust dat elke uitzending waar ook ter wereld ontvangen kan worden. Natuurlijk weten wij dat dat alleen betekent dat je de top-tien uit Peking kan ontvangen in plaats van uit het station hier om de hoek, maar de makker die de royalty's op zo'n apparaatje ontvangt is goed voor een paar miljoen. Klopt dat, professor?'

'Ik ben niet voor geld overgelopen,' zei Bekuv.

Majoor Mann glimlachte.

'Ik ben niet overgelopen om rijk te worden,' brulde Bekuv. Als Mann bezig was om uit te vinden hoe hij Bekuv erg, erg kwaad kon krijgen, had hij een prima manier gevonden.

Mann nam mij bij de arm en leidde me de kamer uit, de deur geluidloos en met overdreven zorg achter zich sluitend. Ik zei niets terwijl we naar beneden naar zijn woonkamer gingen. Mann trok zijn donkere regenjas uit en maakte er een prop van die hij in een hoek gooide. Van boven klonk het plotselinge gedonder van Sjostakovitsj. Mann deed de deur dicht om het geluid te dempen. Ik liep naar het raam zodat ik op Washington Square kon kijken. De zon scheen; zo'n zonnige dag in New York wanneer het weer je verleidt naar buiten te gaan zonder je jaeger ondergoed zodat de wind, die dwars over de stad komt aangieren, je in drooggevroren stukjes worst kan snijden. Zelfs het kwartet dat onder het Washington Monument a capella stond te zingen had de kap van hun parka's opgezet. Maar door de dubbele beglazing klonk geen straatgeluid door, alleen maar zachte Sjostakovitsj van boven. Mann zat in mijn gemakkelijkste stoel en las de doorslag van mijn rapport. Ik wist dat hij al op zijn kantoor was geweest en de memo's van vannacht had doorgelopen. Hij besteedde niet meer dan enkele ogenblikken aandacht aan mijn rapport, daarna deed hij het deksel van mijn varkensleren diplomatenkoffer open en legde een vinger op de dossiers van Hart en Greenwood die vroeg in de morgen per speciale koerier waren gebracht. Het waren zeer dunne dossiers.

'Had die auto een buitenlands-consulnummerplaat?'

'Ja,' zei ik.

'En heb je die telexrommel al gelezen?'

'Die twee Russen verblijven in een huis dat verhuurd is aan de tweede secretaris van de Russische handelsdelegatie . . . Ja, ik heb het gelezen, maar dat betekent nog niet dat ze van de KGB zijn, of zelfs maar diplomaten. Het kunnen best familieleden op bezoek zijn, of onderhuurders, of krakers of zo iets.'

Mann zei: 'Ik zou de eigenaren van die auto hier best eens straf willen ondervragen.'

'En waar wil je ze dan van beschuldigen? Doorrijden na een botsing?'

'Erg grappig,' zei Mann. 'Maar dat nummerbord brengt ze in verband met die pistoolartiesten.'

'Je bedoelt dat die zware jongens van de KGB hun officiële auto hebben uitgeleend aan die drie gangsters?'

Mann tuitte zijn lippen en schudde langzaam zijn hoofd alsof hij een verwend kind iets lekkers ontzegde. 'Misschien niet de manier waarop jij het zou hebben geregeld,' zei hij. 'Maar er was voor hun geen enkele reden om te denken dat het in de soep zou lopen. Ze dachten dat het een makkie was en met die consulaire nummerborden hebben ze een prima vluchtauto die geen smeris durft aan te houden. Een prima plan.'

'Dat verkeerd liep.'

'Dat verkeerd liep.' Mann liet de met spoed af te handelen papierwinkel in mijn diplomatenkoffer tussen zijn vingers doorbladeren. 'Krijgen we vandaag nog wat van die troep de afvoer in?'

'Betekent dat "we" dat je bereid bent om het zegel van een vers doosje paperclips te verbreken?'

Mann glimlachte.

Ik zette de koffer naast de divan en begon de papieren te sorteren in drie stapels: spoed, zeer veel spoed en bellen.

Mann leunde op de divan achterover. Hij tilde een hoekje op van een net stapeltje documenten; aan elk stuk zat een gekleurd stukje papier dat me vertelde wat ik tekende. Mann zoog op zijn tanden. 'Die typetijgers beneden kunnen geen mikrostip van de uitvouwplaat in *Playboy* onderscheiden, maar als ze de kans krijgen om je onder de papieren te begraven dan – godverdomme, wat een lawine!' Hij liet de stapel uit zijn handen glijden met voldoende lawaai om zijn stelling te illustreren.

Ik verplaatste de bakjes met papieren voor Mann kans kreeg om zijn demonstratie te herhalen, de aangeclipte stukjes papier begonnen al los te raken.

'Nou, ik laat het aan jou over,' zei Mann. 'Ik moet mijn vliegtuig halen. Als ze me zoeken, vertel dan maar dat ze het Diplomat-hotel in Miami, Florida, moeten proberen.'

'Gebruik niet je eigen naam,' zei ik.

'Ik bén daar niet eens, kippebrein. Dat is alleen maar een contactadres.'

Ik wilde aan mijn eerste stapel beginnen.

'Nog één ding.' Mann stond nog steeds in de deuropening naar me te kijken, 'Bessie zegt dat je de Kerst bij ons doorbrengt.'

'Geweldig,' zei ik zonder van mijn werk op te kijken.

'Ik waarschuw je maar . . . maar Bessie heeft dat meisje Bancroft meegevraagd . . . Bessie is een echte koppelaarster . . .'

'Je gaat een plek bekijken waar je Bekuv kunt opbergen, niet?' zei ik.

Mann ontblootte zijn tanden in een verscheurende grijns waarvan hij denkt dat het een warme, innemende glimlach is.

Ik werkte door tot tegen twaalven, toen een van de mensen van Documentatie om de hoek keek. 'Waar is majoor Mann?'

'Weg.' Ik ging door met mijn papieren.

'Waar is hij heen?'

'Geen flauw idee,' zei ik zonder op te kijken.

'U behoort het te weten.'

'Twee witgejaste kereltjes hebben hem schoppend en slaand afgevoerd.'

'Er is een telefoontje,' zei de man van beneden. 'Ze vragen naar u.' Hij keek de kamer rond alsof hij zich ervan wilde vergewissen dat ik Mann nergens verborgen hield. 'Ik zal de centrale zeggen dat ze kunnen doorverbinden.'

'Er is een telefoontje van ene Gerry Hart via het Wall Street-nummer,' zei de telefoniste me. 'Wilt u dat we het hiernaartoe doorverbinden?'

'Geef maar,' zei ik. Hart had maar vierentwintig uur nodig gehad om het telefoonnummer van de handelsbank die ik als eerste dekmantel gebruikte, los te peuteren; ik vroeg me af hoe lang hij nodig zou hebben voor de rest. Ik schoof de politieverbalen opzij.

'Laten we gaan lunchen,' stelde Hart voor. Zijn stem had de warme resonantie die alleen mensen die de hele dag door de telefoon praten zich eigen maken.

'Waarom?'

'Er zijn bepaalde ontwikkelingen.'

'Dan moet je met mijn baas praten.'

'Dat heb ik geprobeerd, maar hij is in Miami.' De toon van zijn stem liet duidelijk uitkomen dat hij er niets van geloofde.

'Je bent nog net op tijd voor die vlucht waar ze champagne in de toeristenklasse serveren,' suggereerde ik.

'Zit je nu werkelijk in Wall Street? Of hebben ze me doorgeprikt naar een of ander CIA-gebouw in Virginia?' Hij grinnikte even.

'Wat is je bedoeling, Gerry?'

'Luister. Ik wilde Mann vermijden. Ik wil met jou praten. Geef me een halfuurtje voor een broodje kaas. Ken je de Cookery? – University Plaza? Tegen één uur? Zeg niets tegen Mann – alleen jij.'

Hij had geen restaurant kunnen kiezen dat nog dichter bij het CIA-huis aan Washington Square lag. Het kon toeval zijn – de Cookery was een van mijn favoriete gelegenheden en Gerry Hart kon dat geweten hebben – maar ik had het gevoel dat hij me op mijn nummer had willen zetten voor hij mij met zijn voorstel om de oren begon te slaan. 'Prima,' zei ik.

'Tegenwoordig draag ik een snor. Denk je dat je me kunt herkennen?' vroeg hij. 'Ik zit de *New York Times* van vandaag te lezen.'

'Je bedoelt met twee gaatjes in de voorpagina?'

'Alleen maar om zeker te zijn dat je King Kong niet bij je hebt,' zei Hart en hing op.

Gerry Hart trok zijn broek bij de knieën iets op zodat er geen druk kwam te staan op zijn lichtgewicht mohairwollen kostuum. Daarna trok hij zijn manchetten zover naar beneden dat de manchetknopen onthuld werden maar niet zover dat de zwarte wijzerplaat van zijn digitaalhorloge werd bedekt. Zijn dossier wist te vertellen dat hij een kenner van New Orleans-jazz was. 'Dan kun je niet helemaal slecht zijn,' had Mann toen opgemerkt.

'Ik ben tegenwoordig in de politiek,' zei Hart. 'Wist je dat?'

'Ik dacht dat je op paarden gokte.'

'Je hebt altijd al een geweldig gevoel voor humor gehad.' Hij glimlachte een onderdeel van een seconde. 'Ik ben niet zo lichtgeraakt meer als vroeger,' zei hij. Hij betastte zelfbewust zijn nieuwe snor. Ik zag dat hij zijn nagels had laten manicureren. Het was een heel verschil met de zenuwachtige, bevooroordeelde ambtenaar van Binnenlandse Zaken die ik mij van onze eerste ontmoeting herinnerde.

De aperitieven arriveerden. Ik deed extra Tabasco in mijn Bloody Mary en reikte Gerry het flesje aan. Hij schudde zijn hoofd.

'Tomatensap puur heeft geen smaakmaker nodig,' zei hij schoolmeesterachtig. 'En het verbaast me zeer dat je al die wodka nodig vindt.'

'Mijn psycho-analist zegt dat het een onderbewuste wens is om mijn mond te ontsmetten.'

Hart knikte. 'Er schuilt heel wat van de politicus in je,' zei hij.

'Je bedoelt dat ik de problemen met open mond benader,' zei ik. Ik dronk het grootste deel van mijn Bloody Mary op. 'Nou, tegen de tijd dat ik me verkiesbaar stel kom ik je wel raadplegen.'

Ik wist dat het geen zin had om Hart in het harnas te jagen voor ik wist wat hij op het hart had. Zijn dossier vertelde dat hij een 31-jarige jurist uit Connecticut was. Ik beschouwde hem als een van de eersten van dat groeiende leger jongemannen die een paar jaar CIA-dienst gebruikten als een opstapje voor hogere ambities, net zoals de middenklasse vroeger het leger gebruikte.

Hart was klein en zwaarmoedig, een knappe man met donkere kringen onder diepliggende ogen die je het idee gaven dat hij slaap had. Maar Gerry Hart was een keiharde jongen die niet rookte of dronk en als hij slaperig was kwam dat omdat hij 's nachts lang opbleef om de inaugurale rede te herschrijven die hij voor het Congres zou uitspreken op de dag dat hij President werd.

Hart nipte van zijn tomatensap en veegde zorgvuldig zijn mond af voor hij sprak. 'Er gaat nu meer topgeheim materiaal door mijn handen dan toen ik nog voor de Firma werkte – ongelooflijk, hè?'

'Tja,' zei ik. Gerry Hart noemde de CIA graag de Firma om te benadrukken dat hij erbij had gehoord. Zijn dossier vermeldde geen dienst bij de CIA maar dat zei niets.

'Heb je ooit van het 1924-Genootschap gehoord?' zei hij.

'Ik hoor het liever van jou,' antwoordde ik.

'Precies,' zei Hart.

De dienster kwam met de menu's. 'Wacht even,' zei hij haar. Zijn oog rende langs de lijst. 'Club sandwich, gemengde Franse sla, gewone koffie en ik betaal de rekening. Oké?'

'Ja meneer,' zei de dienster.

'Hetzelfde,' zei ik. Daardoor voelde Gerry zich een stuk zekerder en ik wilde dat hij zich zeker zou voelen.

De dienster klapte haar bloknoot dicht en nam de menu's van ons af. Zij kwam bijna onmiddellijk met het bestelde terug. Hart glimlachte naar haar.

'We hebben het 1924-Genootschap gepenetreerd. Daarom krijgen wij het voor elkaar,' vertelde Gerry Hart toen de dienster weer weg was.

'Wat zit er in een club sandwich?' zei ik. 'Wat krijg je voor elkaar?'

'Mevrouw Bekuv hierheen halen.'

'Lijkt het een beetje op een driedekker?'

'Mevrouw Bekuv uit de Sovjet Unie hierheen halen, officieel of onofficieel.'

'Hoe?'

'Wat kan jou dat schelen?'

Ik nam het bovenste van de sandwich af en bestudeerde het beleg. 'In Engeland hebben we geen club sandwiches,' legde ik uit. 'Zelfs Greenwood is niet verteld dat dit een CIA-operatie is,' zei Hart. 'Natuurlijk zullen we eerst proberen Bekuvs vrouw hier te krijgen via de Subcommissie van de Senaatscommissie voor Wetenschappelijke Samenwerking, maar als dat niet lukt proberen we het op een andere manier.'

'Stop eens even,' zei ik, 'wat is dat voor CIA-operatie waar je het over hebt?'

'Het 1924-Genootschap.'

'Ik weet niet eens wat het 1924-Genootschap is,' zei ik naar waarheid.

Hart glimlachte. 'In 1924 kwam Mars zeer dicht bij de Aarde. Er waren geleerden die zeiden dat Mars misschien met de Aarde zou proberen te communiceren. De wetenschappelijke tijdschriften stonden er vol mee, ook de gewone pers deed mee aan de speculaties. Zelfs de radiostations van de Amerikaanse marine en het leger werd bevolen dat het radioverkeer op een laag pitje moest en dat ze moesten luisteren naar buitenaardse berichten. Het 1924-Genootschap werd in dat jaar gevormd. Twaalf eminente geleerden besloten hun kennis omtrent buitenaardse communicatie samen te voegen en methoden te ontwikkelen om berichten terug te zenden.'

'Die club floreert nog steeds, niet?'

'Er zijn nu zevenentwintig leden – waarvan drie sinds de oprichting – maar een hoop mensen geloven erin. In 1965, toen drie Russische astronomen radiogolven opvingen op een honderddaagse cyclus van quasar C.T.A.-102, was het 1924-Genootschap het rapport al aan het bestuderen, zelfs voordat de Sovjet Academie van het nieuws op de hoogte was gebracht, en voor het Kremlin hen beval zich terug te trekken.'

'Heeft de CIA het 1924-Genootschap al geïnfiltreerd?'

'Van wie dacht je dat we de eerste aanwijzing kregen dat Bekuv bereid was over te lopen?'

Ik wreef mijn bril schoon – men heeft mij verteld dat ik dat altijd doe als ik zenuwachtig ben – en besteedde overdreven zorg en aandacht aan de brilleglazen. Ik moest even de tijd nemen om naar Gerry Hart te kijken en tot de slotsom te komen dat een man van wie ik altijd gedacht had dat hij tuba speelde de orkestratie schreef.

Gerry Hart zei: 'Dit is een enorm grote operatie, zorg dat je geen fouten maakt. Bekuv is slechts een klein onderdeeltje in het geheel, maar we zullen mevrouw Bekuv hierheen krijgen als je dat per se wilt.'

'Maar?'

Hij stak een vork in zijn sandwich en sneed er een klein driehoekje vanaf dat hij zo in zijn mond kon steken. 'Maar je moet zorgen dat Mann met zijn plompe boerenvingers van het 1924-Genootschap afblijft. Hij zou ze de stuipen op het lijf jagen met zijn irriterende persoonlijkheid, net nu het zaakje zo soepel draait.' Hij nam de vork in zijn andere hand en stak een stukje brood in zijn mond.

Ik pakte mijn sandwich met de hand op, en antwoordde niet eerder voor ik een mondvol had om eromheen te praten.

'Je bent eerlijk tegen me geweest, Gerry,' zei ik, 'en ik zal eerlijk tegen jou zijn. Jij denkt dat we ons het hoofd breken hoe we mevrouw Bekuv hier kunnen krijgen? Ik kan je wel vertellen, het interesseert ons geen moer waar ze is. Natuurlijk hebben we net gedaan alsof en laten we Bekuv in de veronderstelling dat wij ons uiterste best voor hem doen, maar wij prefereren de bestaande situatie.'

'Dat kun je niet menen,' zei Hart.

'Ik ben nog nooit zo oprecht geweest, makker.'

'Ik wou dat iemand ons dit eerder had verteld,' zei hij geïrriteerd 'We hebben er al een hoop geld in gestoken.'

'Waarin?'

'We hebben geld gegeven aan een paar Russische luchtvaartmensen . . . we hebben reisdocumenten voor mevrouw Bekuv laten maken. Er was sprake van dat ze zaterdag over een week hier zou zijn.'

'Dit is een prima sandwich, Gerry. Ze noemen het een club sandwich, is het niet? Dat moet ik zien te onthouden.'

'Is je collega majoor Mickey Mouse werkelijk van plan het 1924-Genootschap op stelten te zetten?'

'Je weet hoe hij is,' zei ik.

Gerry Hart viste met zijn vork de laatste stukjes komkommer uit de sla. Hij doopte ze in het zout en at ze op voor hij de rest van de sla wegwerkte. Hij veegde zijn mond met zijn servet af. 'Niemand zou willen geloven dat ik jullie probeerde te helpen,' zei hij. 'Niemand zou willen geloven dat ik probeerde een van jullie grootste kopzorgen op te lossen en dat ik probeerde jullie ervan te weerhouden mij er een in de schoenen te schuiven.'

'Meen je dat echt dat je mevrouw Bekuv hierheen kunt krijgen . . . ik bedoel dat je haar volgende week hierheen kan krijgen?'

Hart trok een beetje bij. Hij reikte in zijn vestzak en haalde een klein zeemleren portemonneetje te voorschijn. Hij maakte het open met zijn vingertoppen en keerde het om boven mijn geopende hand die ik ophield. Er vielen twee gouden ringen uit. Een ervan was oud, en zodanig afgesleten dat de versiering bijna niet meer te zien was. De nieuwere was eenvoudiger van stijl en aan de binnenkant, waar zich een inscriptie in het Russisch bevond, kon ik zien dat het goud slechts een dun laagje was.

Hart zei: 'De ringen van Bekuvs vrouw: die met dat laagje goud is hun trouwring – met een toepasselijke welluidende Komso-sol-spreuk – en de andere is de ring van Bekuvs moeder, geërfd toen ze stierf.' Hij stak zijn hand uit en ik gaf hem de ringen terug. 'Is dat voldoende bewijs voor jou?' vroeg hij.

'Een wonderlijk staaltje van helderziendheid, Gerry.'

'Ik weet dat het allemaal deel uitmaakt van je techniek,' zei Hart. 'Ik weet dat je probeert me te irriteren, maar ik laat me niet irriteren.'

'Het doet me genoegen dat te horen,' zei ik.

'Maar er is een tijdslimiet,' zei hij. 'En als je me geen voorlopig "ja" geeft, binnen zeer korte tijd gevolgd door een passend stuk papier, dan sta ik op en loop weg.'

'Vergeet dan niet te betalen voor de sandwiches,' zei ik.

'Persoonlijk heb ik er geen enkel belang bij,' zei Gerry Hart. 'Ik probeer alleen maar te voorkomen dat twee afzonderlijke onder-zoekcommissies met elkaar in botsing komen.'

'Waarom maak je geen officieel rapport?'

'Je maakt zeker een grapje,' zei Hart. 'Dat duurt weken en uit-eindelijk . . .' hij haalde zijn schouders op.

'En uiteindelijk zouden ze tot de slotsom kunnen komen dat ma-joor Mann gelijk heeft.'

'Persoonlijk heb ik er geen enkel belang bij,' zei Hart opnieuw.

'Je bent veel te bescheiden, Gerry. Ik zou zeggen dat je er wel degelijk belang bij hebt. Volgens jou weet Greenwood niet dat jij bijzonder nauw betrokken bent bij een CIA-onderzoek betref-fende het 1924-Genootschap. Je bent veel te slim om je grote kans op het spel te zetten voor wat kleinere successen. Volgens mij houd je je baas volledig op de hoogte. En volgens mij ben je van plan dusdanig uit deze handel te voorschijn te komen dat iedereen kan zien wat een machtig man je bent, en wat een be-langrijke connecties je hebt met de CIA en hoe je hun politiek kunt mangelen – als jij dat nodig vindt. Als Greenwood hiervan onder de indruk zou komen – en we weten allebei dat dat het geval zou zijn – dan zou je misschien nog wel eens in het Congres terecht kunnen komen, of misschien wel in het Witte Huis. Vertel me nou niet dat je niet aan de mogelijkheid gedacht hebt.'

'Word jij nooit depressief?' vroeg hij. 'Je doet het altijd voorkomen of iedereen altijd op zijn eigen voordeel uit is. Word je daar nooit depressief van?'

'Jazeker, Gerry. Elke keer weer als blijkt dat ik het bij het rechte eind had, wat bijna altijd het geval is!'

'Heb je een vreselijke hekel aan me? Zou jij willen voorkomen dat mevrouw Bekuv zich bij haar echtgenoot voegt, alleen maar omdat ik er wel eens een politiek slaatje uit zou kunnen slaan?'

'Je hebt het niet tegen een jongste bediende, Gerry. Ik ben er geweest en ik weet hoe de machines in beweging worden gezet als zo'n stuk onbenul als jij de knoppen bedient . . .'

'Ik heb gehoord . . .'

'Ik heb jou een Bloody Mary, een club sandwich en een kop koffie lang aangehoord, Gerry. Nou luister je naar mij. Ik weerhoud mevrouw Bekuv er helemaal niet van een reis waar dan ook naar toe te maken, omdat ik mijn kop eronder wil verwedden dat mevrouw Bekuv die reis allang gemaakt heeft. Ze is in Manhattan, niet Gerry?'

'Er zit ergens een lek, is het niet?'

'Geen lek, Gerry' zei ik. 'Agenten in de Sovjet-Unie – degenen die het daar volhouden – sturen geen boodschappen naar mannetjes als Gerry Hart waarin ze uit de doeken doen wat voor soort reisvoorzieningen ze kunnen treffen voor de mevrouwen Bekuv van deze wereld – zodra zich een mogelijkheid voordoet, nemen ze een razendsnelle beslissing, handelen dienovereenkomstig, en verdwijnen weer.'

'Dat zou best kunnen,' zei Hart.

'En ik zie mevrouw Bekuv als een keihard partijlid, even slim als Stalin, maar slechts half zo knap. Ik zie haar haar verstrooide echtgenoot in zijn goedbetaalde, uiterst geheime positie manoeuvreren, ondanks zijn theorieën over vliegende schotels. Ik zie haar niet als het soort vrouw dat haar trouwring aan de een of andere vreemde griezel overhandigt die best een KGB-agent zou kunnen zijn die graag wat keihard bewijsmateriaal wil hebben. Nee. Maar ze zou ze uit kunnen lenen . . . voor een paar uur.'

Gerry Hart gaf geen antwoord. Hij schonk wat room in zijn laatste bodempje koffie en dronk het langzaam op.

'We zullen de zorg voor haar van je overnemen, Gerry,' zei ik. 'Maar geen stukken papier, en ik kan Mann alleen maar *adviseren* inzake het 1924-Genootschap; geen beloften.'

'Doe wat je kunt,' zei hij. Gedurende een korte tijd was de grond onder zijn voeten weggeslagen, maar zelfs terwijl ik hem gadesloeg, zag ik hem weer opveren zoals alleen zachte rubberballen en politici weten te stuiten. 'Maar wat mevrouw Bekuv betreft, heb je het bij het verkeerde eind,' zei hij. 'Wacht maar tot je haar ziet.'

'Wie van u heeft om de rekening gevraagd?' vroeg de serveerster. 'Mijn vriend,' zei ik.

Hoofdstuk zeven

Gerry Hart en ik hadden alle twee gelijk. Binnen vijf dagen bezorgde hij ons mevrouw Bekuv en moest hij zich tevreden stellen met majoor Manns waardeloze verzekering dat elk onderzoek naar het 1924-Genootschap uitgevoerd zou worden door mannen met fluwelen handschoenen. Maar wat mevrouw Bekuv betrof had ik het bij het verkeerde eind. Ze was midden dertig, een opgewekte blondine met een golvend figuur waarvan niemand me ertoe zou kunnen overhalen het als dik te omschrijven. Het vereiste een bovenmenselijk vertrouwen in de dossiers om te geloven dat zij eens een ernstige, veertienjarige Jonge Communiste was geweest, en acht jaar lang de Sovjet-Unie had afgereisd om lezingen te houden over infectieziekten van de fruitoogst. Gerry had gelijk – mevrouw Bekuv was inderdaad een verrassing.
Elena Katerina had net als haar echtgenoot Andrej, al lang voor haar aankomst in New York, haar boodschappenlijstje opgesteld. Ze had een kist vol crèmes en lotions van Elizabeth Arden, en een complete set bijpassende Gucci-koffers die een garderobe bevatte waar ze in elk klimaat mee terecht kon en uitgebreid genoeg om het een hele tijd uit te houden.
Zoals ze daar voorin Manns Plymouth stationcar zat, gekleed in een suède broekpak en een witte zijden coltrui, haar haren glanzend in de lichten van het tegemoetkomende verkeer, zag ze er Amerikaanser uit dan Bessie Mann of Red Bancroft die aan weerszijden van mij zaten.
Mevrouw Bekuv was klaar wakker, maar het hoofd van haar echtgenoot knikkebolde totdat het op haar schouder tot rust kwam. Mann was te laat vertrokken om het verkeer aan de vooravond van Kerstmis nog te vermijden en het leek erop dat we laat zouden aankomen.
'Zullen we bellen, liefje . . . om ze te vragen wat eten voor ons te bewaren?' zei Bessie.
'Ze weten toch dat we komen,' zei Mann. Hij haalde in, gebruik makend van een plotselinge beweging in de gesloten file. Bekuv

had een radiostation in Baltimore gevonden dat Latijns-Amerikaanse muziek speelde, maar Mann zette het geluid zachter.

'Men zegt dat Virginia veel van Engeland weg heeft,' zei Red Bancroft terwijl zij probeerde iets in de duisternis te zien.

'Ik zal je wel een seintje geven als het licht wordt,' zei ik.

'Als er soms iemand wil rijden,' opperde Mann geïrriteerd, 'dan zegt hij het maar.'

'Dan moeten wij maar afwachten wat hij ervan terecht brengt,' zei Bessie Mann. Ze leunde naar voren en klopte haar man op zijn hoofd. 'We hebben allemaal het grootste vertrouwen in je, schat,' vleide ze.

'Dat moet je niet doen als ik rijd.'

'Wanneer moet ik het dan doen? Dat is de enige gelegenheid dat je me je rug toekeert.'

Red Bancroft zei: 'Elke keer als mijn vader aan mijn moeder vroeg wat ze wilde hebben voor Kerstmis, zei ze dat ze naar een hotel wilde totdat alles voorbij was, maar we hebben nooit de kerstdagen in een hotel doorgebracht.' Red stak een van haar geliefde mentholsigaretten op en blies de rook in mijn richting. Ik trok een gezicht.

'Vanwege al het werk,' zei Mann over zijn schouder. 'Ze wilde af van al dat gekook en afwassen.'

'De mannen hebben ons altijd door,' zei Bessie Mann, bewondering veinzend.

'Dat bedoelde ze,' hield Mann aan.

'Natuurlijk, schat,' ze leunde naar voren om zijn wang aan te raken, en hij pakte haar vingers zodat hij de rug van haar hand kon kussen.

'Jullie tweeën proberen een brandende affaire achter deze ruwe taal te verbergen,' zei ik.

'Beheers je, Bessie,' zei Mann dringend. 'We hebben twee romantische kinderen achterin zitten.'

'Waarom wordt het Virginia genoemd?' vroeg mevrouw Bekuv plotseling. Haar Engels was uitstekend, maar ze sprak het met een eigenaardig gemaakte stem en haar uitspraak was slecht, als van iemand die het uit een boek had geleerd.

'Het is genoemd naar Engelands "virgin queen",' zei Mann.

'O,' zei mevrouw Bukev, niet zeker of ze niet voor de gek werd gehouden.

Mann grinnikte en schakelde terug voor de steile helling voor ons. Het was een opmerkelijke schuilplaats; een oud huis omgeven door een paar honderd hectaren platteland van Virginia. Toen we over de hobbelige weg reden verjoegen onze koplampen verschrikte herten en konijnen, en tussen de bomen door konden we het hotel zien, de ramen heldergeel verlicht en de voorgevel versierd met gekleurde lampjes als de kerstboom van een kind.

In de ruimte naast de schuur stond een bus geparkeerd. Het was een glimmend metalen monster, overgebleven uit de tijd voordat bussen getinte ramen en airconditioning hadden. Ernaast stond nog een auto, en toen we stilhielden schenen onze koplampen op het glimmende koetswerk van een overjarige Packard, door een of andere enthousiasteling in oude glorie hersteld.

Mann deed de lichten en de radio uit. 'Hier zijn we dan,' zei hij. 'Dik op tijd voor het diner.'

'Tien voor halfnegen,' zei Bessie Mann. Bekuv geeuwde, zijn vrouw trok haar schoenen aan en opende het portier.

'Vrolijk Kerstfeest,' zei ik en Red zoende me op mijn oor.

'Het zal jullie hier best bevallen,' zei Mann.

'Dat hoop ik voor je,' zei Bessie, 'anders geloven we je nooit meer.'

Toen ik uit de warme auto stapte voelde ik de bijtende kou van het platteland. 'Is dat niet prachtig?' zei Red. 'Het heeft gesneeuwd.'

'Is dat net als thuis, professor Bekuv?' vroeg Bessie.

'Ik ben in de woestijn geboren,' zei Andrej Bekuv. 'Ik ben in een streek geboren, troostelozer dan de Sahara — de Sovjet-Unie is zeer gróót, mevrouw Mann.'

'Is de woestijn ook jouw tehuis, Katerina?' vroeg mevrouw Mann.

Mevrouw Bekuv wikkelde zich in een lange rode cape en trok de capuchon over haar hoofd om zich te beschermen tegen de gure wind. 'Amerika is nu mijn thuis, Bessie,' zei ze. 'Ik vond New York fantastisch. Ik ga nooit meer weg uit Amerika.'

Mann was bezig de auto af te sluiten en ik ving zijn blik op. Onze vrees dat mevrouw Bekuv een afkeer van het kapitalisme zou hebben leek ongegrond.

'Neem alleen je portefeuille en camera mee,' zei Mann tegen iedereen die maar wilde luisteren. 'Ze sturen iemand voor de bagage.'

'Je doet de auto altijd op slot,' zei Bessie Mann. 'Hij is zo achterdochtig,' zei ze ter verduidelijking tegen ons die dit allang wisten. We gingen de lobby van het hotel binnen en ik dacht even dat Mann het hotel had uitgezocht om de Bekuvs op hun gemak te stellen. Het meubilair was massief, er hingen ouderwetse gebloemde gordijnen en het linoleum op de trappen was gescheurd. Achter de balie hing een ingelijste foto van Franklin Roosevelt en een reproduktie van de Amerikaanse mariniers die de vlag hesen op Iwo Jima. De receptioniste had uitgekozen kunnen zijn omdat ze zo goed bij het geheel paste: het was een opgewekt klein vrouwtje met zorgvuldig gekruld grijs haar en een gebloemde jurk. 'U kunt de tweede helft van de film nog zien,' zei ze.

Mann pakte het menu dat op de balie lag. 'Ik geloof dat we liever wat eten,' zei hij.

'Hij verwisselt de spoel om het halve uur. Het licht gaat aan; zodat u de voorstelling niet stoort.'

'Wilt u iets te eten laten brengen op de kamers?'

'Zoals u wilt,' zei de oude dame.

'De soep van de dag en biefstuk – niet doorbakken – en sla,' zei Mann. 'En geef ons een fles whisky en een fles wodka met ijs met iets om te mixen.'

'Ik zal het meteen doen. Iedereen hetzelfde?' Ze glimlachte. 'Er staat een ijskast op de kamers.'

We mompelden instemmend, met uitzondering van mevrouw Bekuv die haar biefstuk goed doorbakken wilde hebben.

'De beste biefstuk in dit deel van Texas,' zei de oude dame. 'Dat zegt iedereen tenminste.'

De twee eenpersoonskamers, voor Red en mij, waren achter in de gang. De ene had een douche en de andere een badkamer. 'Douche of bad?' vroeg ik toen we de kamers bekeken.

'Ik heb een hekel aan douches,' zei ze terwijl ze de kamer met douche binnenging. 'Vooral dit soort met metalen wanden. Die maken zoveel lawaai!'

Ze liep naar het eenpersoonsbed en stompte erop om te zien of het zacht was. Daarna sloeg ze de dekens terug en betastte het kussen. 'Nee,' zei ze terwijl ze weer naar me toe kwam en haar arm door de mijne stak. 'Ik geloof dat we maar beter de kamer met het bad kunnen gebruiken.' Ze nam me mee naar de andere kamer.

Ze ging op het bed zitten en zette het dwaze wollen mutsje af dat ze zo graag droeg. Daarna maakte ze de knopen van haar jurk los. Haar lange rode haar viel over haar blanke schouders. Ze glimlachte. Ze was het mooiste schepsel dat ik ooit had gezien en haar geluk verwarmde mij. Ze schopte haar schoenen uit. Ik nam de telefoon op. 'Kan ik een fles champagne krijgen?' vroeg ik. 'Ja, Franse champagne. Maak er eigenlijk maar twee van.'

Pas veel later gingen we naar de zitkamer die de Bekuvs met de Manns deelden. Er bevond zich daar ook een jongen met een gesteven schort en een zwart vlinderdasje, die het tafelkleed gladstreek en het bestek neerlegde.

'Ik had wel gedacht dat jullie tweeën hongerig genoeg waren om het diner over te slaan,' zei Mann snaaks.

'Mickey!' zei zijn vrouw. 'Je hebt de wijn nog niet besteld.'

'Heb je rode wijn?' vroeg Mann de jonge ober.

'Alleen Californische,' zei de jongen.

'Ik ben gek op Californische wijn,' zei majoor Mann. Hij legde zijn hand op zijn hart, alsof hij hierop zwoer.

De vrouw van de eigenaar had het diner bereid. De soep van de dag was mosselsoep en de biefstuk was verrukkelijk. Mann prees de gestoofde maïs. 'Van mij mogen ze al die Franse liflafjes houden,' zei Mann. 'Geef mij maar de Amerikaanse keuken.'

Mevrouw Mann zei: 'Je kunt het krijgen zoals je het hebben wilt.' De Bekuvs glimlachten maar zeiden niets.

Van beneden klonken soms flarden van de wat luidere gedeelten van de film. We hoorden explozerende bommen en oorlogsmelodieën.

Ik neem aan dat Bekuv het kruisverhoor, waarvoor Mann nu de tijd gekomen achtte, had verwacht. Toen Mann een kistje sigaren voor den dag haalde en voorstelde beneden in de hal te roken, om niet wakker te worden in een verschaalde tabakslucht, stemde Bekuv meteen toe; ik ging met hen mee.

De lounge was op dezelfde armoedige wijze gemeubileerd als de lobby. Er hingen diverse grote sepiakleurige foto's van mannen met stofbrillen die om oude racewagens heen stonden en naar elkaar grinnikten. Ik veronderstelde dat Pierce, de eigenaar, een autogek was, van wie waarschijnlijk ook de nog in prima staat verkerende Packard was die buiten stond, en misschien ook wel de oude bus.

Bekuv koos de afgetakelde sofa. Mann boog zich over hem heen om zijn sigaar aan te steken. 'Er hebben zich nog al wat nieuwe ontwikkelingen voorgedaan sinds je komst in de States,' zei Mann. 'Wat voor soort ontwikkelingen? vroeg Bekuv voorzichtig.

'Om te beginnen vroegen wij je ons op de hoogte te brengen van de wetenschappelijke gegevens waar mee je je bezighield voor je overliep.'

'En dat heb ik gedaan,' zei Bekuv.

'Tot op zekere hoogte, ja,' zei Mann. 'Maar je zult je wel gerealiseerd hebben dat er nog een motief meespeelde.'

'Nee,' zei Bekuv, terwijl hij aan zijn sigaar zoog en Mann zeer kalm aankeek.

'Godallemachtig, Bekuv! Je bent er nu langzamerhand toch wel achtergekomen dat wij op het gebied van masers ver vooruit zijn in vergelijking met wat er in de Sovjet-Unie wordt gedaan?'

Bekuv keerde zich om, om mij aan te kijken. Hij fronste zijn voorhoofd en haalde toen wanhopig zijn schouders op. 'Ik begrijp het niet,' zei hij. 'Je zult het me moeten uitleggen.'

'We hopen de vorm waarin je je het materiaal kunt herinneren te herkennen. Het zou ons kunnen helpen de bron ervan op te sporen. We zouden er misschien achter kunnen komen waar het vandaan komt.'

'Veel is afkomstig uit gepubliceerd werk,' zei Bekuv.

'Probeer nou niet zo slim te zijn,' zei Mann. Hij stond op, en even dacht ik dat ik tussen hen in moest gaan staan. 'We hebben het hier niet over het soort inlichtingen die Greenwood en zijn Comité verstrekken. We hebben het over militaire inlichtingen.'

'Wat begon als een wetenschappelijk lek is nu een stroom van inlichtingen geworden,' zei ik. 'Een deel is afkomstig van de inlichtingendienst. Er zijn ook Britse inlichtingen, dat is de reden waarom ik erbij betrokken ben.'

'Dat heb ik me al afgevraagd,' zei Bekuv.

'Ik word onder druk gezet,' zei Mann, 'en als ik onder druk word gezet, ga jij door de mangel.'

'Ik geef je de inlichtingen zo snel als ik ze me kan herinneren,' zei Bekuv.

'En dat is niet snel genoeg,' zei Mann. Er klonk een bepaalde dreiging in zijn stem.

'Ik kan het niet sneller,' zei Bekuv. Ik keek naar zijn gezicht. Misschien was nu de tijd gekomen dat hij zich begon te realiseren dat zijn assistenten van de universiteit hadden geprobeerd hem uit te horen.

Mann richtte zich op en wierp zijn hoofd achterover. Hij bracht de sigaar naar zijn lippen en zette zijn andere hand op zijn heup. Het leek zowel een Napoleontische als een nadenkende houding, totdat hij zich op zijn achterste krabde. Hij liep langzaam heen en weer over het tapijt voor de open haard, voortdurend naar het plafond starend en rook uitblazend. 'Het was in juli eenenzeventig, Berlijn was bloedheet . . . je weet hoe dat kan zijn in die stad, Bekuv. Een van onze jongens nam deel aan een feest van vakbondsbonzen die de bekende behandeling ondergingen: dat blok appartementen op de Allee dat zogenaamd vol zit met arbeidersgezinnen, en de crèche bij de Wannsee en het banket waar ze de nette heren onder tafel drinken met eindeloze toasts op de eenheid van het proletariaat. Dom om een van onze jongens in zo'n zootje te zetten. Het was een Amerikaanse vakbondsadvocaat uit Pittsburgh die hem aan de Russen verklikte. Toen we hem terugkregen, was zijn gat rauw van de onbehandelde sigarettenbrandwonden, en er zat pentathol in zijn bloed. We vlogen hem naar de beste chirurg in Amerika maar hij heeft nooit het volledige gebruik van zijn rechterhand teruggekregen . . .'

Mann glimlachte een van zijn koude glimlachjes naar Bekuv.

Bekuv had geen ogenblik zijn ogen van Mann afgewend terwijl hij heen en weer liep. Nu zei hij: 'Het is niet zo eenvoudig om je details te herinneren.'

'Ik probeerde te helpen,' zei Mann.

'Ik heb meer tijd nodig,' zei Bekuv.

Mann glimlachte opnieuw. Hij keek op zijn horloge. 'Het is al laat. We kunnen onze sigaar maar beter uitmaken en ons bij de dames voegen.' Hij gooide zijn sigaar weg en duwde ons naar buiten.

'Het is hier prachtig,' zei Red Bancroft. Ze keek uit het raam, haar handen naast haar gezicht om niet gehinderd te worden door de reflectie. 'De maan gaat schijnen. Het is een mooie avond voor een wandeling.'

'Het vriest,' zei ik.

'Kleed je warm aan, opa,' zei ze spottend. 'Je kunt die mooie nieuwe leren overjas aantrekken.'

Ik knikte instemmend, en ik zag Red en mevrouw Mann dat soort blik wisselen waarmee vrouwen de val van een man begroeten.

De filmvoorstelling was om tien over tien afgelopen. Red en ik liepen over de met keien geplaveide binnenplaats aan de achterkant van het huis om de overjarige bus en Packard eens nader te bekijken. We hoorden 'Smoke Gets in Your Eyes' en 'Change Partners' zwak door de met zware gordijnen behangen kamer komen waar de film werd gedraaid. Toen de finalemuziek aanzwol, ging de achterdeur open, en kwamen een paar mannen naar buiten de kou in. Een van hen hoestte en een andere sloeg hem hulpvaardig op de rug. Twee andere mannen staken een sigaret op.

'Londen!' zei een van de mannen. 'Daar zag ik die film voor het eerst. Ik was artillerist, negentien jaar – de jongste sergeant in de groep – ik ontmoette een verlegen Engels meisje. We gingen met haar moeder naar de film; stel je voor . . . met haar moeder! Ik was stapel op haar.'

'Hoe was haar moeder?' vroeg een tweede man. De eerste man lachte beleefd.

'Ik zag hem met mijn vader en moeder,' zei een andere stem. 'Pas tweede luitenant geworden, ik had net mijn pilotenopleiding voltooid. Ik had verlof voordat ik me bij een bommenwerpereenheid in Engeland zou voegen. Mijn ouders glimlachten en luisterden zwijgend toen ik ze vertelde dat ik nauwelijks kon wachten om te gaan vechten . . . en al die tijd dachten ze eraan hoe groot de kans was dat ik gedood zou worden . . . pas nu, nu ik zelf kinderen heb, begrijp ik wat hen dat gekost moet hebben.'

'We zijn allemaal teruggekomen,' zei een andere man. 'Soms vraag ik me af waarom.'

'Niet allemaal,' zei de man die een pilotenopleiding had gevolgd. 'Ik heb een hoop goede kameraden verloren.'

'Ze verscheepten het eskadron van Engeland naar Frankrijk zonder enige waarschuwing,' zei de eerste man. 'Ik vergat hoe ik het huis in Manchester, waar ze woonde, terug moest vinden, ik had het adres nooit opgeschreven. Ik ben twee keer teruggegaan en heb door de straten gelopen . . . maar het had geen enkele zin.'

'Oorlogsromance,' zei de tweede man.

'Het was meer dan dat,' zei de eerste man. 'Ik denk nog steeds aan haar. Zowat elke week komt ze in mijn herinnering naar boven. Dat bewijst toch wel iets.'

De deur ging opnieuw open en een paar vrouwen kwamen naar buiten. 'Wat doen jullie daar buiten?' vroeg één van hen met schrille stem. 'Het is zo koud!'

Een tweede vrouw zei: 'Vieze moppen vertellen; ik weet wat ze aan het doen waren. Geef het nou maar toe, Norm, je vertelde vieze moppen.'

'Dat klopt,' zei de man met de pilotenopleiding. 'Dat deden we inderdaad.'

De zoon van de eigenaar haalde de luiken op in de kamer waar de film vertoond werd en het licht viel op de binnenplaats. Het was helder genoeg om de mannen en vrouwen te zien staan. Ze waren allemaal eind veertig, begin vijftig. De vrouwen droegen ouderwetse feestjurken, en de mannen waren in legeruniform. Maar de uniformen waren niet die van het hedendaagse leger, het waren de roze broeken, olijfkleurige jasjes en slappe mutsen van de luchtmacht van de vs rond 1943.

Hoofdstuk acht

We zaten aan het ontbijt op de dag voor Kerstmis. Een laag winterzonnetje maakte een streeppatroon op het behang. 'Jeugdsentiment is ook niet meer wat het geweest is,' verkondigde Mann. Hij had voorgelezen uit de brochure die op onze ontbijttafel lag in de zitkamer. 'Nostalgia Inn' stond erboven met een foto van het hotel genomen de vorige zomer toen een club liefhebbers van overjarige auto's er logeerde. Het meubilair, de muziek, de filmvoorstellingen en zelfs de menu's waren gekozen om de cliëntèle de gelegenheid te geven te zwelgen in hun herinneringen en illusies.

'Deze en de volgende maand is de Tweede Wereldoorlogperiode,' zei Mann. 'Maar verleden jaar Kerstmis hadden ze een 1914-week, en ik heb gehoord dat het geweldig was.' Hij droeg een tweed jasje, een witte coltrui en een kakibroek. Goed genoeg voor de Tweede Wereldoorlog.

'Het enige dat we zeggen,' herhaalde Bessie Mann geduldig, 'is dat je het ons wel eens had kunnen vertellen.'

'En jij zeker speciale jurken kopen en je haar laten doen?'

'En waarom niet?' vroeg Bessie.

'Het zou de veiligheid in gevaar hebben gebracht,' zei majoor Mann. 'Het is de bedoeling dat onze Russische vrienden incognito kunnen blijven. Als jij iedere winkelbediende in Bloomingdale ervan had verteld dan was de zaak zo in de openbaarheid gekomen.'

'Je vertrouwt me nooit,' zei Bessie Mann.

'Dat heb je verdomd goed gezien,' gaf Mann opgewekt toe.

'Geef me de autosleuteltjes,' zei ze.

'Waar ga je naar toe?' zei Mann.

'Ik laat me een kapsel uit 1940 aanmeten en een feestjurk.'

'Rij niet met die nieuwe banden tegen de stoeprand,' zei Mann.

Bessie Mann richtte een speelse klap op het hoofd van haar man. Hij dook en grinnikte.

Red raakte mijn hand aan over de tafel. 'Zal ik ook gaan? Ik heb sigaretten nodig.'

'Koop maar een jurk en geef mij de rekening,' zei ik. 'Vrolijk Kerstfeest.'

Red leunde voorover en kuste me.

'Af, jullie tweeën,' zei mevrouw Mann.

'Luister liefje,' zei Mann. 'Neem maar een taxi voor het geval ik de auto nodig mocht hebben.'

Spoedig nadat mevrouw Mann en Red waren vertrokken om naar de stad te gaan, kwam mevrouw Bekuv te voorschijn door de tussendeur. Ze was gekleed in een blauw zijden broekpak. Het was een beetje te opzichtig naar mijn smaak, maar het deed haar blonde haar en gevulde figuur goed uitkomen. Majoor Mann schonk koffie voor haar in en gaf haar de boter aan. Er lagen nog maar twee warme broodjes onder het gesteven servet in het broodmandje. Mevrouw Bekuv brak een ervan doormidden en kauwde op een stukje korst. Ze keek nog steeds op haar bord toen ze sprak. 'U bereikt niets bij mijn echtgenoot met dreigementen, majoor Mann.'

Mann zette zijn koffie neer en was plotseling een en al charme. 'Dreigementen?' zei hij alsof hij dat woord voor het eerst hoorde. 'Heeft hij dat tegen u gezegd, mevrouw Bekuv? Misschien heeft hij me verkeerd begrepen. Een lange rit ... de spanningen van de afgelopen dagen ... hij ziet er wat vermoeid uit.'

'Wij houden geen van beiden van dreigementen, majoor Mann,' zei ze. Ze smeerde haar broodje.

Mann knikte instemmend. 'Niemand houdt ervan, mevrouw Bekuv. Ik ben tenminste nog nooit iemand tegengekomen.'

'Dat is de reden waarom we de Sovjet-Unie hebben verlaten.'

Mann hief zijn hand als wilde hij zijn ogen beschermen tegen een fel licht. 'Dat is niet helemaal waar, mevrouw Bekuv. U *weet* dat dat niet helemaal waar is. Uw echtgenoot is overgelopen omdat hij bij vier achtereenvolgende gelegenheden gepasseerd werd voor een promotie, en omdat hij ten slotte overgeplaatst werd naar dat rotbaantje in Mali, waar hij niet met zijn baas kon opschieten.'

'Die baas,' zei mevrouw Bekuv met grote afkeer, 'was vijf jaar geleden nog een assistent van mijn man.'

'Precies,' zei Mann. 'En daarom is uw echtgenoot overgelopen — het had niets te maken met het feit dat u in een politiestaat leefde, of dat u bedreigd werd, of dat u Solzjenitsyn in het oorspronkelijke Zwitsers wilde lezen.'

'Ik zie dat u het overlopen van mijn echtgenoot keurig hebt uit-gewerkt, majoor,' zei mevrouw Bekuv. 'Nu wat mij betreft. Waar-om ben ik overgelopen, volgens u?'

'Ik weet het niet zeker,' zei Mann voorzichtig. 'Maar ik zou u toch zeker op een miljoen taxeren in dat broekpak van Saks, en met dat gouden horloge en die gouden armband van Tiffany.'

'U hebt me laten volgen?' Ze leek zeer verrast.

Ze draaide zich om zodat ze hem beter kon zien. Ze moest haar ogen half dichtknijpen, maar zelfs met toegeknepen ogen tegen de zon inkijkend was ze nog steeds een welgevormde, mooie vrouw.

'Ik wilde er alleen maar zeker van zijn dat u niet lastig werd ge-vallen door vreemde mannen, mevrouw Bekuv.' Mann leunde naar voren en veranderde iets aan de stand van de jaloezielatten om de zonnestralen buiten te houden.

'U bedoelt mannen van de Sovjetregering?'

'Elk soort mannen, mevrouw Bekuv.'

'Ik ben niet degene die u in de gaten moet laten houden,' zei ze. Ze dronk haar koffie en besmeerde het laatste stukje brood alsof zij duidelijk wilde maken dat het gesprek afgelopen was.

'U bedoelt dat ik beter uw echtgenoot in de gaten kan laten houden?'

'Hij zal niet reageren op druk, majoor Mann. Andrej is een zacht-moedig iemand. Als u hem te fors aanpakt, zal hij van u weg-lopen.'

'U vraagt mij dus zaken te doen via u, mevrouw Bekuv?' Mann had de spijker op de kop geslagen, en zij was hierdoor uit haar evenwicht gebracht.

'Het zou de moeite waard zijn het te proberen,' zei ze.

'U moet uw echtgenoot zover zien te krijgen dat hij meewerkt, mevrouw Bekuv.'

'Maar hij schrijft u al ellenlange rapporten.'

'Hij heeft ons een hoop wetenschappelijk materiaal verschaft — een bijna letterlijke weergave zover zijn herinnering het toe-staat — maar dat noem ik geen werkelijke medewerking, me-vrouw Bekuv.'

'Wat wilt u dan nog meer?'

'Iemand als uw echtgenoot kan enorm veel informatie putten uit de stijl waarin het rapport is gesteld en uit de methode van experimenteren en analyseren. Hij weet welke laboratoria waar ter wereld zich bezighouden met de ontwikkeling van masers, en hij kent waarschijnlijk de mensen die daar werken bij naam – ik denk dat hij weet waar het lek zit.'

Mevrouw Bekuv dronk van haar koffie.

Mann vervolgde zijn theorie. 'Geen enkele andere Sovjet-natuurkundige heeft men meer vrijheid toegestaan dan uw echtgenoot de afgelopen jaren heeft gehad. Hij heeft bijna dertig natuurwetenschappelijke conferenties, lezingen, studiegroepen en symposiums bijgewoond, buiten de Sovjet-Unie – dat is heel ongewoon, mevrouw Bekuv, dat moet u toch toegeven. Men zou geneigd zijn te veronderstellen dat hij veel van zijn gegevens op basis van persoonlijke ontmoetingen heeft verkregen, door gesprekken met andere natuurkundigen tijdens deze internationale conferenties.'

'Ik zal met Andrej praten,' beloofde ze.

'Ik en mijn vriend hier,' zei Mann met zijn lepel in mijn richting wijzend terwijl ik nog een kopje koffie inschonk. 'Wij zijn een gemoedelijk stel jongens. Dat weet u. Maar we moeten zo langzamerhand beginnen een paar ansichtkaarten te schrijven naar de luitjes in het hoofdkwartier. Anders gaan ze nog denken dat we hier voor ons plezier zitten. Dan krijgen we een baantje als nachtwaker op het kerkhof. Begrijpt u waar ik heen wil, mevrouw Bekuv?'

In de kamer beneden ons zette iemand de radio aan om naar een Kerstdienst te luisteren. 'De herdertjes lagen bij nachte . . .' klonk zachtjes door aan onze ontbijttafel.

'Ik begrijp wat u wilt, majoor Mann,' zei ze. Ik sloeg haar nauwlettend gade, maar de flauwe glimlach die ze hem schonk onthulde niets anders dan een lichte geamuseerdheid. Mann pakte zijn glas sinaasappelsap en nam een slok. 'Ik zal u iets vertellen, mevrouw Bekuv. Het is zo langzamerhand onmogelijk geworden om nog ergens vers uitgeperst sinaasappelsap te krijgen. U zou verbaasd zijn in hoeveel vijfsterren-hotels ze sinaasappelsap uit blik serveren.'

'In de Sovjet-Unie serveert men in elk hotel en restaurant vers uitgeperst sinaasappelsap,' zei mevrouw Bekuv.

Even dacht ik dat Mann dit wilde bestrijden, maar hij glimlachte zijn meest innemende glimlach en zei: 'Is dat zo, liefje? Ik heb altijd wel geweten dat er iets goeds te zeggen moest zijn over die

76

gore braak liggende woestenij.

Mevrouw Bekuv schoof haar kopje van zich af en stond op.

'Tot straks,' zei Mann minzaam.

Mevrouw Bekuv ging de kamer uit zonder iets te zeggen.

We zaten er nog steeds toen Bessie en Red ons opbelden uit Waterbridge. Ze waren bijna klaar bij de kapper en de nieuwe jurken waren feestelijk ingepakt en lagen klaar om meegenomen te worden. Het enige dat wij hoefden te doen was met onze chequeboekjes naar de stad komen en in een leuke gelegenheid met hen gaan lunchen. Tot mijn verbazing stemde Mann meteen hiermee in. Hij nodigde zelfs de Bekuvs uit met ons mee te gaan, maar Andrej was van plan een kerstconcert op te nemen op zijn Sony-bandrecorder en mevrouw Bekuv schudde haar hoofd zonder op te kijken uit *Dr. Zjivago*.

Beneden in de eetzaal was het hotelpersoneel bezig ouderwets tinnen speelgoed en celluloid poppetjes in een kerstboom te hangen. Op een podium was een tienmansorkest uit Chicago met Pierce aan het redetwisten over de richting waarin de gekleurde spots moesten wijzen.

Pas halverwege de heuvel begon Mann te spreken. 'Je kunt mijn gesprekje met Frau Bekuv niet zo goed waarderen?'

'Ik zou het niet opnemen in een bloemlezing van psychologische overwinningen.'

'Wat heb ik verkeerd gedaan?'

'Niets,' zei ik. 'Het is duidelijk dat je wilt dat zij het 1924-Genootschap noemt, zodat je een excuus hebt ze aan te pakken. Ik ben er zeker van dat ze dat begrepen heeft en ze zal je waarschijnlijk van dienst zijn.'

'Waarom maakt dat jou dan zo kwaad?'

'Als je er zo zeker van bent dat het lek bij die halvegaren van het 1924-Genootschap zit, waarom ga je er dan niet meteen op af? Als je er niet zeker van bent maak je de situatie alleen maar verwarder door gebruik te maken van mevrouw Bekuv als marionet.'

'Ah!' zei Mann. 'Waarom niet meteen op het 1924-Genootschap afgaan, zeg jij. Ik wist wel dat het slechts een kwestie van tijd zou zijn voordat jij mij een vraag zou stellen die ik kon beantwoorden.' Hij wendde zijn blik lang genoeg van de weg af om mij aan te kunnen kijken. 'Het 1924-Genootschap is een geheim genootschap, jongetje. Niemand weet precies wie er lid van is.

'Behalve de andere leden.'

'Zoals de Bekuvs. Ja, je begint het door te krijgen, vriend.'

'Veronderstel dat, terwijl wij allemaal afwezig zijn, de Bekuvs een taxi bellen en hem smeren?'

Mann glimlachte terwijl wij stopten in een zo juist vrijgekomen parkeerplaats voor een lommerd vol saxofoons en geweren. Een paar huizen verder zag ik de kapsalon. 'Heb jij een paar munten?' vroeg hij.

Ik gaf hem wat wisselgeld voor de meter maar hij stapte niet meteen uit. Hij zei. 'Ik heb een paar van mijn jongens bij de achterdeur neergezet.'

'Je wilt graag dat ze de benen nemen,' zei ik beschuldigend.

'Het zou de zaken wel vereenvoudigen,' zei Mann.

'Tenzij ze slagen,' zei ik.

Mann trok een gezicht en stapte uit.

De Bekuvs zaten nog steeds in het hotel toen wij terugkeerden. *Jupiter* van Mozart lag op de draaitafel. Andrej was nog steeds bezig met de berekeningen die boodschappen het heelal in moesten sturen en zijn vrouw lag te slapen met *Dr. Zjivago*. Mann liet zich op de sofa vallen en slaakte een zucht.

Een van de vele dingen die ik niet begrijp van vrouwen is dat zodra ze terugkomen van een of andere dure krulsalon, ze voor de spiegel gaan staan en de hele zaak weer uitkammen. Red en Bessie waren hiermee bezig terwijl mevrouw Bekuv, klaarblijkelijk tot de slotsom gekomen dat ze iets leuks had gemist, hieraan begon mee te doen.

Met schijnbare tegenzin liet ze zich overhalen tot een nieuw kapsel. Red kamde haar haar op in de stijl van de jaren veertig, en hield het omhoog terwijl ze het beiden bewonderden. Met vaardige handen speldde Red het op zijn plaats en arrangeerde de krullen en pony met liefkozende toewijding.

Mann keek geïnteresseerd toe, maar zijn vrouw scheen vreemd verontrust. Het verschafte een onthullend inzicht in mevrouw Bekuv – en het verried ook veel van Red, maar ik zag dat toen niet.

Ik bestelde thee voor allemaal, maar zelfs nog voor ik de telefoon neerlegde, zei Mann op zijn autocratische manier tegen zijn vrouw dat hij een gesprek onder vier ogen wilde met de Bekuvs. Bessie zei dat ze er de voorkeur aangaf haar thee op haar kamer te drinken en zelfs Red – geen bewonderaarster van Manns patriarchale stemmingen – stemde gedwee in hetzelfde te willen, zelfs al moest ze hiervoor mevrouw Bekuvs kapsel onafgemaakt laten. Dat beviel de Russische dame in het geheel niet, en nadat de anderen waren vertrokken richtte ze een ijskoude blik op Mann, beval haar echtgenoot de muziek zachter te zetten en zei: 'Dr. Henry Dean. Hij woont in een huis genaamd La Grange in het dorpje St.-Paul Chauvrac, Bretagne, 46, Lot, Frankrijk. Wilt u dat opschrijven?'

Mann zei: 'Dr. Henry Dean, La Grange, St-Paul Chauvrac, Bretagne, 46 Lot, Frankrijk. Nee, dat wil ik niet opschrijven.'

'Het is geen natuurkundige,' zei mevrouw Bekuv, 'in ieder geval geen belangrijke. Maar hij is de contactpersoon tussen het 1924-Genootschap en Moskou.' Ze glimlachte en draaide een blonde haarlok tussen haar vingers. Het was het ongekunstelde gebaar van de *ingênue,* niet passend bij deze Rubensachtige vrouw en moeder, en toch had ze voldoende charme om het te kunnen brengen. 'Dat is goed,' zei Mann toonloos. Hij keerde zich naar mij. 'Ga dat na, wil je.'

Ik keek hem nauwlettend aan. Hij had iets in zijn stem dat ik niet kende.

'Ik zal doen wat ik kan,' zei ik. Ik wist dat mijn verzoek aan Langley om in een archief te gaan zoeken om vijf uur 's middags op de dag voor Kerstmis niet bijzonder enthousiast zou worden ontvangen.

'Doe het maar kalm aan,' zei Mann. 'Ik zou het niet leuk vinden om morgenochtend al weg te moeten.'

Mevrouw Bekuv keek ons beurtelings aan. 'U gaat naar Frankrijk?'

'Dr. Henry Dean, zegt u. Dat is interessant,' zei Mann. Hij zei het met stemverheffing. Het was duidelijk de bedoeling Andrej Bekuv in het gesprek te mengen.

Andrej Bekuv knikte maar keerde zich niet om om Mann aan te kijken. Hij zat te spelen met zijn nieuwe bandrecorder en probeerde net te doen alsof hij met het hele gesprek niets te maken had.

Mevrouw Bekuv zei: 'Andrej en ik hebben over het onderzoek gesproken.'

'Dat waardeer ik zeer,' zei Mann.

Ze negeerde zijn sarcasme. Ze vervolgde: 'Onze volledige medewerking zou niet alleen goed zijn voor Amerika, het zou ook zeer goed zijn voor u.'

'Ik geloof niet dat ik uw gevolgtrekkingen helemaal kan volgen,' zei Mann die niet slechts de gevolgtrekkingen volgde maar al veel verder was. Hij legde een gespreide hand op zijn hart. Ik zag nu dat hij het gebaar, waarvan ik altijd had gedacht dat het een spirituele bedoeling had, alleen maar maakte om te controleren of zijn overhemdkraag nog plat zat.

'Promotie en een betere salarisschaal, meer macht, een betere baan ... u weet wel wat ik bedoel,' zei mevrouw Bekuv. 'Deze eerste naam geven wij u voor niets, maar als u meer wilt weten moeten we tot een nieuwe overeenkomst komen.'

Mann grinnikte. 'U bedoelt dat u *uw* deel wilt hebben van de voorspoed-promotie, en salarisschaal.'

'Anders,' zei mevrouw Bekuv, 'zeggen we gewoon niets totdat u ontslagen bent en er een nieuw team naar ons wordt toe gestuurd.'

'Hoe weet u dat ik niet de gummiknuppels voor den dag zal halen, lang voor ik ontslagen word?'

Andrej Bekuv schoof ongemakkelijk heen en weer en friemelde aan de geluidsknop zodat een paar akkoorden van Mozart ontsnapten en over het tapijt heenrolden, 'We zullen dat risico moeten nemen,' zei mevrouw Bekuv.

'Hoeveel?'

'We beseften niet hoe duur het leven is in New York,' zei mevrouw Bekuv onmiddellijk. 'Met al die elegante mensen van de universiteit moet ik er op mijn best uitzien, weet u.' Ze glimlachte alsof we met z'n allen een geheim grapje deelden.

'Ik zal kijken wat ik doen kan,' zei Mann.

'Ik kon al die nieuwe kleren niet weerstaan, Majoor Mann,' zei ze. 'Na al die jaren in de Sovjet-Unie werd ik verblind door de etalages, en Andrej stond erop dat ik een heel nieuwe garderobe kocht, van schoenen tot ondergoed. Hij zei dat het paste bij het nieuwe leven dat we hier zouden beginnen.'

'Ik begrijp het,' zei Majoor Mann.

'Vergeet wat ik zo juist heb gezegd. Met of zonder meer geld, wij zullen u allebei helpen zoveel we kunnen.' Mevrouw Bekuv legde een menu in *Dr. Zjivago* en sloeg het boek dicht. Toen stond ze op en streek haar korenbloemenblauwe jurk glad, met haar vingers over haar heupen en dijen glijdend in het soort gebaar dat deelnemers aan een amateur-schoonheidswedstrijd gebruiken. Ze glimlachte tegen ons allebei, en glimlachte nog steeds toen ze zich over haar echtgenoot heen boog en hem boven op zijn hoofd kuste.

De ober arriveerde met een blad thee en toast net toen mevrouw Bekuv de kamer uitging. Mann nam het blad van hem over; hij begon de melk in te schenken, en de zelfgebakken kersentaart te presenteren. Andrej Bekuv nam een schijfje citroen in zijn thee en sloeg de taart af. 'Mijn vrouw wordt zeer nerveus, majoor Mann,' zei hij. 'Ze mist de jongen.'

'U wist dat uw zoon zich nooit bij u zou voegen. Hij moet volgend jaar examen doen . . . u zou toch niet willen dat wij proberen hem tegen zijn wil hierheen te brengen?'

'Nee, nee, nee,' zei Andrej Bekuv, 'Wat u zegt is waar . . . maar het verandert niets aan de feiten. Mijn vrouw kan niet aan het idee wennen dat ze haar zoon nooit meer terug zal zien.' Hij wendde zijn blik af. 'En om u de waarheid te zeggen, ik ook niet!'

'Natuurlijk,' zei Mann. 'Natuurlijk.' Hij klopte Bekuv op de arm zoals men zou proberen een opgewonden poedel tot bedaren te brengen.

Aangemoedigd door dit vriendschappelijke gebaar opende Bekuv zijn losbladige notitieboek. 'Ik ga mijn werk op het gebied van interstellaire communicatie volkomen veranderen . . .'

'O ja?' vroeg Mann. 'Dat is fijn. U bedoelt, geen neuriënde neutronen meer?'

Bekuv maakte wat onbestemde geluiden terwijl hij wees op dichtbeschreven pagina's cijfers. 'Eerst hebben we gezocht naar een middel tot communiceren zonder verstrooiing via het galactische plasma. Het was duidelijk dat dit het gebruik van elektromagnetische golven inhield. We wisten dat röntgenstralen niet geschikt waren . . .'

'Waarom niet?' vroeg ik in een poging me in het gesprek te mengen.

'Die kunnen niet gefocusseerd worden,' zei Bekuv, 'en gammastralen hebben een te beperkt bereik.'

'Hoe beperkt?' vroeg ik.

'Ongeveer honderdvijftigduizend kilometer,' zei Bekuv. Mann

trok een gezicht. Bekuv glimlachte en zei: 'Maar ik begin nu te geloven dat we het idee van elektromagnetische golven moeten loslaten. We zullen ten slotte nooit in staat zijn een gesprek te houden met een andere beschaving, omdat elke boodschap er twintig jaar over doet om daar te komen en nog eens twintig jaar om weer terug te komen.'

'Dat lijkt het Engelse telefoonnet wel,' zei Mann.

'Ik geloof nu dat we gewoon moeten proberen een baken te maken in het heelal ... een teken dat door een andere beschaving zal worden ontdekt en waardoor zij zal weten dat er een vorm van intelligent leven bestaat op de planeet aarde.'

'Wat voor een teken?' zei Mann.

'Geen ploegvoren in akkers. Er is veel over gesproken, maar het is absurd. De kanalen op Mars die Schiaparelli in 1887 ontdekte en die een volkomen misinterpretatie waren, zoals door het ruimtevaartuig Mariner werd onthuld, hebben dat idee tenietgedaan.' Hij sloeg een pagina op met diagrammen en nog meer berekeningen. 'Ik denk aan een wolk van een stof die een van tevoren uitgekozen golflengte van licht zal absorberen. Dit zou een patroon achterlaten – misschien niet meer dan een streep – in het spectrogram van het licht van een ster. Dit zou voldoende zijn om iedere beschaving duidelijk te maken dat er hier op aarde wetenschappelijke ontwikkelingen gaande zijn.'

Ik keek naar Mann. Hij trok zijn wenkbrauwen op. 'Wat is de volgende stap?' vroeg Mann met een duidelijke trilling in zijn stem.

'Dit aan uw regering voor te leggen,' zei Bekuv.

Mann was niet in staat een zucht te onderdrukken. 'U kunt dit beter voorstellen in een rapport. Dan zal ik zien wat ik doen kan.'

'Ik wil niet dat het opgeborgen wordt en vergeten,' zei Bekuv. 'Ik wil er met iemand over spreken. U hebt toch een Senaats-Commissie voor Internationale Samenwerking? Zou ik met hen kunnen spreken?'

'Misschien,' zei Mann, 'Maar u zult het eerst allemaal moeten opschrijven.'

'Nog één ding,' zei Bekuv. 'Het is morgen Kerstmis; zou ik vanavond met mijn vrouw naar de nachtmis mogen?'

'Het dossier vermeldt niet dat u katholiek bent,' zei Mann. Hij was verontrust en lichtelijk geïrriteerd. Of misschien veinsde hij die geïrriteerdheid wel.

'We mogen dan wel niet vaak naar de kerk gaan, we geloven nog steeds,' zei Bekuv. 'En de vooravond van Kerstmis betekent veel voor ons.'

'Er zal iemand met u mee moeten gaan,' zei Mann.

'Ik ga wel,' zei ik.

Bekuv keek Mann aan die knikte.

'Dank u,' zei Bekuv. 'Ik ga het Katinka vertellen. Ik dank u allebei.' Hij ging kwispelstaartend weg.

'Ik weet soms gewoonweg niet hoe ik mijn handen van die sukkel af moet houden,' zei Mann.

'En dat is duidelijk te zien,' deelde ik hem mee.

Mann ging in de zachte leunstoel zitten en deed zijn ogen stijf dicht.

'Ben je ziek?' vroeg ik.

'Ik voel me prima,' zei Mann, maar zijn gezicht was grijs, hij zag eruit of de oude dag hem plotseling te pakken had. Ik wachtte tot hij wat zou zeggen. Ik moest lang wachten.

'Henry Dean.' Ik herinnerde hem aan de naam die mevrouw Bekuv ons had gegeven. 'Doctor Henry Dean.'

'Hank Dean,' zei Mann. Hij schoof zijn stropdas vaster.

'Ooit van hem gehoord?' vroeg ik.

'Hank Dean: zoon van een luchtvaartmaatschappijdirecteur, geboren in Cotton Wood in Zuid-Dakota. Op school een ster in sport, afstandsloper, een werkelijk fantastische werper, iedereen dacht dat hij wel prof zou worden tot hij geblesseerd raakte.'

'Hoe weet je zo veel van hem?' vroeg ik.

'We zijn samen opgegroeid in hetzelfde dorp in de buurt van Cleveland. Mijn vader was piloot en de zijne verkoopdirecteur van een kleine maatschappij die met vliegende zeepkisten post overvloog van Chicago naar New York. De gezinnen van de employés woonden vlak bij het vliegveld en die dorpsjongens sloegen ons meestal wezenloos. In de oorlog namen we allebei dienst, Hank was een slimme jongen en toen het allemaal voorbij was, was hij luchtmachtkapitein, maar hij was ook een paar keer in burgerkleren achter vijandelijke linies gedropt. Toen het vrede was geworden hield het leger hem vast, maar stuurde hem naar het Massachusetts Institute of Technology om een graad te halen. Hij promoveerde zelfs voor hij weer een uniform aantrok. Toen hoorde ik dat hij in Berlijn bij een kleine onderneming werkte die hoogspannings-elektroforesis-apparaten voor medische laboratoria maakte . . . krijg je een beetje een idee?'

'Ik begin het te begrijpen,' zei ik. 'Dat firmaatje deed niet moeilijk over employés die hele lange weekends verdwenen en soms terugkwamen met hun haar in de war en een gaatje in hun hoed.'

'Jep, een CIA-operatie en zeer actief. Henry Dean begon behoorlijk bekend te worden. Hij werd weer naar het leger overgeplaatst en kreeg een een zeer belangrijke staffunctie in Berlijn. Ze begonnen te fluisteren dat Dean baas van de CIA zou zijn voor zijn vijfendertigste, dat soort gelul ken je wel.'

'Dat ken ik.'

'Maar Dean raakte aan de drank. Zijn vader was een zuiplap, dat weet ik. Dat was de reden dat hij ophield met vliegen en in de verkoop ging. Hank was zeer op zijn vader gesteld, zo verborg hij de drankfles, maakte ruzie, smeekte hem, maar het had allemaal geen zin. Arme Hank — en Berlijn is moeilijk voor iemand die gemakkelijk in de verleiding komt.'

'Ja,' zei ik.

Mann streek met zijn hand over zijn ogen alsof hij wilde proberen in het verleden te zien. Toen hij weer sprak was het de stem van een man die half in slaap was.

'Hij raakte aan de drank. Er was een of ander smerig zaakje . . . een twist over documenten die aan de Oostduitsers zouden zijn doorgespeeld . . . er was een onderzoek. De details weet ik niet, maar Dean is daarna nooit meer de oude geworden. Ze gaven hem een tweede kans. Hij kreeg een controle-opdracht, 'achterwacht'. Het was onwaarschijnlijk dat er een beroep op hem zou worden gedaan, maar plotseling had men hem nodig en hij werd uit een bar aan de Ku-damm opgevist, straalbezopen. Langley heeft de zaak moeten sussen en Dean beloofde zijn leven te beteren. Maar pas het derde geval maakte een eind aan zijn loopbaan.'

'Berlijn eind van de jaren vijftig — het was een zwaar karwei en die nacht kwamen twee echt goeie jongens om. Die twee hadden veel vrienden, en die vrienden gaven Dean de schuld. Hij had afgedaan voor dat soort werk. Hij ging terug naar Washington, maar hij was niet geschikt voor die omgeving — daar moet je flair voor hebben — Washington, eersteklas gastvrouwen, al die toffe jongens van de ambassades uit de satellietstaten, al die superslimme lui die het op je baantje gemunt hebben. Nee, dat was niets voor Hank Dean.'

Ik probeerde nog wat thee in te schenken. Er was nog maar een bodempje over en dat was koud. Er brandde geen lamp in de zitkamer, en Mann was niet meer dan een silhouet tegen de donker wordende hemel. De stilte duurde zo lang dat, toen hij weer begon te praten, ik ervan schrok.

'Jarenlang raakte hij de drank niet aan,' zei Mann. 'En ten slotte vond de Geheime Politie iets voor hem in Vietnam. Ze wilden dat ik een getuigschrift tekende waarin ik hem aanbeval...' Mann zuchtte. 'Ik heb er een hele dag en een nacht over nagedacht. Ik wist zeker dat hij de zaak zou verknoeien en mij met slijk zou besmeuren ... dus zei ik nee.'

Ik probeerde zijn schuldgevoelens wat te verzachten. 'Achteraf bezien een wijs besluit,' zei ik.

Het beurde Mann niet op. Tegen het winterse licht van het raam zag ik hem in zijn neus knijpen. Hij was nog meer in elkaar gezakt, zijn kin bijna op zijn borst. 'Dat weet je nooit zeker, is het wel?' zei hij. 'Als ik wel getekend had, zouden onze mensen misschien nu niet het schema van de kerstvluchten voor me uitzoeken.'

'Misschien,' zei ik.

'Er komt een ogenblik in je leven dat je menselijk moet zijn – het besluit nemen dat een computer nooit zal nemen – je laatste cent aan een ouwe vriend geven, een baantje zoeken voor iemand die het verdient te mislukken, of de regels overtreden omdat ze je niet aanstaan.'

'Zelfs in deze baan?'

'Vooral in deze baan, of je verandert ten slotte in het soort onverschillige robotachtige schoft die communisme voortbrengt.'

'Ben je van plan Dean mee terug te nemen, of probeer je hem te dubbelen?'

'Ik heb je in verlegenheid gebracht, is het niet?' zei Mann bitter. 'Omdat, als je hem mee terugneemt, er een hoop schrijfwerk aan vast zal zitten. Ik wil er zo snel mogelijk aan beginnen.'

'Houd je van honkbal?' vroeg Mann. 'Hij was tweede-honkman. Ik zag het gebeuren ... een dubbel spel en toen ramde die vuile schoft een stel vlijmscherpe spikes in zijn knie. Ik weet zeker dat hij prof zou zijn geworden. Hij zou nooit in die rotbaan terecht zijn gekomen.'

'Maak Dean dubbelagent,' zei ik, 'en misschien kunnen we dan zonder de Bekuvs.'

'Hank Dean . . . grote luidruchtige slungel . . . winden latend . . . vol gekke verhalen . . . onverzorgde baard, vuile borden in de gootsteen, flessen met bocht, en een slaapzak in de badkamer als je te dronken was om naar huis te rijden. Die opgewekte jongen die de vlijmscherpe spike in zijn knie kreeg is er niet meer terug te vinden. Vreemd hoe zoiets iemands hele leven kan veranderen.'

'Dit is gewoon een manier om je te pakken te nemen,' zei ik.

'Het zou kunnen,' zei Mann. 'Ik vraag me af hoe lang geleden ze ermee begonnen zijn.'

'Wat ga je nu doen?'

'Arme ouwe Hank. Een KGB-operatie – ik kan het hiervandaan ruiken, jij niet? Geldbedragen op zijn bankrekening gestort, getuigen die hem kunnen identificeren, microfoto's in zijn exemplaar van *Thunderball* geplakt, je weet waar ze allemaal toe in staat zijn. Jezus! – en ik kan kiezen tussen de zaak overdragen aan een andere officier, zoals het in het boek staat, of de regels overtreden en proberen het hem gemakkelijk te maken.'

'Als de KGB erachter zit, zullen ze alle mogelijke veiligheidsmaatregelen genomen hebben. Ze kunnen niet het risico lopen dat zo iets als dit in de openbaarheid komt.'

'Misschien hebben ze hem er helemaal niet ingeluisd,' zei Mann kalm. 'Het kan ook zijn dat ze hem genoeg poen hebben geboden om voor hen te gaan werken.'

'Dat geloof je zelf niet?'

'Ik *wil* het niet geloven,' zei Mann. 'Zal ik je eens wat vertellen . . . Even was ik zelfs niet van plan je te vertellen dat ik Dean kende. Ik wilde gewoon doorgaan met het onderzoek en m'n kop houden.'

Als de Russen van plan waren Mann te compromitteren of hem in diskrediet te brengen, dan hadden ze inderdaad een moeilijk dilemma voor hem uitgekozen. Maar zij hadden hun slachtoffer verkeerd beoordeeld. Velen zouden onder zo'n druk bezweken zijn, de meesten zouden het dossier aan iemand anders hebben overgedragen, maar niet Mann. Hij was geschokt, maar niet voor lang.

'Het werkt al.' zei Mann. 'Er is al een kloof tussen ons.'

De neonreclames en de lichten van de dichtstbijzijnde stad zetten de avondhemel in vuur en vlam. 'Geen kloof,' zei ik.

'Geen kloof,' zei Mann spottend. 'Je begint al nerveus te worden – je maakt je zorgen over je pensioen en probeert uit te rekenen in hoeverre je het je kunt veroorloven het spelletje met me mee te spelen.'

'Nee.'

'Waarom nee?' vroeg hij. 'Waarom nee, Frederick Antony, ouwe kameraad?'

Hij verdiende een overtuigender verzekering, iets dat herinnerde aan wat we samen hadden doorgemaakt. Iets dat hem duidelijk zou maken dat ik mijn leven zou inzetten op zijn oordeel – goed of slecht. Maar ik was veel te Engels voor zulke extravagantie. Koeltjes zei ik; 'Omdat ik jou meer vertrouw dan mevrouw Bekuv. Ze kan hier net zo goed in opdracht van de KGB zijn . . . handelend volgens hun instructies, en ons het *Spielmaterial* geven dat zij voor ogen hebben.'

De telefoon ging, maar Mann maakte geen aanstalten om hem op te nemen.

Ik zei: 'Dat zullen de meisjes zijn die ons eraan herinneren dat het tijd is voor het bal waarvoor zij zich hebben aangekleed.'

Mann bewoog zich niet en weldra hield de telefoon op met bellen.

'De zijkant van zijn knie,' zei Mann. 'Zijn linkerbeen, hij loopt nog steeds mank.'

Hoofdstuk negen

Die vreemde wintermiddag, Manns zachte stem in die schemerige kamer, het gemis aan slaap, de verliefdheid op Red die heel snel aan het overgaan was in liefde, de gekunstelde nostalgie van de kerstfestiviteiten, of misschien waren die laatste drie pure whisky's er wel verantwoordelijk voor dat ik me alles herinner als een vage droom. Een droom die een nachtmerrie werd.

De hotelleiding leende ons twee ouderwetse smokings. Mijn uitrusting bevatte een overhemd met een katoenen frontje, stijf als een plank, dat van Mann had zelfs een vadermoorder. De band speelde Glenn Miller, zoetig en met passende verve, het koper stond op en swingde door het refrein.

De Manns dansten op de melodie van 'Sun Valley Serenade' toen Red en ik de Bekuvs meenamen naar de stad voor de nachtmis. De katholieke kerk in Waterbridge was vol en een uitgebreide kerststal stond bij de ingang. Het schip was verlicht door duizenden flikkerende kaarsen. Ze maakten het interieur warm geel, maar boven in de kerk was het donker.

De Bekuvs zaten dicht bij elkaar, en we kozen een plaats achter hen zodat ik ze in de gaten kon houden zonder inbreuk te maken op hun privacy. Lang nadat het gezang van het koor was afgelopen, bleef mijn geest vervuld van het kaarslicht en de resonerende akkoorden van het grote orgel. En daar doorheen klonken de koperen tonen van de Glenn Miller-arrangementen en de zacht gefluisterde liefkozingen van Red.

Buiten werden de eerste uren van de Kerst gevierd met een ijskoude wind en sneeuwbuien. Bij de uitgang hielden de mensen even stil om hun sjaals vaster om te doen en hun dikke overjassen dicht te knopen. Hierdoor ontstond er een dichte rij kerkgangers bij de deur. We schuifelden stapje voor stapje naar voren.

Het was er precies de plaats voor.

Ik hoorde een gesmoorde kreet van mevrouw Bekuv, en de gil van een andere onbekende vrouw. Handen sloegen, en hoeden werden afgeworpen. Een man begon te schreeuwen. De Bekuvs waren niet verder dan vijf meter van mij vandaan maar het konden net zo goed vijf kilometers geweest zijn, want ik kon ze onmogelijk bereiken.

Ik vloekte en duwde tegen de menigte, worstelde mij een weg door de kerkgangers als iemand die zijn verstand heeft verloren. Tegen de tijd dat ik de Bekuvs had bereikt, was de menigte ver genoeg uiteengeweken om mevrouw Bekuv op de stenen stoep te laten zitten. Ze was bij bewustzijn maar ze zei niets. Ze zag er zwaar en levenloos uit, zoals soldaten nadat zij hun slag hebben geleverd. Andrej Bekuv stond over haar heen gebogen. Beiden hadden bloed op hun kleren. Andrej stond aan de mouw van zijn vrouw te trekken zodat het bloed langs haar arm liep en een plas op de stoep vormde.

'Ze hebben Katinka vermoord,' zei Andrej Bekuv.

Ik zocht haar pols en mijn handen kwamen onder het bloed.

'Haal een ambulance, Red. Vraag de kerk te telefoneren.'

'Ze hebben mijn Katinka vermoord,' zei Bekuv, 'en het is allemaal mijn schuld.'

Ik bond mijn zakdoek strak om haar arm maar het bleef bloeden. Het maakte vlekken op de manchetten van mijn geleende smoking, en druppelde op mijn nieuwe leren overjas.

Er waren geen schaduwen. Alles in de kamer was wit, en de neonbuizen verlichtten de ruimte met een koude, meedogenloze gloed. Mijn bloedbevlekte zakdoek lag verfrommeld en afgedaan op het wagentje, als de afgeworpen huid van een of ander afschuwelijk rood reptiel, en ernaast – keurig naast elkaar – lagen het gouden polshorloge en de armband die Bekuv voor zijn vrouw in New York had gekocht.

Mijn koffie was koud. Ik scheurde een zakje melkpoeder open, roerde het mengsel en sloeg het naar binnen. Het was een rotmanier om de kerstmorgen door te brengen.

Er werd op de deur geklopt en Mann kwam binnen zonder te wachten. Zijn ogen waren bloeddoorlopen en zijn scheiding zat scheef.

'Heb je met de chirurg gesproken?' Hij knoopte zijn trenchcoat los en onthulde een gedeeltelijk dichtgeknoopt overhemd, en een vest dat hij over zijn smokingbroek had aangetrokken.

'Geen slagaderlijke bloedingen. Haar handen zullen getekend zijn

voor het leven – ze greep naar de stiletto – misschien ook litte-
kens op de onderbuik, maar de dikke mantel behoedde haar voor
meer dan oppervlakkige wonden. Als dat mes was binnenge-
drongen op de manier waarop het bedoeld was, zou ze dood zijn
geweest voor ze op de grond viel.'
Mann snoof, liep naar het wagentje en beroerde het horloge en
armband met de top van zijn vinger, alsof hij een schaakzet deed.
'Beschrijving van de aanvaller?'
'Op zijn minst een dozijn,' zei ik. 'Allemaal verschillend.'
'En onze vriend Andrej?'
'Ze ging tussen hen instaan. Het was bedoeld voor Andrej, maar
hij had geen schrammetje. Hij neemt het nogal zwaar op.
'Mijn liefste Katinka, wat heb ik je aangedaan?'
'Zo iets ja,' zei ik.
'Niemand kon geweten hebben dat de Bekuvs zijn begonnen te
praten,' zei Mann, meer om zichzelf te overtuigen dan mij.
'Er zullen in Washington best een paar mensen zijn die slapeloze
nachten hebben.'
'Als we dit in de openbaarheid brengen, zullen er in het Kremlin
een paar mensen zijn die wel wat ergers dan slapeloze nachten
hebben,' zei Mann. 'Ze creëren geen Henry Dean-situaties tenzij
er werkelijk grote belangen mee gemoeid zijn.'
'We hadden er rekening mee moeten houden dat er een poging zou
worden gedaan hem te vermoorden.'
'Ik had er rekening mee gehouden. Maar ik verwachtte het niet zo
snel. Wie kan in godsnaam geweten hebben dat wij hem naar dit
godvergeten gat hebben gebracht?'
'Gerry Hart?'
Mann krabde zijn gezicht. Hij was ongeschoren en hij wreef over
zijn baard. 'Ja, die schoft wordt inderdaad goed op de hoogte gehouden. Wie zou hem informeren? Enig idee?'
Ik schudde mijn hoofd.
'In ieder geval zal het van nu af aan op deze manier verder gaan,'
zei Mann. 'We kunnen ons maar beter voorbereiden op meer van
zulke pogingen. Het is het beste als de Bekuvs hier vandaan gaan.'
Ik keek op mijn horloge. 'Vrolijk kerstfeest,' zei ik.
'Een goed begin is het halve werk,' zei Mann.
'Het zou wel eens een heel vreemde indruk op de plaatselijke
krantenjongens kunnen maken.'

'Een overval?' zei Mann. 'Niets om achter de kachel vandaan te komen.'

'Messentrekkerij tijdens de nachtmis,' zei ik. 'In Waterbridge is dat voorpaginanieuws. Daar gaan ze wel op af. Dat zul je niet kunnen afkopen, majoor.'

'En als ik een veiligheidsfunctionaris naast haar bed neerzet, zal ik het alleen maar erger maken.' Mann wreef zich krachtig over zijn gezicht alsof hij probeerde wakker te worden. 'En toch zouden ze het weer kunnen proberen.'

Ik probeerde hem gerust te stellen. 'Het was amateurwerk,' zei ik. 'Ik heb nog nooit gehoord dat de KGB een messentrekker gebruikt die de verkeerde te pakken neemt, en zich zelfs het mes laat afpakken.'

'Toch scheelde het maar een haar, en dat weet jij ook wel,' zei Mann. 'En er was niets amateuristisch aan de wijze waarop ze erachter zijn gekomen waar de Bekuvs gisteravond zouden zijn.'

'Misschien hebben ze ons de hele weg vanuit New York gevolgd, en hebben ze al die tijd het hotel in de gaten gehouden, wachtend op een kans,' opperde ik.

'Je weet dat niemand ons volgde,' zei Mann. 'Zelfs achterin naast Red, heb je gezien dat niemand ons volgde.'

Ik gaf geen antwoord. Hij had gelijk, wij waren niet gevolgd op de autoweg, en we hadden nog hulp gehad van een helikopter om dat te controleren.

'Ga jij maar terug naar je vriendinnetje,' zei Mann. 'Bel me morgenochtend hier op. Tegen die tijd ben ik er wel achter.'

Red sliep half toen ik in bed stapte. Ze reikte naar me met een dromerige wellust. Misschien was het gedeeltelijk een poging de gebeurtenissen van de vorige avond te vergeten die ons zo in elkaar deed opgaan. Het leek uren eer één van ons iets zei.

'Komt het allemaal goed?' vroeg Red fluisterend.

'Ze is niet ernstig gewond. Andrej heeft zelfs geen schrammetje.'

'Dat bedoelde ik niet,' zei ze. 'Ik ben blij dat ze niet ernstig gewond is, maar dat bedoelde ik niet.'

'Wat bedoel je dan?'

'Het hoort allemaal bij het werk dat je doet, is het niet?'

'Ja,' zei ik.

'En loopt het fout?'

'Het ziet er wel naar uit,' gaf ik toe. 'Mevrouw Bekuv zal onder bewaking moeten worden gehouden en dat is vooral moeilijk nu ze medische zorg nodig heeft.'

'In Londen,' zei Red plotseling. 'In wat voor een huis woon je daar?'

'Ik heb niet het hele huis,' zei ik. 'Ik huur de bovenverdieping van een vriend – een verslaggever – en zijn vrouw. Het is een kleine Victoriaanse etagewoning, die er Georgiaans probeert uit te zien. Door de centrale verwarming begint het huis te scheuren – het eerste dat ik moet doen als ik terug ben, is luchtbevochtigers aanschaffen.'

'Waar staat het?'

'In dat deel van Fulham waar men Chelsea op zijn briefpapier zet.'

'Je zei dat er een tuin was.'

'Het is eigenlijk meer een plantenbak. Maar vanuit het raam aan de voorkant kun je een pleintje zien met bomen en bloemperken – in de zomer is dat wel aardig.'

'En wat voor uitzicht heb je aan de achterkant?'

'Ik kijk nooit naar buiten aan de achterkant.'

'Is het zo erg?'

'Een opslagplaats van sloopauto's.'

Ze trok een gezicht. 'Ik wed dat het de mooiste opslagplaats van de wereld is,' zei ze.

Ik kuste haar. 'Je kunt dat zelf zien als we er eenmaal zijn,' zei ik. 'Moet ik de gordijnen en de keuken gaan veranderen?'

'Ik meen het, Red.'

'Ja, dat weet ik,' zei ze. Ze kuste me opnieuw. 'Laten we niet te serieus worden – we moeten niet te haastig zijn.'

'Ik houd van je, Red,' zei ik.

'Ik houd ook van jou – dat weet je. Wil je een sigaret?'

Ik schudde mijn hoofd. Ze reikte over me heen naar het nachtkastje en pakte haar sigaretten en aansteker. Ik kon de verleiding niet weerstaan haar tegen me aan te drukken, en ze gooide de sigaretten weg en zei: 'Als ik mag kiezen.' De aansteker gleed achter het bed en kletterde op de grond. Red giechelde. 'Zul je me altijd willen hebben?' zei ze.

'Altijd,' zei ik.

'Dat bedoel ik niet, sufferd,' zei ze.

Ze kuste me. Na een poosje vroeg ik: 'Wat dan wel?'

'Zou majoor Mann me altijd bij je laten blijven?' vroeg ze. 'Ik zou koffie kunnen zetten, de vloer vegen, en voor mevrouw Bekuv zorgen.'

Ik zei: 'Ik zal het hem morgen vragen, als hij een goede bui heeft.'

Ze kuste me weer, ernstiger deze keer. 'Als hij een goede bui heeft,' herhaalde ik.

'Dank je,' mompelde ze.

Ik strekte mijn armen naar haar uit. 'Je kletst te veel,' zei ik.

Hoofdstuk tien

Er was geen hemel, geen zon, geen aarde: tot een paar vierkante kilometers van Frankrijk te voorschijn kwamen als een veeg op de onderste wolkenlaag. En net zo plotseling was het weer verdwenen.

'Ik wil niet telefoneren vanaf het vliegveld,' zei ik tegen Mann, 'maar ik zal even nagaan of er niets voor ons op de telex staat.'

'Maak je maar liever ergens anders zorgen om,' zei Mann tegen me toen de stewardess het blad met de uitgedroogde kip, de verschrompelde erwten en felgekleurde stukjes fruit uit blik weghaalde. 'Maak je zorgen over de inkomstenbelasting. Maak je zorgen over de opblaasbare reddingsboten. Over luchtvervuiling. Over voedselvergiftiging. Over je jeugd. Maar schei uit met piekeren over Red Bancroft.'

'Ik pieker niet langer over Red Bancroft,' zei ik.

'Ze is gecontroleerd door de FBI, de CIA en door de politie in haar geboortestad. Dat meisje is oké. Er zijn voldoende veiligheidsmaatregelen. Het zal heus wel allemaal in orde zijn.'

'Ik pieker niet. Dat zei ik je toch.'

Mann draaide zich in zijn stoel om, zodat hij mijn gezicht kon zien. Ten slotte zei hij: 'Bessie zei dat jullie elkaar gevonden hadden, en ik geloofde haar niet.' Hij leunde voorover en duwde tegen mijn arm zodat mijn koffie eroverheen ging. 'Dat is toch fantastisch,' zei hij.

'Er is iets niet mee in orde,' vertrouwde ik hem toe. 'Het is een fantastisch meisje en ik houd van haar – tenminste dat denk ik – maar er is iets in haar geest, in haar herinnering . . . ergens iets dat ik niet kan bereiken.'

Mann ontweek mijn blik terwijl hij op het knopje voor de stewardess drukte en haar vroeg een fles champagne te brengen. 'We zitten al vreselijk dicht bij Parijs,' zei het meisje.

'Breek daar je mooie hoofdje maar niet over, schatje,' zei Mann tegen haar. 'We slaan hem wel achterover.'

Ik zag hem de aktentas naast zich aanraken. Hij bevatte de rapporten die we nodig zouden hebben als Mann zou besluiten Hank Dean schreeuwend en vloekend mee terug te slepen naar de Nieuwe Wereld. Mann ving mijn blik op. 'Ik verheug me er niet op,' gaf hij toe. 'En dat lieg ik niet.'

'Misschien wil hij wel praten,' zei ik.

'Misschien weet hij niets,' zei Mann.

De stewardess bracht de champagne. Haar uniform was een maat te klein, en haar kapsel drie maten te groot.

Over een paar minuten gaan we landen, dus drinkt u hem vlug leeg,' zei ze.

'Iemand met jouw uiterlijk heeft toch geen fles nodig,' zei Mann. De stewardess liep blozend weg.

Mann schonk de champagne in, en zei: 'Het ligt er maar aan hoe je het bekijkt. Als ik met Andrej Bekuv op school had gezeten, zou ik misschien nog wel te doen hebben met die hufter.'

'Het ligt er maar aan hoe je het bekijkt,' stemde ik in. 'Maar ik heb nu al een beetje te doen met Andrej Bekuv.'

Mann maakte een geluid als iemand die een draadje tabak van zijn lip afblaast. Het was een teken dat hij het er niet mee eens was.

'Ik heb met hem te doen,' zei ik. 'Hij is gek op zijn vrouw, maar ze is niet geschikt voor hem.'

'Niemand is geschikt voor die sufferd,' zei Mann. 'Niemand en niets.' Hij pakte zijn glas champagne. 'Drink op,' commandeerde hij.

'Ik ben niet in een feestelijke stemming,' zei ik.

'Ik ook niet, ouwe Engelse makker, maar we zijn toch bevriend genoeg om ook in ellende samen te drinken niet?'

'Je hebt gelijk,' zei ik en we dronken samen.

Hij zei: 'Mevrouw Bekuv is het beste wat dat onderkruipsel ooit is overkomen. Het is een van de mooiste stukken die ik ooit heb gezien, en ik zal je vertellen, vriend, als Bessie niet in de buurt was geweest, was ik wel in de verleiding gekomen. Bekuv verdient zo'n stoot niet. Ze legt die vrijer in de watten: veegt zijn gat af, zorgt dat hij op tijd naar de kapper gaat, vraagt meer poen van ons. Ze vangt zelfs een mes op dat zijn kant op komt. Geen wonder dat hij in voortdurende angst zit dat ze dag zegt met haar handje.'

'Het hangt er maar vanaf hoe je het bekijkt!' zei ik.

'Je wil me toch niet wijsmaken dat je geen vleselijke begeerte ge-voeld hebt voor mevrouw Bekuv?' zei Mann. 'Je wilt toch niet zeggen dat je er niet aan gedacht hebt?'

'Ik heb Red,' zei ik braaf.

Mann herhaalde het geluid van het draadje tabak. 'Zal ik je eens wat vertellen?' zei hij hatelijk. 'Je bent bij tijden zeer, zeer Engels.' Ik glimlachte en deed net alsof ik het als een compliment be-schouwde. Ik gaf hem de beknopte levensbeschouwing terug waar-in ik had zitten lezen. Hij borg hem op in zijn tas.

'Drink op. We kunnen elk ogenblik landen,' zei hij. Maar het kwam erop neer dat we ons bij een file voegden ergens boven het beboste gebied van Compiègne waar we bleven rondcirkelen, wachtend op toestemming om te landen die pas na drie kwartier werd gegeven.

Het gaf me de gelegenheid over Hank Dean na te denken. Het was het nieuwe formaat korte levensbeschrijving, uiterlijk lijkend op het rapport van een buitengewoon energieke personeelschef. Het was getypt op luchtpostpapier met het briefhoofd van een kleine meubelfabriek in Memphis, Tennessee. Een foto en een ponskaart met gegevens als werknemer zaten eraan vastgehecht. Het was opgesteld met het oogmerk een 'oorzaak en gevolg'-overzicht van Hank Deans leven te verschaffen, in plaats van de voorgaande pagina's die een lijst van data en een korte opsom-ming bevatten. En toch vormen zulke gegevens altijd een mager vervangingsmiddel voor het uiterlijk en de stem van de werkelijke persoon. Wat voor zin had het te weten dat zijn middelste naam Zacharias was, en sommige schoolvrienden hem Zach noemden? Hoeveel schoolvrienden zijn er nog over van een man van bijna vijftig? Dean had 'moeilijkheden met drank.' Dat had me altijd getroffen als een weinig toepasselijk eufemisme dat gebruikt werd voor mensen waarvoor het drinken absoluut niet moeilijk is. Dean leed eerder aan nuchterheidsmoeilijkheden. Ik vroeg me af of dit iets te maken had gehad met de mislukking van zijn huwelijk. Zijn vrouw was een Newyorkse van Duitse afkomst, een paar jaar jonger dan Dean. Ze hadden één zoon – Henry Hope Dean – die in Parijs woonde en zijn vakanties vissend met zijn vader doorbracht.

Ik sloot het dossier. Henry Zacharias Dean, Ph.D., 100 kilo tijdens de laatste herziening van het dossier, soldaat, staflid,

mislukt CIA-agent, mislukt echtgenoot maar succesvol vader . . .
we komen eraan. Wat zou je graag willen dat je weer terug was in
dat dorpje bij Cleveland, waar je door de plaatselijke jongens in
elkaar werd geslagen.
'Zei je iets?' vroeg Mann.
'Het "verboden te glimlachen"-sein brandt,' zei ik.
Mann schonk het laatste restje champagne in onze glazen.

Eens kreeg ik voor Kerstmis, zo lang geleden dat ik niet meer
precies weet wanneer, van een tante een boek over een paar kinderen die gevangen werden gehouden door de bemanning van een
piratenschip. De zeeroverskapitein was een grote man, met een
kromme neus en een prachtige baard. Hij dronk rum in enorme
hoeveelheden, en toch was hij nooit merkbaar dronken. Zijn bevelen werden over het hele schip gehoord, en toch waren zijn
voetstappen zo zeker en zacht als van een kat. Uit datzelfde mengsel van grofheid en behendigheid, wreedheid en vriendelijkheid,
geschreeuw en gefluister, dronkenschap en nuchterheid, was ook
Hank Dean samengesteld.
Hij hoefde alleen een maatkostuum aan te trekken, zijn baard een
beetje bij te laten knippen en een glas sherry in de hand te nemen en iedereen zou hem aanzien voor een rijke gynaecoloog of
een effectenmakelaar. En toch, in die haveloze trui die bijna op
zijn knieën hing, de veel gewassen denim broek, de plaatselijke
wijn ronddraaiend in het plastic bekertje waarin eens Dijon-
mosterd had gezeten, zou hij nog moeite hebben gehad een lift
naar Souillac te krijgen.
'Ik had het jaren eerder moeten doen. Ik had het moeten doen
toen ik achttien was. We hadden het allebei moeten doen,
Mickey.' Hank Dean sloeg zijn wijn achterover en schonk nog
eens in. Hij sloeg het getypte manuscript van zijn komische de-
tectiveverhaal *Superspeurder* dicht, stopte het in een bruine
envelop en borg het op in een lade. 'Dat is alleen maar een excuus
om voor me uit te zitten kijken,' legde hij uit.
De hitte van het grote zwarte ijzeren fornuis verdween door de
grote schoorsteen, of door de spleten en gaten die zichtbaar waren langs de slechtsluitende deuren en ramen. Alleen wanneer
Hank Dean stukken karton of pakpapier in het fornuis gooide
brulde het en liet het even wat vuur zien.

Dean tilde de koekepan op die warm stond te worden op het fornuis. 'Twee of drie eieren?'

'Ik heb geen honger,' zei Mann. 'Geef me maar een stukje van die salami.' Hij prikte een plakje worst op zijn vork en kauwde erop.

Dean zei: 'Jezus Christus, natuurlijk heb je honger. Je komt helemaal uit Parijs, niet? En dit is het heerlijkste eten van de wereld. Je krijgt een omelet met truffels – in zo'n New-yorkse ballentent kost je dat een kapitaal – en dat is geen salami, godverdomme, het is varkensworst, gerookt op de boerderij daar op die heuvel.'

Mann stopte met het eten van de varkensworst en legde zijn vork neer.

'Ik mis het honkbal,' zei Dean. 'Ik zou liegen als ik zei dat het niet zo was. Maar soms kan ik het op de radio horen.'

'Op de kortegolf?' vroeg Mann.

'En de Voice of America. Als de omstandigheden goed zijn 's nachts de Armed Forces Network uit Duitsland. Maar ik zit hier midden tussen de bergen zoals je wel ziet.'

'Dat is zo,' zei Mann.

Ik vroeg me af in hoeverre het gesprek ging over honkbal, en over kortegolfontvangst – en misschien zelfs wel over kortegolfuitzending. Ik nam wat worst en brak een knapperig stuk van het brood af. Het zou nog een hele tijd gaan duren, kwam ik tot de conclusie. Mann en Dean zouden net doen of ze over vroeger praatten, terwijl ze het over nu hadden. Mann zou heen en weer lopen, in kasten kijken en de lengte van de laden en de dikte van de muren schatten om na te gaan of er iets achter verborgen kon zitten.'Hij zou alles beoordelen op een grond van onfeilbaarheid, de gehele tijd hopend op een slordige fout.

'Mijn kinderen zijn deze Kerstmis naar een kamp gegaan,' zei Mann tegen Dean. 'Het kost me handen met geld. Het zweet breekt me soms uit als ik eraan denk wat het niet zal kosten als ze gaan studeren, net als jouw zoon.'

Dean was bezig een grote truffel in vliesdunne plakjes te snijden. Hij gebruikte een zakmes met houten heft van het type dat de Wehrmacht verstrekte aan speciale eenheden die schildwachten de keel moesten opensnijden.

'Het leven hier kost me bijna niets,' legde Dean uit. 'De Firma betaalt me vijfhonderd dollar per maand, en ik krijg nog steeds tien dollar per week voor die honkbalblessure die ik thuis opliep toen we nog jongens waren. Het team had zich verzekerd en dat was een geluk voor me! Hij tilde de broodplank op en kiepte de plakjes truffel voorzichtig in het geklopte ei, toen stond hij op en liep naar het fornuis. Hij trok met zijn linkerbeen. Of dit nu ten behoeve van ons was omdat hij eraan had zitten denken, of gewoon het gevolg van te lang zitten kon ik niet met zekerheid zeggen.

'Maar zei je niet dat je zoon naar een of andere particuliere school in Parijs ging? Kost dat niet een hoop geld?'

Dean roerde het ei en controleerde de hitte van de koekepan door er een broodkorst in te gooien. Hij werd goudbruin. Hij haalde hem er met zijn vork uit, blies erop en at hem op voor hij zout en peper bij het eimengsel voegde. Hij stond bij het fornuis met de kom met het eimengsel in zijn hand. 'Je bent verkeerd geïnformeerd, Mickey,' zei hij. 'De jongen zit op een gewone Franse technische school waar geen schoolgeld voor hoeft te worden betaald.'

Met een snelle beweging, en slechts gebruik makend van één hand, sloot hij het mes en liet het in de zak van zijn spijkerbroek glijden. Hij zei; 'Mijn oude Renault rijdt meer kilometers op één liter dan elke andere auto die ik heb gehad. De lopende reparaties doe ik zelf. Vorige maand heb ik zelf de zuigerkleppen vervangen. Zelfs met de huidige benzineprijs besteed ik niet meer dan de tien dollar per week die ik voor mijn blessure krijg – ik denk maar zo, ik heb die auto aan mijn been te danken.'

Hij keerde zich om van het fornuis en glimlachte. 'En wat de rest aangaat; dat restaurantje hiernaast verstrekt mij m'n lunch voor een prijs waar ik de ingrediënten voor zou kunnen kopen. Ik weet niet hoe ze het voor elkaar krijgen. 's Avonds neem ik wat vleeswaren, eieren, brood en zo. Voor speciale gelegenheden een van deze truffels die twintig franc per stuk kosten . . .' Hij glimlachte. 'Natuurlijk, als mijn boek een succes wordt . . .'

'Hoe vaak kun je je veroorloven naar de grote stad te gaan?' vroeg Mann hem. Dean liet het eimengsel in de pan glijden. Het plotselinge gespetter van het ei in het hete vet deed Mann zijn hoofd afwenden.

'Parijs, bedoel je?' zei Dean.

'Of New York,' zei Mann. 'Of Londen, of Brussel – zelfs Berlijn.' Hij liet het woord lange tijd in de lucht hangen. 'Iedere grote stad waar je inkopen kunt doen en een show kunt zien.'

'Ik heb al in geen jaren een show – of zelfs een film – gezien, Mickey,' zei Dean. Hij roerde met heftige bewegingen in het ei, hij schudde en draaide de pan, zodat het rauwe ei terechtkwam op het hete metaal dat vrijkwam. 'Geen tijd en geen geld voor zulk bourgeois-tijdverdrijf.'

Op een andere plaats en op een ander tijdstip zou zulk een commentaar onopgemerkt zijn gebleven maar Dean bukte zich over de pan en bekeek het ei met een concentratie die geheel misplaatst was, en ik wist dat hij zijn tong wel had willen afbijten.

Dean keerde de pan om, zodat de reusachtige omelet op een schaal terechtkwam. Hij deelde hem in drie gelijke stukken en legde het op ons bord. De lamp boven de tafel was een vreemdsoortig oud koperen geval met gewichten en groene kapjes. Dean trok aan de koorden zodat het licht laag boven de tafel kwam te hangen.

We aten in absolute stilte. Nu alleen de tafel verlicht was, kreeg al het overige in de kamer een kunstmatige belangrijkheid. En de drie paar bezige handen onder het felle licht waren net die van chirurgen die samenwerkten aan een of andere ontleding. Ondanks zijn protesten dat hij geen honger had, verslond Mann de omelet. Toen er niet meer dan een paar vegen rauw ei op zijn bord lagen, nam hij een stuk brood en veegde het ei op met een bezeten zorgvuldigheid alvorens het in zijn mond te steken.

'De reden waarvoor we hier naar toe zijn gekomen, Hank...' Mann nam nog een homp brood, scheurde het in stukken en at het stuk voor stuk op, alsof hij een excuus wilde vinden om niet te hoeven doorgaan.

'Je hebt geen reden nodig, ouwe kameraad,' zei Dean. 'En voor je vriend ook niet. Hank Dean – open huis. Dat weet je zo langzamerhand toch wel, niet? Ik had vroeger feestjes waar ze onder de tafel sliepen, en zelfs in het bad.'

'Ja, dat weet ik,' zei Mann.

'Er werd wel het een en ander gedaan daar onder de tafel en in het bad,' zei Dean. Hij liet een luide lach horen en vulde de glazen weer eens. 'Cahors – zwarte wijn noemen ze het hier. Drink op!'

'We hebben een paar Ruskies in de tang,' zei Mann. Opnieuw klonk het alsof hij midden in een zin ophield.

'Overlopers?' vroeg Dean, terwijl hij een stuk geitekaas nam en het bord naar me toeschoof. 'Probeer die kleine ronde eens, dat is een plaatselijke kaas,' zei hij.

'Overlopers,' zei Mann.

'Ik geloof dat ik altijd een beetje te veel medelijden heb gehad met die knapen die over de muur kwamen, vroeger,' zei Dean. 'Ze deden niets dan spelen met hun godvergeten transistorradio's en voor een grote spiegel hun modieuze nieuwe kleren bewonderen. En ze kwamen iedere dag langs, dan noteerde ik de details van de bewaking of de fabrieksomzet of weet ik wat voor onzin ze nog meer de moeite waard vonden aan ons te rapporteren. Dan, op zekere dag, hadden ze zin om de zondagse lunch bij pa en moe te gebruiken, en plotseling drong het dan tot ze door dat er nooit meer zulke zondagen zouden komen. Ze waren over de muur gekomen; ze zouden hun familieleden nooit meer bezoeken, noch hun vrienden noch hun vriendinnetjes. Ze hadden daar erg onder te lijden.'

'Is dat zo?' vroeg Mann.

'En ik vroeg me af of het dat waard was,' zei Dean. 'Ze kregen een of ander rotbaantje in een plasticfabriek, niet veel verschillend van het rotbaantje dat ze bij de rooien hadden. Misschien dat ze iets meer opzij konden leggen en naar popmuziek luisteren – maar hadden we die jongens moeten aanmoedigen? Ik weet het zo net nog niet.'

'Zo denk jij er dus over?' zei Mann.

'Zo denk ik erover,' zei Dean.

'Geen wonder dat je zo'n waardeloze agent was.'

'Je weet best dat ik tamelijk goed was,' zei Dean. 'Dat weet je best.'

Mann gaf geen antwoord maar ik wist dat hij een paar rapporten had ondertekend waarin stond dat Dean inderdaad zeer goed was geweest. Een ervan had Dean zelfs aan een medaille geholpen.

'Die overlopers van ons,' zei Mann, 'houden zich niet bezig met bewakingsdienstroosters, of omzetten in plastic w.c.-brillen. Deze zou wel eens een paar hoge omes in Washington kunnen laten sneuvelen.' Mann gebaarde met zijn hand in mijn richting. 'Mijn vriend hier is de mening toegedaan dat er een flinke bres zal worden geslagen in de hiërarchie in Langley, Virginia.'

'Je bedoelt toch niet dat zelfs iemand van de CIA-Buitengewone Opdrachten erbij betrokken is?'

'Ze noemen het tegenwoordig niet meer Buitengewone Opdrachten,' zei Mann. 'Maar dat terzijde, heb je precies begrepen waar mijn collega op doelt?'

'Jezus,' zei Dean.

Het water in de ketel kookte en Dean schonk het op de koffie. Hij deed melk in een steelpan en zette hem op het vuur. Zonder zich om te draaien zei hij: 'Ik ben echt blij, Mickey. Werkelijk.'

'Waar heb je het over?' zei Mann.

'Dit zou je weleens een klasse A standplaats kunnen bezorgen, Mickey. Misschien wel Parijs. Als je hiermee thuis komt zit je gebeiteld. Jezus, je zou misschien zelfs een eigen afdeling kunnen krijgen.'

Dean ging zitten en keek hoe de koffie door het papieren filter drupte. Hij keek op en glimlachte tegen Mann. Het was moeilijk te begrijpen wat er gaande was tussen de twee mannen. Ik vroeg me af of Dean het doel van ons bezoek vermoedde, en of hij dacht dat Mann het onderzoek in een ketterjacht zou doen ontaarden via de CIA, met als uiteindelijk doel zich te verzekeren van een hoge positie binnen deze organisatie.

'Deze twee rooie overlopers draaien om de zaak heen,' zei Mann.

'Er is altijd die traagheid in het begin,' zei Dean. 'In ieder geval in de goeien. Het zijn alleen de oplichters die komen praten.'

'Jouw naam is ook genoemd,' zei Mann.

Dean hield de melk in de gaten toen deze begon te koken en schonk ze toen in een kan. 'Ik drink het zwart, zoals de Fransen,' legde hij uit. 'Maar ik neem aan dat jullie vreemdelingen wel melk in de koffie willen hebben. Mijn naam wat?' Hij schonk koffie in dikke bruine koppen van het soort dat in restaurants gebruikt wordt omdat ze zo moeilijk breken.

'Je naam werd genoemd in verband met het 1924-Genootschap. Je naam werd ons aangeboden door een van de overlopers. Ze zeggen dat je voor Moskou werkt.'

'Een gemakkelijke truc,' zei Dean. Hij nam een slok van de sterke koffie. 'Er zijn genoeg mensen die weten dat ik bij de CIA was. Het verhaal van die blunder in Berlijn zal vast wel in een KGB-cossier staan.'

Het vormt waarschijnlijk een verplicht onderdeel van hun opleidingscursus,' zei Mann bitter.

'Dat zou best kunnen,' zei Dean. Hij lachte en streek door zijn baard. 'Dan is dat toch opgelost.'

'Nee, er is helemaal niets opgelost, Dean.'

'Bedoel je dat je mij verdenkt, Mickey?'

'Dat bedoel ik, Hank.'

'Ik, werken voor Moskou . . . jullie lijken wel gek.'

'Je hebt me niet gevraagd wat het 1924-Genootschap is,' zei Mann.

'Ik heb je niet gevraagd wat het is, omdat ik *weet* wat het is,' zei Dean. 'Begin vijftig heb ik een 150 pagina's dik rapport over het 1924-Genootschap geschreven. En maak me nou niet wijs dat je mijn dossier niet hebt doorgelezen voordat je hierheen kwam. Daar ken ik je goed genoeg voor.'

Nu was het Manns beurt verbijsterd te kijken. 'Er staat niets van in je dossier,' zei hij.

'Wat een toevallige samenloop van omstandigheden,' zei Dean sarcastisch. 'Het is zoekgeraakt net op het ogenblik dat die Ruskies van je mij beschuldigden. Gebruik je hersens toch eens, man.'

'Je bedoelt dat omdat iemand je dossier verduisterde, wij je kunnen afstrepen als onschuldig?' vroeg Mann ongelovig.

'Juist,' zei Dean.

Mann stak een vinger door de tabaksrook. 'Je hebt veel te lang tussen de bijtjes en de bloempjes gezeten, St.-Franciscus. Wanneer we ontdekken dat er een hoofdstuk ontbreekt in iemands persoonlijk dossier, dan is het *onderwerp* de hoofdverdachte. Begint het je weer een beetje te dagen?'

Hank Dean schonk een groot glas 'zwarte' wijn voor zichzelf in maar veranderde ondertussen van gedachte. Met een gebaar dat Sigmund Freud zeer zou hebben gewaardeerd, duwde hij het zo ver mogelijk van zich af, buiten zijn bereik.

'Je hebt het bij het verkeerde eind,' zei Dean. 'Jullie maken allebei een grote fout. Het zou waanzin zijn als een man in mijn positie betrokken zou raken in zo'n hachelijke onderneming. Ik sta in een Frans politiek dossier . . . waarschijnlijk ook in de plaatselijke politieregisters. Ik zou volslagen krankzinnig moeten zijn zo iets te doen . . .' Zij stem stierf troosteloos weg. 'Maar jullie maken me niet bang. Kom eerst maar eens met bewijzen op tafel. Tot dan blijf ik hier rustig die troep zitten drinken en truffels eten.'

'Die vlieger gaat niet op, Hank,' zei Mann. 'Maak het jezelf nou niet moeilijk. Laten we een overeenkomst sluiten, nu het nodig is. Als je de onschuld uit gaat hangen, dan zal ik het je zo moeilijk maken dat je gaat janken van ellende.'

'Bijvoorbeeld?' zei Dean.

'Vertel het hem maar,' zei Mann.

'Je pensioen is al stopgezet,' zei ik. 'Je krijgt geen cheque deze maand, tenzij majoor Mann een toezegging tekent voor de financiële directeur. Het geld van de verzekering zal nog een paar weken doorgaan maar na verloop van tijd zal de verzekeringsmaatschappij een medisch rapport ontvangen van een van onze artsen. Hij zal verklaren dat je voor minder dan vijfentwintig procent invalide bent. En zoals je wel zult weten, wordt er dan geen uitkering meer gegeven.'

'Wat is die vent,' brulde Dean. 'Een of andere rekenmachine?'

'Wil je dat ik verder ga?' vroeg ik.

'Ga je gang, ga je gang,' zei Dean.

'Het ministerie van Buitenlandse Zaken heeft ons toestemming gegeven je paspoort ongeldig te verklaren, en dit aan de Franse autoriteiten bekend te maken, op elke manier die wij willen. Dat wil zeggen, we kunnen ze zeggen dat het ongeldig is, of hen verzoeken je aan te houden wegens het gebruik van valse reisdocumenten.'

'Waar heb je het over? Mijn paspoort is echt, pas twee jaar geleden uitgegeven door het ministerie van Buitenlandse Zaken.'

'Als het ministerie van Buitenlandse Zaken zegt dat een Amerikaans paspoort vals is, dan geloof ik niet dat je erop mag rekenen dat de Fransen dit zullen tegenspreken.'

'Dus jullie proberen me naar de States te krijgen?'

'Wat dacht je dat er zou gebeuren?' vroeg Mann hem. Dean draaide zich woest om om Mann aan te kijken, zijn ogen opengesperd en zijn tanden ontbloot. Hij leek op een of ander wild dier dat gevangen zat in een hol, terwijl twee jagers hem met lange stokken stonden te porren – hiervan stond eveneens een plaatje in een van mijn kinderboeken.

'Ik ben onschuldig, godverdomme,' zei Dean. Hij beukte met zijn machtige vuist op tafel zodat het serviesgoed in de lucht vloog en rinkelend neerkwam.

'Werk dan mee,' schreeuwde Mann.

'Wat wil je dat ik doe?' schreeuwde Dean terug. 'Een paar leuke verhaaltjes voor je verzinnen?'

'Het zou een stap in de goede richting kunnen zijn,' gromde Mann. Ik hief mijn handen met een sussend gebaar. 'Kalm aan, jongens, jullie kennen de regels,' zei ik, 'niet stompen, niet schoppen, geen ogen uitdrukken, en niemand slaat de scheidsrechter. We hebben heel wat wijn achterovergeslagen, en hij weet dat hij niet ver kan komen, met of zonder zijn paspoort. Er is hier geen telefoon en hij zal nu zo langzamerhand wel vermoeden dat we zijn auto en de onze onklaar hebben gemaakt.'

'En daarmee bedoel ik niet het verwijderen van de verdeelkap,' zei Mann.

'Dus laten we maar eens onder zeil gaan,' stelde ik voor. Ik keek naar het eind van de tafel waar de drie wijnflessen stonden die we hadden leeggedronken. 'Morgenochtend kunnen we verder praten, en waarschijnlijk met een beter resultaat.'

Het huisje van Hank Dean was gebouwd in de drie-verdiepingen-stijl, typerend voor plattelandswoningen in dit deel van Frankrijk. De begane grond was een kelder die Hank had veranderd in een opslagruimte en een primitief soort badkamer met douche. Een stenen trapje leidde naar de voordeur waarachter zich de woonkamer-keuken-eetkamer bevond. Een krakende houten trap leidde naar de bovenste verdieping waar zich vier celachtige slaapkamertjes bevonden met kleine dakraampjes van een bobbelig soort glas waardoor het net leek of het landschap buiten aan het smelten was.

De wetenschapsmensen kunnen zeggen wat ze willen, maar wanneer de maan vol is en laag aan de horizon staat, is hij reusachtig. Deze avond, gekleurd door het aardse stof, leek het net alsof de grote gouden hemelbol op het punt stond met onze planeet in botsing te komen. Vanuit het zolderraam kon ik de sneeuw zien liggen op de heuvels aan de overkant van de vallei. St.-Paul Chauvrac is een gehucht van een paar dozijn gezinnen, gedomineerd door de gebouwen en schuren van twee middelgrote boerderijen. Twee huisjes waren veranderd in bouwvallen. Op een ervan stond nog in roze letters *boulangerie,* maar dat is al jaren geleden; nu komt de bakker drie keer per week langs in een ge-havende bestelwagen. Er stond ook een groot huis dat een paar optimisten in de jaren dertig hadden omgebouwd tot hotel-restaurant. Maar tegenwoordig verschafte de Hostellerie du Château niets meer dan een schoon bed en een eenvoudige maaltijd. De eigenaar streefde niet naar sterren in gidsen die men in Parijs verkocht, noch naar felgekleurde geëmailleerde borden die in drie talen élégance beloven, maar het hotel was populair bij vertegenwoordigers. Er brandde nog steeds licht in de Hostellerie toen wij ons terugtrokken in onze respectieve slaapkamers. Het was het enige licht dat nog brandde in het dorp. Ik hoorde hoe een roestige hendel losgemaakt werd en een gekraak toen het raam in de kamer ernaast openging. Ik wist dat een man met het postuur van Hank Dean er niet doorheen kon.

Ik ging niet slapen. Het was koud en ik nam een deken van het bed en sloeg hem om mijn schouders. Ik hoorde het bed in Deans kamer kraken. Hij zou niet slapen; hij zou over de dingen nadenken, en, als Manns plan uit zou komen, zou hij morgen kwetterend als een vogeltje aan de ontbijttafel zitten. Of misschien was dat helemaal niet Manns plan; misschien was het alleen maar een aardig stukje zelfbedrog waardoor Mann in staat was geweest zijn oude vriend zo rauw op z'n dak te vallen.

Ik moet een paar minuten weggezakt zijn, want toen ik op mijn horloge keek nadat ik het geluid hoorde, zag ik dat het drie uur was. Er brandde geen licht meer in de Hostellerie du Château. Het gehucht was in duister gehuld evenals het omringende landschap, want de maan was ondergegaan. Weer hoorde ik het geluid. Deze keer was het niet het gekraak van oud houtwerk maar een metaalachtig geluid. Het was niet meer dan een lichte trilling, een diepe klank alsof een granaat in het slot van een kanon werd geschoven.

Ik wachtte een minuut, me afvragend of het niet het slaan van een of andere antieke klok was die ik nog niet had opgemerkt in huis. Ik vroeg me af of Mann de geluiden ook had gehoord. Ik vroeg me zelfs af of Mann misschien de geluiden gemaakt had, en hoe hij zou reageren als ik nu iets fout zou doen – of helemaal niets zou doen. Uiteindelijk werd ik gedreven door mijn eigen nieuwsgierigheid. Ik had de deur klem gezet met een stuk papier in plaats van de deurknip te gebruiken en kon zonder geluid te maken naar de trap lopen. Maar de trap zou me verraden. Dean zou iedere krakende tree kennen en weten hoe hij zijn voet erop moest zetten, maar zo'n obstakel zal een vreemdeling altijd verraden. Ik bukte me diep en probeerde in de kamer beneden te kijken. De kamer was donker maar ik kon nog juist het silhouet van een man zien die met zijn rug tegen de rand van de tafel stond geleund. Het vuur in het fornuis flikkerde even en het verlichtte Hank Deans gezicht. Het was een ontdaan en vertrokken gezicht. Hij stond diep over het fornuis gebogen, zoals gisteravond toen hij de omelet gebakken had. Opnieuw was er het geflikker van het vuur. Deze keer legde hij het ronde metalen deksel zodanig op het fornuis dat het vuur aangewakkerd werd door de trek in de schoorsteen. Dat was dus het metalige geluid waardoor ik wakker was geworden.

Ik sprong bijna de gehele trap naar beneden, en rende het kleine kamertje door. Dean draaide zich om en balde een vuist. Hij was een reus en nu torende hij boven me uit als het Vrijheidsbeeld. Ik ving de vuistslag met mijn arm op. Het deed pijn maar het weerhield me er niet van het metalen deksel van de oven te rukken. Ik stak mijn rechterhand in de vlammen en ontdekte dat het fornuis vol papier zat. Er waren bundels papier zo stevig samen gepropt dat ze niet wilden branden. Ik rook petroleum en toen ik handenvol papier uit de oven begon te trekken, vatte alles vlam. Er ontstond een enorme steekvlam die langs de pannen en het keukengerei lekte dat in de schoorsteen hing. Ik liet de brandende bundel vallen, en sloeg naar de vlammen die uit mijn mouw kwamen.

'Hank, stomme idioot! Waarom heb je niets verteld?' Het was de stem van Mann. Hij deed het elektrische licht aan, zodat wij de revolver die hij in zijn hand had beter konden zien. Ik doofde de vlammen op mijn mouw en stampte op de laatste overblijfselen van het brandende papier.

'Doe maar geen moeite om die rommel te redden,' zei Mann. 'Dit hele godvergeten huis ligt er vol mee.' Ik kon nu zien waar ik op stond te trappen. De vloer was bedekt met papiergeld. Er waren Franse francs, Zwitserse francs, Duitse marken, dollarbiljetten, Engelse ponden en zelfs Libanees en Australisch geld. Sommige biljetten waren verkoold langs de randen, sommige volledig vernietigd, sommige knisperend, nieuw en onbeschadigd, andere oud en verfomfaaid. Maar het was allemaal groot geld.

Er moet op z'n minst bankpapier ter waarde van honderdduizend dollar op die keukenvloer hebben gelegen, en we vonden minstens nog eens zoveel toen we de planken van de vloer oplichtten.

'Als je binnen drie uur niets uit een knaap kan krijgen, dan duurt het zeker ten minste drie weken.'
'Als er tenminste iets te krijgen valt,' herinnerde ik hem. Het was vroeg. Een paar spreeuwen pikten in de broodkruimels van de vorige avond en de koeien in de naburige wei bewogen zich naar het hek, klaar om naar de melkschuur te gaan.
'Geloof jij dat het geld twee dagen geleden per post is bezorgd?' vroeg Mann.
'Hank was arm – failliet in feite – natuurlijk probeerde hij het te houden en hoopte dat we weg zouden gaan.'
'Ik zou binnen het uur de CIA in Langley hebben gebeld zei Mann met eenvoudige waardigheid.
'Jij bent abnormaal en ik ook. Daarom stellen wij een onderzoek in naar Dean, in plaats van andersom.'
'Dat zat ik me al af te vragen,' zei Mann, en was in staat te glimlachen om de absurditeit van het principes erop nahouden die zoveel konden kosten.
'Maak je niet ongerust,' zei ik. 'Er is niemand in Moskou die van plan is ons een kwart miljoen dollar in gebruikte bankbiljetten te sturen.'
'Ik maak me meer ongerust over de kans dat Hank Dean zal . . .'
'Proberen te onderhandelen met de Fransen,' maakte ik de zin af.
'Hij wil hier blijven,' zei Mann. 'En dat wil hij ten koste van alles.'
'De Fransen hebben er niet veel profijt van,' zei ik. 'Een onderzoek naar onze werkwijze maar op het eind moeten ze de zaak toch aan ons overdragen.'
'Op het eind,' zei Mann. 'Dan pas zullen ze de zaak aan ons overdragen. Wat kost het ze nou helemaal – één Frans paspoort.'
'En Amerikaanse goodwill.'
Mann maakte zijn tabaksgeluid. 'Ik vind het afschuwelijk hem hier bij die Franse smerissen te laten.'
'Laten we in ieder geval hier in huis nog eens goed rondkijken,' zei ik. Ik schoof de hoekkast met Hank Deans klassieke grammo-

108

foonplaten opzij. 'Die CIA-knaap van de ambassade kan elk ogenblik hier zijn. Dan kunnen we vertrekken en Hank Dean meenemen, als jij het op die manier wilt spelen.'

Mann liep te ijsberen. 'Dit is een vrijer die bijna altijd binnen zit. We kunnen dat opmaken uit de kilometerteller in zijn wagen. Hij reist niet als koerier heel Europa af.'

'Tenminste niet in die auto,' corrigeerde ik hem vriendelijk.

'In geen enkele auto,' zei Mann scherp. 'Je hoeft alleen maar naar hem te kijken – mottige baard en dan al dat haar – hij zal altijd opvallen, waar hij ook gaat.'

'Dat ben ik met je eens,' zei ik. Mann was al weer een stap verder met zijn gedachten. 'Dus komen ze hierheen. Steeds dezelfde kerel, denk je?'

'Steeds de zelfde – niemand gaat 's avonds laat op deuren kloppen om met een buitenlands accent naar dr. Dean te vragen.'

'Daarin ga ik met je mee,' zei Mann. Hij keek de kleine kamer rond. 'Zal ik je eens wat vertellen,' zei hij. 'Dit is zowat het vuilste, stinkendste hol, waar ik ooit in ben geweest.' Hij keek me aan voor mijn reactie.

'Je zit altijd te klagen over de gore plaatsen waar je in terechtkomt,' zei ik. 'Als dit het ergste is, dan is het misschien wel wat voor de annalen.'

Mann schonk me een humorloos glimlachje. 'Moet je die braadpan zien. Die is in eeuwen niet schoongemaakt.'

'Het is een koekepan,' legde ik uit. 'Een koekepan wordt nooit afgewassen, anders bederf je voorgoed het oppervlak.'

'Ik had kunnen weten dat jij een excuus voor die vuiligheid zou vinden,' zei Mann. 'Je gaat me zeker ook vertellen dat het toilet ook nooit schoongemaakt mag worden, voor het geval dat het oppervlak voorgoed bedorven is.'

'Ik breng niet zoveel tijd als jij door op het toilet.' zei ik. 'Ik ga erin en kom eruit. Ik ga daar niet uren rond staan kijken.'

'Lulla,' zei Mann.

'Maar je hebt me aan het denken gezet,' zei ik.

'Je wilt zeggen dat je je gaat verschonen en douchen en je haar laat knippen van tijd tot tijd?'

'Veronderstel dat Hank Deans koerier net zo over dit huis dacht.'

'Dan zou hij na de lunch komen en tegen theetijd weer vertrekken,' zei Mann.

'Ingewikkeld materiaal,' zei ik. 'Je zei dat je minstens zes of zeven uur voor uitleg nodig had.'
'Daar blijf ik bij,' zei Mann.
'Dus veronderstel dat de koerier in de Hostellerie overnachtte.'
'Hostellerie du Château?' zei Mann. 'Dat vlooienpakhuis aan het eind van de weg?'
'Dat bedoel ik,' zei ik.
'Je gelooft toch niet dat hij een correspondentieadres achterliet, is het wel?'
'Ik ga toch even kijken als je het niet erg vindt, majoor,' zei ik.
'Ik ga met je mee. Wat hebben we ten slotte te verliezen?'
Het wegdek bestond uit los grint. Dit achterafweggetje kwam zelfs niet in aanmerking voor een plaats op een Franse wegenkaart. Er kwamen hier niet veel auto's langs. Voor de Hostellerie stond een gehavende bestelwagen geparkeerd, een schurftig hondje probeerde zich van zijn ketting los te rukken, en toen hij hierin niet slaagde, gromde hij naar ons. Er bevonden zich twee mensen in de bar, allebei in glimmend zwarte pakken. Achter de bar stond een breekbaar uitziende man, in een tot op de draad versleten overhemd en denim broek. Zijn haar was pluizig en grijs, en hij tuurde bijziend vanachter dikke randloze brilleglazen.
'Twee bier,' zei ik.
Hij reikte achter zich, opende een koelkast met houten deur, vond twee flesjes Elzasser lager en zette ze met een klap op de toonbank. De mannen in de zwarte pakken hielden abrupt op met praten. De kastelein spoelde twee glazen af onder de kraan en schoof ze in onze richting. 'Een bezoek gebracht aan de dokter,' zei hij. Het was geen vraag.
'Dat klopt,' zei ik. Ik had al ontdekt dat alle dorpelingen Hank Dean de dokter noemden. Waarschijnlijk stond hij als zodanig beschreven op zijn pensioenenvelop.
'Er zijn niet veel bezoekers in deze tijd van het jaar,' zei de barman. Als hij al de politieagenten had gezien die Dean waren komen halen, gaf hij dit niet toe.
'Daar wil ik het juist met u over hebben,' zei ik. 'Er is één speciale vriend van de dokter waarmee we in contact zouden moeten komen.'
'O,' zei de barman.
'Kwam om de paar weken,' zei ik.

110

'Misschien,' zei de barman.

'Logeerde hij hier?' Mann stelde de vraag te gehaast.

'Bent u van de politie?' zei de man.

'Ja,' zei ik, maar Mann had al nee gezegd. De barman keek ons om beurten aan en veroorloofde zich die afwezige glimlach die plattelanders reserveren voor regeringsautoriteiten. 'Een soort politie,' vervolgde ik. 'Een soort Amerikaanse politie.'

'De FBI?' opperde een van de mannen in het zwart.

'Precies,' zei ik.

'Wat heeft de dokter gedaan?' vroeg de barman.

Ik probeerde aan zijn gezicht te zien wat hij liever had: dat de dokter van alle blaam gezuiverd werd, misdadigers achtervolgde of dat hij weggevoerd werd in een kleine zwarte bestelwagen. Niet helemaal zeker van mezelf zei ik: 'De dokter wordt ervan beschuldigd dat hij een Amerikaanse bank heeft opgelicht.' Ik wendde me naar Mann en trok een wenkbrauw op alsof ik zijn toestemming vroeg de oude man nog meer in vertrouwen te nemen. Mann, die het spelletje meespeelde, knikte ernstig. Ik leunde over de toonbank en zei, 'We beginnen nu te geloven dat hij onschuldig is. Maar we moeten die man zien te vinden die hem wel eens bezocht.'

'Waarom wil de dokter het jullie niet zelf vertellen?' vroeg de man.

Het was een verdomd goede vraag. 'Dat is een goeie vraag,' zei ik. 'Maar het is een van de codes van de onderwereld. Zelfs wanneer het jezelf ten goede zou komen, zul je toch nooit de politie helpen.'

'Dat geldt natuurlijk niet voor burgers,' zei Mann haastig. 'Het is niet van toepassing op mensen die de wet gehoorzamen, en het slachtoffer zijn van de misdadigers. Vooral niet,' voegde hij er slim aan toe, 'vooral niet op herbergiers met vergunning.'

'De man die jullie zoeken is jong en slank, met haar tot over zijn oren. Hij draagt het soort kleren dat aan de Riviera wordt gedragen – modieuze zijden sjaals, strakke broeken waarin alles uitkomt, en goedkope imitatie-leren jacks in alle mogelijke modellen en kleuren.'

'Hou je kop dicht, ouwe gek.'

Er was een jongeman de bar ingekomen via de deur waarop 'privé' stond. Hij was een jaar of twintig, had een grote zwarte hangsnor en was gekleed in T-shirt en verschoten spijkerbroek. Om zijn pols droeg hij een beslagen leren band van het soort dat oude prijsvechters soms nodig hebben. 'Je moet die lui niets vertellen,' zei hij. 'Het zijn Amerikanen, kapitalistische politiespionnen . . .'

'Rustig aan, jongen,' zei Mann vriendelijk.

Ik denk dat het de vriendelijkheid in Manns stem was die de jongen witheet maakte. Voelend dat hij niet au sérieux werd genomen, noemde hij ons zwijnen, reactionaire onderdrukkers en Gestapo. Een van de oude mannen aan het andere eind van de bar glimlachte spottend. Misschien herinnerde hij zich de Gestapo. De jongen zag de oude man glimlachen. Hij greep mijn mouw in een poging me van de bar weg te sleuren. Hij was sterker dan hij eruitzag, en ik voelde een naad losscheuren onder zijn greep.

'Zwijn, zwijn, zwijn,' zei de jongen alsof de fysieke inspanning alle rede en woordenschat uit zijn hoofd had verdreven. De hele tijd bleef hij aan mijn mouw rukken, zodat ik met zijn bewegingen moest meegaan of toekijken hoe hij mijn mouw uit elkaar scheurde.

Ik sloeg hem twee keer. De eerste stomp deed niet veel meer dan hem in de juiste positie brengen, hoofd naar beneden en uit evenwicht, voor de hoekstoot die hem door de ruimte deed vliegen. Ik sloeg de lucht uit hem, en hij maakte dat soort fluitende geloei waarmee een exprestrein een plattelandsstationnetje voorbijrijdt. Twee stoelen vielen tegelijk met hem en een tafel schoof van zijn plaats, eer de jongen tegen een stapel kratten aankwam en op de grond viel.

'Hij betaalde contant,' vervolgde de barman alsof er niets gebeurd was. 'Nooit een cheque, of met van die moderne travellersdingen; altijd contant geld.'

'Overnachtte hij?' zei ik. Ik bracht mijn kleding op orde en zoog het bloed van mijn geschaafde vuist die verdomd veel pijn deed. De jongen bleef in de hoek op de grond liggen. Hij knipperde met zijn ogen en zat naar ons te kijken terwijl hij er allerlei obsceniteiten uitgooide, maar hij kwam niet overeind.

'Dat varieerde nogal eens,' zei de barman. 'Maar hij had zelden bagage bij zich. Alleen wat scheerspullen.'

'Geef me het autonummer,' zei ik.

'Dat heb ik niet,' zei de man.

'Ach kom,' zei ik. 'Een hotelier die een gast onderdak verschaft zonder bagage, zal géén autonummer opnemen. Ik weet zeker dat het wel ergens te vinden is. Ik betaal je er twintig francs voor.'

De man reikte onder de bar om een gehavend hotelregister te voorschijn te halen. Het was één grote troep van onleesbare handtekeningen en onwaarschijnlijke adressen. De bladzijden waren gekreukt en vol vlekken van wijn en bier en God weet wat nog meer. De gast van Hank Dean had hierin niet zijn naam geschreven maar de barman kon zijn eigen aantekening betreffende het autonummer terugvinden. Hij las het nummer hardop voor en ik schreef het in mijn agenda en overhandigde hem de twintig francs. Hij streek het biljet zorgvuldig glad en bekeek beide zijden nauwkeurig voor hij het biljet in zijn uitpuilende portefeuille stopte.

'Dank u,' zei hij.

'Er zijn d'r nog meer,' zei hij.

'Meer autonummers?' vroeg ik.

'Jazeker.'

'Verschillende?'

Hij knikte.

'Die verdomde huurwagens,' zei Mann.

'Tien francs per stuk,' dong ik af.

'U hebt zelf de prijs op twintig gesteld,' zei de barman.

Ik keek naar Mann. 'Maar geen dubbele,' waarschuwde Mann hem.

'De dubbele wil ik ook hebben,' sprak ik hem tegen. 'Maar we moeten bij elk nummer de datum hebben.'

De man liep het hele boek door totdat we een lijst van data en nummers hadden die bijna twee jaar teruggingen. We dronken ons bier en bestelden er nog twee.

'Hetzelfde kenteken!' zei Mann opgewonden. 'Dat is vier keer hetzelfde nummer.' Hij sloeg zijn bier achterover, veegde zijn mond af en trok toen een gezicht. 'Het zou kunnen zijn dat het een klein verhuurbedrijf is, of dat hij telkens naar die speciale wagen vroeg.'

'Dat geloof ik niet,' zei ik. 'Verhuurbedrijven vernieuwen zowat om het jaar hun autopark. Die data liggen te veel uit elkaar. Hier is er één uit de tijd toen Dean hier pas woonde, en die komt pas afgelopen augustus weer terug.'

113

'Altijd in de vakantie,' zei Mann.

'Ja,' zei ik. 'Altijd op een tijdstip dat een verhuurbedrijf wel eens geen wagen beschikbaar zou kunnen hebben. Het moet zijn eigen auto zijn.'

'Eindelijk eens een aanknopingspunt,' zei Mann.

'Ik denk dat de waard hier ook niet ontevreden is,' zei ik, terwijl ik toekeek hoe de man een klein fortuin in zijn portefeuille propte. De man keek op en glimlachte naar ons.

'Tot ziens en bedankt,' zei ik. 'Het spijt me van de jongen.'

'Mijn zoon heeft erom gevraagd,' zei de barman. 'Maar ik krijg nog acht francs van u voor het bier.'

Hoofdstuk elf

Het duurde achtenveertig uur voor we het kentekennummer hadden opgespoord. Het hoorde bij een zeer oude vierdeurs Fiat die acht jaar het eigendom was geweest van Madame Lucie Simone Valentin, verpleegster, geboren in Le Puy in de Haute-Loire, thans wonende in Parijs, in de Porte de la Villette, tegenover één van de grootste abattoirs van Europa.

Dit deel van Parijs is bekend om zijn historische monumenten, kathedralen en fijne restaurants. Madame Valentins woning stond in een negentiende-eeuwse achterbuurt, met gehorige trappen, defecte lichtschakelaars en een alles doordringende stank van bedorven voedsel. Het begon net te sneeuwen toen we aankwamen. Aan de overkant van de straat waren twee gele monsters muren aan het verslinden, grote wolken steenstof uitblazend. Nummer vierennegentig was op de bovenste verdieping. Het was een zolderkamer. Een beetje opgeschilderd, volgepropt met antieke meubels en met uitzicht op de Notre-Dame, zou het het soort woning kunnen zijn dat Hollywoodse decorontwerpers Parijs noemen. Maar dit appartement miste dat uitzicht. Het keek uit op een ander huizenblok, twee keer zo hoog en drie keer zo somber. Er bestond geen kans dat Gene Kelly de deur zou opendoen.

'Ja?' Ze was eens mooi geweest. Ze droeg een zelfgebreide trui die niet bepaald perfect gemaakt was, en haar kapsel droeg duidelijk de sporen van een huispermanent.

'We wilden graag even met u over uw auto spreken, Madame Valentin,' zei ik.

'Ik kan alles uitleggen,' zei ze. 'Ik dacht dat ik alleen maar nieuwe bougies nodig had. Aan het eind van de maand is alles betaald.' Ze pauzeerde. Van de verdieping beneden klonk het geluid van tangomuziek.

'We zijn niet van de garage,' zei Mann. 'We willen het met u hebben over Henry Dean.'

'Bent u Amerikanen?' Ze zei het in goed Engels.

'Chéri,' riep ze naar iemand achter haar. 'Chéri, het is voor jou.'

Tegen ons zei ze: 'Henry moet om zes uur op zijn werk zijn.' Ze sprak zijn naam op z'n Frans uit: Henri.

De conciërge had gezegd dat er een man bij haar woonde. Maar ik had iets totaal anders verwacht dan de frisgewassen jongeling die nu glimlachte en zijn hand uitstak. Hij droeg een pas gewassen overal met een Total-insigne op de borst.

'Ik ben majoor Mann, U.S. Army, gepensioneerd. Ik werk voor het ministerie van Buitenlandse Zaken. Ik zou graag even binnen komen om met u te spreken.'

'Ik weet er alles van,' zei de jongen. 'Pa heeft bericht gestuurd. Hij zei dat hij wordt vastgehouden door de politie. Hij zei dat alles op een misverstand berustte, maar dat jullie te vertrouwen waren en juist gehandeld hadden.'

'Je bent Hank Deans zoon?' zei Mann.

'Dat ben ik, ja,' zei de jongen. Hij grinnikte. 'Henry Hope Dean. Wilt u mijn paspoort zien?'

'Dat is niet nodig,' zei Mann.

'Kom binnen, kom binnen,' zei de jongen. 'Lucie, liefje, haal de fles whisky voor den dag die ik voor mijn verjaardag bewaard heb.'

De kamer was zeer schoon, en bijna onnatuurlijk opgeruimd, als een zomerhuisje dat klaarstaat voor nieuwkomers. En, net zoals die huisjes, was ook dit schaars gemeubileerd met goedkope bamboestoelen en ongeverfde kasten. Er waren wat impressionistische reprodukties op het verschoten behang geprikt en op de grond stonden stapels boeken.

De jongen wees ons de beste stoelen en haalde zijn kostbare fles whisky te voorschijn. Ik ging zitten en vroeg me af of ik nog voldoende kracht zou hebben om overeind te komen. Het was al vier nachten geleden sinds wij een volledige nachtrust hadden gehad. Ik zag Mann aan zijn glas nippen. Ik deed veel water in het mijne.

'Wie zou je vader graag in moeilijkheden zien?' vroeg Mann.

'Ik weet eigenlijk niet veel van het werk dat hij vroeger voor de Regering deed.'

'Dat vragen we wel aan andere mensen,' zei Mann. 'Ik bedoel onder de mensen die jij kent, wie zou graag zien dat je vader in moeilijkheden kwam, of in de gevangenis of zelfs dood?'

'Niemand,' zei de jongen. 'U kent vader ... hij kan soms bijzonder irriterend zijn, hij kan openhartig zijn maar tegelijkertijd bijzonder eigenwijs. Ik zou me kunnen voorstellen dat hij slaande ruzie krijgt met iemand – maar niet dit soort moeilijkheden. Pa was een fijne kameraad . . . *is* een fijne kameraad. Niemand zou zo ver gaan dat hij er een kwart miljoen dollar in contanten voor over had. Waarom zou hij ook, het is volkomen onmogelijk.'

'Het is ook bedoeld om onmogelijk te lijken,' zei Mann. 'Je stuurt iemand een stapel geld zo groot dat hij het niet over zijn hart kan krijgen om het in te wisselen – dan vertel je de politie dat hij het heeft.' Ik bestudeerde Manns gezicht, proberend erachter te komen of hij Hank Dean in gedachten al onschuldig had verklaard. Hij zag dat ik naar hem keek en wendde zijn hoofd af.

'Tja, een kwart miljoen,' zei de jongen. 'Je moet wel vreselijk de pest aan iemand hebben om zo'n pakketje in zijn brievenbus te deponeren.'

Lucie Valentin kwam binnen met koffie. Het goedkope servies was glanzend gewreven er lag een schoon gesteven kleedje op het blad. Ze zette het op het bamboetafeltje en ging toen op de armleuning bij de jongen zitten. Ze sloeg haar arm om hem heen met een moederlijk gebaar. 'Misschien is het beter dat je je vader eens gaat opzoeken, liefste,' zei ze. 'Je kunt de wagen nemen.'

'Als ik een persoonlijke vraag mag stellen,' zei ik tegen de vrouw. 'Kunt u goed met Hank Dean opschieten?'

'Ik heb hem pas twee keer ontmoet,' zei Lucie Valentin.

'Lucie wil open kaart spelen,' zei de jongen. 'Lucie en ik gaan trouwen, en vrij spoedig, maar ik moet zorgen dat Pa het goedvindt.'

'En hij heeft bezwaar tegen Lucie?'

'Hij mocht haar,' zei de jongen. 'Dat weet ik, en hij mag haar nog steeds.' Hij klopte haar op de arm, keek naar haar en glimlachte. 'Maar de waarheid is dat Pa me liever met een Amerikaans meisje ziet trouwen.'

'Werkelijk?' zei ik.

'O ja, Pa laat zich er wel op voorstaan dat hij zo'n kosmopoliet is, maar Pa is Amerikaan, je kunt het aan zijn Frans horen, en daarvan is hij zich terdege bewust.'

'En jij spreekt vloeiend Frans?'

'Ik ben hier opgegroeid. De meeste mensen op mijn werk denken dat ik een Parijzenaar ben. En ik denk ook als een Fransman – het doet Pa pijn als ik dat zeg, maar het is waar – ik zou nooit echt gelukkig kunnen zijn in de Verenigde Staten ... en ik zou nooit met een Amerikaans meisje willen trouwen.'

Hij glimlachte. Aan de manier waarop hij meisje zei, kon je horen dat hij eigenlijk vrouw bedoelde. Lucie Valentin was heel wat jaartjes ouder dan de jongen; hij hoefde niet te zeggen dat Hank Dean dat ook niet zo leuk vond.

'En dan is er nog Lucies scheiding,' zei de jongen. 'Dat is het eigenlijke probleem. De Kerk erkent die niet' – hij haalde zijn schouders op – 'en Pa ook niet.'

'Maar je vader is ook van je moeder gescheiden,' zei ik.

Even dacht ik dat de jongen kwaad was dat ik dat zei, maar hij glimlachte tegen Lucie, en zei toen tegen mij; 'Hij schreef dat hij was gescheiden op alle officiële formulieren en zo, maar de waarheid is dat hij altijd geweigerd heeft mijn moeder een scheiding toe te staan – dat was de oorzaak van alle ellende.'

'Op religieuze gronden?'

'Ma zei dat het gemakkelijk genoeg was voor Pa om religieuze scrupules te koesteren – hij wilde niet opnieuw trouwen.'

'Maar je moeder wel?'

'Ze hebben nooit met elkaar overweg gekund. Het is te lang geleden dat zij zijn gescheiden om me er nog iets van te herinneren, maar ik heb me nooit kunnen voorstellen dat ze het met elkaar konden vinden. Ma neemt het er graag goed van. Die Reid-Kennedy sterft van het geld. Hij wilde altijd dat ik een toelage aannam, maar ik vond niet dat ik dat kon doen; uiteindelijk is hij niet eens mijn stiefvader.'

'Wat doet hij voor de kost?'

'Hij zit in de elektronica.'

Ik zei: 'Dat kan van alles betekenen, vanaf het repareren van een televisietoestel tot aan een wandeling op de maan.'

'Zijn fabrieken maken ingewikkelde troep voor communicatie-satellieten. Ze hebben veel gedaan aan die satelliet die de Franse TV gebruikt voor rechtstreeks nieuws uit de Verenigde Staten. Dan zijn er natuurlijk nog de weersatellieten ... ik geloof niet dat dat militaire geheimen zijn, als jullie dat misschien mochten denken.'

'Je bent te laat voor het ziekenhuis, chéri,' zei de vrouw.

'Ik sla het vandaag maar over,' zei de jongen. 'Ik moest eigenlijk bloed afstaan in het ziekenhuis op de Boulevard maar dat kan ik morgen ook nog doen.'

Mann knikte. 'Onderhoud je nog steeds contact met je moeder?'

'We schrijven elkaar.'

'Wanneer heb je haar voor het laatst gezien?'

'Eén,' zei de jongen, 'nee, wat zeg ik twee jaar geleden.'

Lucie Valentin stond op van de armleuning, liep naar het raam en toonde plotseling veel belangstelling voor de vallende sneeuw.

'En ze schrijft of belt niet?' hield Mann aan.

'Een paar keer, dit afgelopen jaar,' zei de jongen. 'Ze begint de situatie nu langzamerhand te aanvaarden.'

Lucie Valentin liep weer naar hem toe; ze stak een hand in een van de zakken van de overal die hij droeg, haalde zijn sigaretten eruit en stak er een op. Het was een intiem gebaar en toch miste het de spontaniteit die zulke handelingen meestal kenmerken. Hij voelde dit ook. 'Wat is er, liefste?'

Ze keerde zich van hem af en haalde haar schouders op. Ze blies de rook uit en zei: 'Je moeder was hier gisteren.'

'Weet je het zeker?' vroeg hij ongelovig.

Lucie draaide zich nog steeds niet om. 'Natuurlijk weet ik het zeker. Ze kwam hier en vroeg naar jou. Natuurlijk weet ik het zeker.'

'Rustig maar, baby.'

'Het spijt me, liefste,' zei ze met een stem die geen spoor van spijt toonde. 'Ze heeft nog helemaal niets aanvaard. Ze is vastbesloten ons te scheiden. Ik heb vannacht van haar gedroomd.'

'Doe niet zo dwaas.'

Lucie keerde zich naar hem toe. 'Ik ben helemaal niet dwaas, en noem me geen baby.' Ze opende de handtas die op de vensterbank stond en haalde er een stukje papier uit. 'Bel haar!' zei Lucie. 'Dat wil je toch, is het niet?'

Hij nam het stukje papier niet aan. 'Ik houd van je, Lucie.'

Ze haalde haar schouders op en keerde zich af.

Het was majoor Mann die het stukje papier van haar aanpakte. Hij gaf het niet aan de jongen. Hij las het zelf. Geen van tweeën lette nog langer op ons.

'Je had het me moeten vertellen, Lucie.'

Lucie bette haar ogen met een klein zakdoekje. 'Ze bleef maar drie uur in Frankrijk. Ze moest weer terug naar het vliegveld. Het leek me dwaasheid alles te riskeren wat we hebben als ze hier toch alleen maar een paar minuten zou zijn.'

'Ze stak de Atlantische Oceaan niet over alleen maar om een kort bezoekje te brengen,' zei de jongen. Toch was hij gevleid door het denkbeeld en zijn stem verried dit.

'Nee,' zei ze. 'Ze zijn in Europa.'

'Dit is hotelbriefpapier,' zei Mann, het briefje omhooghoudend. 'Geen boodschap, alleen "Bel asjeblieft" en Gresham Hotel, Dublin. Wat zou ze in Ierland moeten doen, weet jij dat soms?'

'Nee,' zei de jongen.

'Denk er dan maar eens goed over na!' zei Mann kwaad. De spanning in de kamer had vat op ons gekregen, en nu begon Mann onredelijk ongeduldig tegenover de jongen te worden. 'Denk eens goed na. Is ze geïnteresseerd in de paardenfokkerij of haaienvisserij? Wat doet ze hartje winter in Ierland?'

De jongen schudde zijn hoofd en Lucie Valentin antwoordde voor hem in de plaats. 'Zijn moeder was met de Irish Airlines gekomen, een rechtstreekse vlucht: Dublin-Parijs. Ze zei dat ik het niet tegen haar man mocht vertellen. Hij dacht dat ze in Dublin aan het winkelen was en 's avonds naar de schouwburg zou gaan.'

'Waar zat hij dan in godsnaam?' vroeg Mann. 'Een raar soort vakantie waarin je je vrouw alleen naar het theater stuurt.'

'Daar heeft ze niets over gezegd,' zei Lucie Valentin.

Majoor Mann reikte naar zijn hoed en knoopte zijn jas dicht. 'Jullie zijn toch niet van plan de stad te verlaten, wel?'

'Geen van beiden gaf antwoord maar toen we de deur uitgingen die Lucie voor ons openhield, zei de jongen: 'Ze probeert ons helemaal niet te scheiden, baby. Maak je daar nou niet langer zorgen om. Geheimen voor elkaar hebben . . . dat richt schade aan,' en nadat de deur dicht was begonnen zij in het Frans tegen elkaar te krakelen.

Van beneden klonk dezelfde tango die we gehoord hadden toen we aankwamen. Of de automatische wisselaar was stuk of ze waren aan het leren dansen. Mann sprak niet terwijl we de smalle stenen trappen afliepen. Sommige lampen ontbraken en die wel werkten verspreidden niet veel meer dan een flauw licht. De tango heeft een soort valse vrolijkheid: eigenlijk is het een zeer melancholiek ritme.

Het was pas middag maar laaghangende wolken verduisterden de straat zodat sommige auto's hun lichten al aan hadden. We liepen door tot aan onze gehuurde Mercedes. De dunne laag sneeuw die erop was blijven liggen was geel gekleurd door het steenstof van de sloopwerkzaamheden; iemand had er een hamer en sikkel in getekend. Mann veegde het af voordat we instapten. Toen zette hij de ruitewissers aan om een schoon stukje ruit te krijgen. Terwijl hij dit deed klonk er een donderend geraas van een neerstortende muur en werden we gehuld in een grote stof wolk. We zaten stevig ingesloten maar Mann kreeg het toch voor elkaar er tussenuit te komen en we voegden ons bij het verkeer dat over de rue de Flandres in de richting van het centrum van Parijs snelde. We waren al op de Place de Stalingrad toen Mann pas iets zei. 'Veronderstel dat die jongen werkelijk de koerier is?' zei hij.

'Ik kan niet geloven dat alles gespeeld was. Die twee deden dat toch niet allemaal alleen voor ons?'

'En zijn moeder?'

'Als een professioneel netwerk een fout maakt, is het altijd dit soort fout,' zei ik. 'Het is altijd een jaloerse minnaar of een ach- terdochtige vrouw.'

'Of een gescheiden vrouw die wil hertrouwen. Dus jij denkt dat de vrouw van Hank Dean hem in de val wil laten lopen?'

'Het was een methode om jou onder druk te zetten,' zei ik. 'Het was bedoeld om jou kwetsbaar te maken.'

'Maar was het erop gericht ons van Bekuvs spoor af te halen? Of was het een afleidingsmanoeuvre – die kletspraat over Dublin?'

'Een goede vraag,' zei ik. Hij knikte. We wisten beiden dat we naar Dublin moesten – een onderzoeker volgt elk spoor dat hij krijgt, al vermoedt hij nog zo sterk dat het een vals spoor is.

Tegen de tijd dat we terug waren in het hotel, in de buurt van het ministerie van Binnenlandse Zaken, begon de sneeuw de stad in zijn greep te krijgen. Majoor Mann liep met grote passen het hotel binnen, onderwijl het ijs van zijn regenjas schuddend. Er lag een boodschap op hem te wachten, die via de Franse politie was gekomen. Iemand had geprobeerd ons te bereiken. Het was dringend. Er stond een contact-telefoonnummer op. Ik herkende het als een van de accommodatienummers die door de CIA ge- bruikt worden in de Parijse ambassade. Mann draaide het en de koerier arriveerde binnen tien minuten. Het bericht was door de

decodeermachine gegaan maar het was nog raadselachtig genoeg
om er enige uitleg bij te vragen.

JONATHAN AAN SHOESHINE TRIPLE STAR ZEER DRINGEND.
FABIAN BETREURT VERDACHTE NAAM DEAN VERGISSING STOP HIJ
ZEGT NU BETTERCAR AUTOVERHUURBEDRIJF IS IN BOSTON MASSA-
CHUSETTS STOP RED STUURT LIEFS STOP BRENG COGNAC MEE GE-
TEKEND JONATHAN EINDE

Fabian was de codenaam voor Andrej Bekuv, en Jonathan was
de CIA-man die verantwoordelijk was voor de veiligheid van de
twee Russen tijdens onze afwezigheid. 'Breng cognac mee' was
de controlecode die Mann met Jonathan persoonlijk had afgesproken (voor iedere boodschap verschillend en door ons drieën in
ons geheugen opgeslagen). Hoe Red de veiligheidsdienst ertoe
had overgehaald een liefdesboodschap bij het bericht te voegen
ging mijn verstand te boven.
'Heb je Boston, Massachusetts, ook voor me gedecodeerd?'
'Ja meneer,' zei de koerier. Hij was een bedeesde jongeman. 'Ik
heb het opgezocht. Het is een klein stadje in Ierland – Drogheda,
als je het tenminste zo uitspreekt.'
'Drogheda,' zei Mann, en knikte. 'En ik neem aan dat de code
voor Boston, Massachusetts Drogheda, Ierland is?' De koerier
glimlachte beleefd. Mann nam het papier met de boodschap
erop, een doosje lucifers, en verbrandde het papier zorgvuldig tot
as. Mann was zo: hij liet geen gelegenheid onbenut om te laten
zien wat een goedgetrainde agent hij wel was.
'Kan ik verder nog iets doen?' vroeg de koerier.
'Henry Hope Dean; ik wil zijn bloedgroep weten,' zei Mann. 'Hij
is donor, dus dat zal wel niet zo moeilijk zijn.'
'Drogheda in Ierland,' zei hij weer toen de koerier was vertrokken. 'Wel wel, de Bekuvs beginnen nu werkelijk te praten.'
'Ben je nog van plan me te vertellen wat Bettercar is, of gaan we
de hele avond geheimagentje spelen?'
'Rustig maar baby,' zei hij, Henry Hope Deans ongeruste stem
imiterend.
'Ik ga eten,' zei ik. 'Ik zie je straks nog wel.'
'Bettercar Autoverhuur is de afgesproken code voor het 1924-
Genootschap,' zei Mann, 'en ik betaal de drankjes.'

122

Hoofdstuk twaalf

Je verlaat het vliegveld in Dublin aan de linkerkant, en volgt dan de weg naar Belfast. Majoor Mann had ervoor gezorgd dat een inspecteur van de Ierse veiligheidsdienst ons in Drogheda zou ontmoeten. Het was slechts een rit van dertig kilometer vanaf het vliegveld en Mann had beloofd de afstand in even zovele minuten af te leggen, maar hij had geen rekening gehouden met de smalle, kronkelige weg, het hobbelige wegdek en de reusachtige vrachtwagens die met een slakkegangetje door de nauwe straten van de dorpjes langs de route moesten rijden. Noch had hij de onweersbui verwacht die ons begroette. Hij vloekte en tierde de hele weg. Ten slotte liet hij mij rijden.

Drogheda, een kleurloos stadje van grijze steen, glom onder een gestaag neervallende regen hetgeen men in Ierland dan als 'zacht weer' betitelt. Een soldaat met een automatisch pistool en een politieagent in een kogelvrij vest stonden te schuilen in de ingang van een bank. Op de muur naast hen stond met witte verf geschreven: 'Geen Uitlevering.'

De inspecteur van de veiligheidsdienst stond op ons te wachten met de beleefdheid en het geduld waarmee een Ier vertraging tegemoettreedt. Het was een lange, magere man met blond haar, gekleed in dat soort donkere kleren die politiemannen dragen als ze je willen laten weten dat ze politieman zijn. Hij stapte in de auto en bleef even zwijgend zitten, terwijl hij de regen met een zakdoek van zijn gezicht veegde. Hij verschoof zijn hoed zodat het regenwater niet in de aktentas druppelde die hij nu op zijn knieën openmaakte. Hij vond de papieren die hij zocht en klopte er gerustgesteld op. Er klonk een donderslag die als een kanonnade door de stad echode.

'De heer en mevrouw Reid-Kennedy hebben zich vier nachten geleden in het Gresham Hotel in Dublin ingeschreven. Zijn vrouw bleef daar om wat te winkelen. Gisteren is ze vertrokken. Het is niet zo gemakelijk om met zekerheid te zeggen welke nachten uw man met haar doorbracht daar – de tweepersoonskamer werd gewoon doorbetaald.' Hij keek weer in zijn papieren. 'De heer Reid-Kennedy huurde een kleine bestelwagen van een verhuurbedrijf in O'Connell Street. Hij ging naar een winkel waar ze hengels en sportartikelen verkopen. Ze zeggen dat hij geen geweer of munitie heeft gekocht, maar daar kunnen we nooit zeker van zijn, niet in Ierland! Hij kocht een paar lieslaarzen. Het soort dat vissers dragen. En een waterdicht jack.'

'Hengel? Vislijn? Vliegen?' Vroeg Mann.

'Alleen de laarzen en het jack. Toen reed hij met de bestelwagen hier naar toe. Hij logeerde in geen van de hotels in Drogheda, maar twee mensen hebben de bestelwagen gezien die hij had gehuurd. Een boerenknecht zag hem gisterochtend om zeven uur naar de stad terugrijden. Hij was aan het liften, maar de bestelwagen wilde niet stoppen.'

'Heeft hij Reid-Kennedy herkend?' vroeg Mann.

'Beslist. Hij was teleurgesteld. In dit deel van de wereld stopt men altijd voor een lifter, vooral voor een bekende. Bovendien regende het nog. Ja, een positieve herkenning.'

'En de andere?'

'De broodbezorger zag de lege bestelwagen geparkeerd staan bij de ingang van de boerderij van O'Connor. Hij kon er met moeite langs, de weg is daar erg smal.'

'Vertel eens wat over die boerderij,' zei Mann. Een plotselinge bliksemflits verlichtte de hele straat, iedere beweging bevriezend met zijn wrede blauwe licht.

'Hij is eigendom van een Duits syndicaat,' zei de politieagent. 'Een boerderij, slachtvee, zowat vijfhonderd hectaren.'

Opnieuw klonk er een donderslag. Door de straat gingen tractoren, straathonden, schoolkinderen, aftandse auto's en een religieuze optocht; iedereen trotseerde de regen alsof men er geen erg in had.

De politieagent borg zijn papieren op en deed zijn tas op slot. 'Het enige waar ik over in zit is de benzine. Het verhuurbedrijf zegt dat hij met de gebruikte hoeveelheden minstens tot Dundalk in het noorden heeft kunnen komen, hij kan zelfs de grens wel zijn overgegaan.'

Mann gromde en keerde zich af om naar een jongen op een fiets te kijken. De jongen leunde met één schouder tegen een stenen muur, en draaide met zijn teen de trappers rond. 'Waar is dat landgoed van de O'Connors?' vroeg Mann. 'Laten we er eens een kijkje gaan nemen.'

De politieagent keek naar de regen. 'Het is niet zo gemakkelijk te bereiken,' zei de agent. 'Ik kan beter Dublin bellen als u huiszoeking wilt doen.'

'Geen sprake van,' zei Mann. 'De mensen achter wie we aan zitten kunnen gemakkelijk duizend dollar betalen voor informatie over uw telefoontje naar Dublin.'

'Het verbaast me dat u *mij* vertrouwt,' zei de politieagent geirriteerd.

'Ik vertrouw u ook niet,' zei Mann. 'Laten we voortmaken – zeg ze maar dat we zoeken naar pornofilms of dat we moeten nagaan of er mond- en klauwzeer heerst, verzin maar wat.'

De voorruit was beslagen. De politieagent haalde een zakdoek voor de dag en veegde een gedeelte schoon. 'Deze weg oprijden,' zei hij ten slotte. Ik draaide het contactsleuteltje om en na een paar pogingen slaagde ik erin de auto aan de praat te krijgen. 'Eerste weg links,' zei de politieagent.

We verlieten de hoofdweg en reden door stille dorpjes en een verlaten landschap. De door de regen glimmend geworden heuveltoppen zagen er verwaarloosd uit in het middaglicht en de ruïnes van een of andere reeds lang vergeten abdij waren nauwelijks zichtbaar in de sombere vallei. 'Vertel me eens iets meer over die boerderij,' zei Mann.

'Dit is misschien wel helemaal niet de man die u zoekt,' zei de inspecteur. 'Dit Duitse syndicaat – Frankfurt was het – heeft de O'Connor-boerderij twee jaar geleden gekocht. Er was sprake van een fokkerij. toen werd er gezegd dat men kreeften naar Parijs over zou vliegen, maar er is nooit iets waar gebleken van die praatjes. Er wonen nu mensen, Gerding heten ze – een man, een vrouw en een volwassen zoon – er komen regelmatig mensen op bezoek ... die worden omschreven als aandeelhouders in het syndicaat: goedgeklede vreemdelingen, niet alleen Duitsers, maar ook Amerikanen, een Hollander, een paar Zweden en een man die zei dat hij uit Argentinië kwam – tenminste dat vertelde de taxichauffeur ons.'

Mann snoof. 'Het zou best eens kunnen zijn wat we zoeken,' zei hij.

'Kilometers in de omtrek geen buren,' zei de inspecteur. 'De

125

Gerdings zijn protestant – bemoeien zich alleen met zichzelf. Hard werkende mensen, zeggen de buren. Ze komen in het dorp voor benzine, brood en melk, en één keer in de week gaan ze naar Drogheda voor kruideniersboodschappen.' Hij tikte op mijn schouder. 'We kunnen de auto beter bij het hek laten staan. Anders komen we nog in de modder vast te zitten als we met dit weer de oprijlaan oprijden. Heeft u een regenjas?'

De boerderij lag boven op een heuvel, oostelijk ervan lagen de bijgebouwen die een rechthoek vormden op een wat minder steile helling. Het wagenspoor dat voor onze auto te modderig was liep langs de glooiing van de heuvel – Een ieder die bereid was zich kletsnat te laten regenen had van hieruit een prachtig uitzicht. Maar ondanks het lawaai van de wind hadden de honden ons toch gehoord. Toen Mann worstelde met de roestige grendel van het hek, ging hun geblaf in gejank over.

'Dit is nu niet precies wat de advertenties van de Lufthansa ons voorspiegelen,' zei Mann. Hij morrelde kwaad aan het slot waardoor de scherpe rand het vel van zijn duim schaafde. Hij vloekte. Het erf miste eveneens het soort netheid dat men verwacht van een syndicaat dat geregistreerd staat in Frankfurt. De ongelijke keien waren bedekt met gemorst voer, plakkerig hooi, en grote plassen water stonden op verstopte afvoer goten. De deur van de boerderij zat op slot.

'De vogel is gevlogen,' zei de inspecteur, maar hij maakte toch zijn jas los. Het was het gebaar van een man die er zich van vergewist of hij zijn pistool bij zich heeft.

Ik probeerde het raam en schoof het zonder moeite omhoog.

'Hallo daar,' riep de politieagent door het open raam. De wind blies de vitrage in zijn gezicht. Er kwam van binnen geen geluid, maar de honden blaften alsof zij de roep beantwoordden. Ik trok mijn regenjas iets op zodat ik één been over de vensterbank kon gooien. De agent duwde me zacht opzij. 'Dit is mijn werk,' zei hij. 'Ik ben gewend aan het soort dingen dat ons eventueel te wachten staat.' Hij glimlachte.

Ik nam aan dat wij alle drie dit soort werk al eens gedaan hadden. Ik dekte hem. Mann bleef buiten. We gingen iedere kamer in en onvermijdelijk was daar dat domme gevoel dat je krijgt als je onder de bedden kijkt. 'Niemand,' zei de agent terwijl hij de laa ste kast opende en op het houten binnenwerk klopte om zich ervan te vergewissen dat er geen holle klanken waren. Ik liep naar het raam en riep naar Mann beneden op het erf dat het huis leeg was. Hij had ondertussen de bijgebouwen aan een vluchtig onderzoek onderworpen. Deze waren eveneens leeg. Het was nu bijna opgehouden met regenen en vanuit dit bovenraam kon ik kilometers ver over het landschap van Kells kijken, tot waar de ondergaande zon de hemel boven de meren van Meath roze kleurde. Ik zag ook de boerderijhonden. Ze waren nat en ellendig en zaten op de mestvaalt achter de stallen. 'Kom eens kijken,' riep de agent van beneden. Ik ging de trap af en zag dat Mann er ook was. Ze doorzochten beiden de as die de haard bedekte. Ze hadden een paar stukjes hard plastic gevonden, ongeveer het formaat van een briefkaart. Een stuk of twaalf andere waren samengesmolten tot een harde plastic baksteen. Dat had hun vernietiging in de vlammen voorkomen. Mann haalde een klein wit blokje uit de as. 'Wat is dit?'

'Dat dient om vuur te maken,' zei de inspecteur, 'gemaakt van parafine. Ze worden gebruikt om thuis het vuur aan te maken. Ze zorgen ervoor dat de kolen of de turf gaan branden zonder dat er hout of papier hoeft te worden gebruikt.'

'Wel, wel,' zei Mann. Hij rook eraan. 'Dit schatje vatte helemaal geen vlam. Was het wel zo geweest, dan hadden we niets gevonden.'

'Wel,' zei de inspecteur, 'vertel me dan eens, wat zijn al die plastic schijven?'

'Microfiches,' zei Mann. 'Het broertje van de microfilm. Microfilm zit op spoelen en is bijzonder jofel voor iemand die naar een openbare bibliotheek gaat om *Oorlog en Vrede* te lezen, maar als je je materiaal wil selecteren, is dit veel beter geschikt.' Hij trok een van de plastic briefkaarten los, en hield hem in het licht zodat de agent de bladzijden vol gefotografeerde gegevens kon zien, niet groter dan een vingernagel.

'Ik wil er een paar meenemen,' zei Mann. 'Alleen maar als model, oké?'

'Zolang u maar genoeg achterlaat voor het laboratorium, zodat ze ons kunnen vertellen wat voor soort materiaal het is.'

'Dit is allemaal geclassificeerd materiaal, afkomstig uit Amerikaanse regeringsbronnen,' zei Mann.

'Waarom hier?' vroeg de agent.

'De Ierse Republiek is toegankelijk – uw paspoortcontrole is zeer oppervlakkig, en nu de Ruskies hier een ambassade hebben krioelt het van de geheime agenten. Met Ierland in de EEG zijn er nog maar weinig beperkingen voor Europeanen om binnen te komen. Vanuit Engeland wordt er helemaal niet gecontroleerd. Kom nou toch, makker, je weet best waarom.'

'Waarschijnlijk hebt u gelijk,' zei de inspecteur.

'Dat heb ik zeker,' zei Mann. Hij stak een paar microfichekaarten in zijn portefeuille.

'Hoor die honden nou toch eens,' zei de politieagent tegen me. 'Ik ben op een boerderij opgegroeid – mijn vader zou honden die vluchten als er vreemdelingen het huis binnenkomen en achter de bessestruik hun hart uit het lijf janken, meteen verkocht hebben.'

Ik stond op zonder antwoord te geven en ging naar de hal aan de voorkant. Ik nam de telefoon op om na te gaan of hij aangesloten was, en legde hem weer neer. Toen deed ik de massieve voordeur van het slot – hij moest minstens een eeuw oud zijn en gemaakt met het doel een belegering te weerstaan. Ik stond op de stoep en staarde over de velden. Koeiemest was uitgespreid over de glinsterende akkers en een paar roeken scharrelden erin rond. Het waren mooie grote vogels, zo groot als gieren, met een blauwige glans op hun zwarte veren. Maar de meeste vogels – honderden – waren in de lucht, voor het merendeel spreeuwen, draaiend en zwenkend, grote draaikolken van vogels; ze verduisterden de roze avondhemel, ze kwetterden en klapwiekten hard genoeg om een voortdurend gonzend lawaai te veroorzaken.

'Bel uw mensen op,' zei ik ten slotte. 'Zorg voor een politiearts en graafgereedschap – er zullen drie lichamen liggen, ik veronderstel van de mensen die zich Gerdig noemen . . . begraven daar waar de honden zitten te janken.'

De agent zei: 'Dus daarom zitten die honden zo in de regen te janken. Ik had dat moeten weten, ik heb altijd op het platteland gewoond – het spijt me.'

'Laat maar,' zei ik. 'Ik heb nooit op het platteland gewoond maar ik ken het soort schoften met wie we te maken hebben.'

'Die Reid-Kennedy?' zei de agent.

'Een bestelwagen om de microfichemachine te vervoeren . . . lieslaarzen en een waterdicht jack om zijn kleren te beschermen tegen de bloedspetters... een jerrycan benzine extra om de papieren te verbranden, en God weet wat nog meer.'

'Maar waarom liet hij de telefoon aangesloten?'

'We hebben niet te doen met een stel teenagers,' zei ik. 'Hij wilde voorkomen dat de telefoonmonteurs hem midden in zijn werkzaamheden zouden overvallen.

De Ierse inspecteur zei: 'Dan is het vast een buitenlander; hoogstwaarschijnlijk een Amerikaan. Onze jongens weten wel beter, die zijn niet bang in hun werk door overijverige telefoonmonteurs gestoord te worden.'

Mann keek hem aan om te zien of dit soms sarcastisch bedoeld was en keerde terug naar zijn microfiche. Bijna even plotseling als ze waren gekomen, zwenkten de spreeuwen af, streken neer en zwegen. Nu was er alleen nog maar het geluid van de honden.

Hoofdstuk dertien

Vanuit de lucht lijkt het op een stelletje dure dozen, die aangespoeld zijn aan de tropische kust. Maar de oceaan bij Miami was blauw en uitnodigend en de hemel onbewolkt. Onverschillig voor al die grappen die erop neerkomen dat de Bahama's alleen maar dienen als wintervakantieoord voor rijke lui uit Florida, moet je eens rechtstreeks uit een Ierse januari in Miami aankomen en dan begin je te beseffen dat de sinaasappels helemaal niet zo stom zijn.

Het centrum van Miami bestaat uit de gebruikelijke opeenhoping van kantoorpanden, winkelpaleizen, stadhuis en oorlogsmonument, als je het tenminste kunt vinden tussen de torenhoge hotels. Maar de Reid-Kennedy's woonden niet in het centrum van Miami, en ze woonden ook niet in een van die torenhoge hotels. Ze verheugden zich in het bezit van een huis met acht slaapkamers, gelegen aan het water, gebouwd in Spaanse stijl – met een passend aantal bedienden Spaanse stijl om de zaak onberispelijk te houden – een tuin vol tropische planten en een aanlegsteiger om de vijftig voet lange motorkruiser aan te meren. En als ze behoefte hadden aan wat conversatie, dan konden ze de lichtblauwe Rolls Royce voor laten rijden met de geüniformeerde chauffeur, en naar de Jachtclub gaan die honderdvijftig meter verderop aan het water lag. De heer Reid-Kennedy was nog steeds 'voor zaken in Europa' maar Mann besloot wat ongerustheid en paniek te zaaien in het huishouden.

'Als u vrienden bent van Henry-Hope, vinden we het heerlijk u te ontmoeten,' zei zijn moeder. Ze noemde haar zoon Henry-Hope. Als hij was teruggekomen om bij hen te wonen, zou hij Henry Hope Reid-Kennedy zijn geworden, wat klinkt als een goede reden om in Parijs te blijven.

Er speelde zachte muziek, de vrouw reikte achter zich naar een roze speelgoedhond en de muziek werd zeer rustig. Ik vroeg me af of dit een produkt was van de Reid-Kennedy Radio Company. Ze glimlachte naar ons. Ze was midden veertig, maar een groot aantal dure gezichtsmassages, lotions en stoombaden waren eraan gewijd geweest haar negenendertig te houden. Het was bijna gelukt. Voor sommige mensen brengt de middelbare leeftijd een verzachting van de gelaatstrekken, maar haar huid was eerder strak dan los, en er liepen witte lijntjes langs haar neus en kaak. Toch kon men nog steeds zien dat zij eens mooi was geweest, en uit haar aanmatigende manier van optreden bleek dat zij dat ook nog niet had vergeten. Ze streelde de kop van de witte poedel die op haar schoot lag. 'Ja, als u vrienden bent van Henry-Hope vinden we het heerlijk u te ontmoeten.'

Ze zei het op zo'n manier dat wij wisten dat als zou blijken dat wij geen vrienden van haar zoon waren, zij ervoor zou zorgen dat wij in de hel zouden branden en wel heel langzaam. Ze glimlachte opnieuw toen ze de dikke wollen kostuums zag die majoor Mann en ik hadden uitgezocht voor een Kerstmis in Virginia, en naar de vormeloze tweed hoed die Mann op het vliegveld van Dublin had gekocht. Zij droeg een zachtroze huispyjama, met een etiket van Dior dat zodanig gedraaid was dat het naar buiten uitstak. De halsband van de poedel was van Gucci.

'U was majoor in het Amerikaanse leger?' Ze nam een delicaat slokje van de helderrode drank die in een cocktailglas bij haar elleboog stond.

'Verbindingstroepen, mevrouw.'

'O, verbindingstroepen,' zei de vrouw alsof dit alles verklaarde. Nu pas besloot het dienstmeisje dat wij geen geld wilden lenen of een encyclopedie verkopen. Ze verliet zwijgend de kamer.

'Hoewel we uw zoon ontmoet hebben en met hem hebben gesproken, komen we hier eigenlijk om inlichtingen in te winnen over uw echtgenoot,' zei Mann. Hij hield zijn hoed tussen zijn handen en draaide hem rond alsof het een stuurwiel was.

'Over mijn echtgenoot?' vroeg ze. Er klonk een lichte ongerustheid door in een stem die zelden ongerustheid verried. Ze pakte een roze sjaal en sloeg hem om haar schouders op een wijze die mij het gevoel gaf dat wij de temperatuur hadden doen dalen.

'Dr. Henry Dean,' zei Mann.

'Ah, u bedoelt mijn ex-echtgenoot,' zei mevrouw Reid-Kennedy. Ze begon de poedel te aaien, met korte nadrukkelijke bewegingen, volkomen in tegenstelling met de afgemeten stem en de ontspannen glimlach die zij ons schonk. 'Leg uw hoed neer, en ga zitten.'

Ze had dat *Gejaagd door de wind*-Dixieland-accent, maar haar lage stem leek meer op die van Clark Gable dan op de stem van Vivien Leigh.

Mann keek haar een ogenblik recht in de ogen en zei toen: 'Dat bedoelde ik, mevrouw Reid-Kennedy. Dr. Henry Dean, uw ex-echtgenoot.' Hij ging niet zitten en hij legde ook zijn hoed niet neer.

'Is hij in moeilijkheden?' vroeg ze.

'Ja,' zei Mann.

'Dat spijt me vreselijk,' zei ze. Ze fronste haar voorhoofd maar ze barstte niet in tranen uit.

Mann zei: 'Hij had een grote hoeveelheid geld in huis. Tot dusverre heeft hij nog niet verklaard waar het vandaan komt,' Mann haalde zijn schouders op. 'Het zou best niets te betekenen kunnen hebben, maar aan de andere kant zou het wel eens iets heel ernstigs kunnen zijn.'

'En u bent van?'

'Van de Fiscale Dienst,' zei Mann. 'Ik dacht dat ik dat al gezegd had.'

'Nee,' zei ze. Ze wist niet of ze nu meer ontspannen of nog ongeruster moest zijn. 'En wat doet u zoal?'

'U maakt zeker een grapje,' zei Mann glimlachend. 'U weet best wat de Fiscale Dienst doet, mevrouw, wij zijn de moderne Robin Hoods: wij beroven de rijken en geven het aan de armen.'

'Ik bedoel u persoonlijk,' zei ze. Ze reikte naar een doos met een kleurenfoto van jonge katjes op het deksel. Op het etiket stond 'Met De Hand Vervaardigde Kersenbonbons'. Uit één ervan beet ze een stukje zodat ze de binnenkant kon zien, en las toen opnieuw het etiket. Zonder op te kijken herhaalde ze de vraag. 'Wat doet u persoonlijk?'

'Om die vraag te kunnen beantwoorden zou ik een beroep moeten doen op het Vijfde Amendement, dame, vanwege het feit dat ik mezelf zou kunnen belasten.' Hij keek haar sluw aan, maar ze gaf niet te kennen dat ze het begrepen had. 'Bij een onderzoek als dit . . .' Mann pauzeerde, hopend dat ze naar hem op zou kijken maar dat deed ze niet. Hij vervolgde: '. . . moet er heel wat zuiver routinemateriaal nagetrokken worden. Normaal zouden we waarschijnlijk het onderzoek hebben beperkt tot de zakelijke aangelegenheden van mensen die betrekking onderhielden met dr.

Dean. Want persoonlijk, mevrouw Reid-Kennedy, houd ik er helemaal niet van mijn neus te steken in iemands privé-aangelegenheden ...'

Ze keek op en wachtte tot hij door zou gaan maar dat deed hij niet. Ze wendde zich af om door het grote brede raam naar buiten te kijken waar in de verte de palmbomen scherp afstaken tegen het blauwe water van de baai. Toen wijdde ze al haar aandacht aan het verorberen van de kersenbonbon en wachtte en wachtte. 'In wat voor soort zaken zit uw echtgenoot?' vroeg Mann plotseling.

'Elektronica,' zei ze. Ik had de indruk dat ze van plan was haar advocaat te bellen en niets meer te zeggen totdat hij er zou zijn, maar ze was waarschijnlijk al weer van gedachten veranderd.

'Heeft hij altijd in de elektronica gezeten?' vroeg Mann.

'Hoe moet ik zeker weten dat u inderdaad aan een officieel onderzoek bezig bent?' zei ze.

Hij gaf geen antwoord. Tenslotte zei ze: 'Hij erfde de zaak van zijn vader – Reid-Kennedy Radio Onderdelen Inc. Het was Douglas die mogelijkheden zag in elektronica. De fabriek in Chicago vervaardigt nog steeds zakrekenmachines en kantoormachines, maar het grootste deel van ons concern houdt zich bezig met het vervaardigen van zeer vergevorderde elektronische apparatuur.'

Ze onderbrak het aaien van de hond om een slokje van haar drankje te nemen.

'Ik waardeer uw zeer volledige antwoord, mevrouw Reid-Kennedy,' zei Mann. 'Kan ik dus aannemen dat noch u noch uw echtgenoot enige connectie heeft, hetzij zakelijk, hetzij sociaal, met de persoon van Henry Dean?'

De persoon – dat was een goede vondst. Haar gezicht klaarde aanzienlijk op en ze knipperde behaaglijk met haar wimpers. 'Absoluut niet, majoor,' zei ze. Ze fronste haar voorhoofd alsof zij probeerde voor ons tot op de bodem van haar herinnering te gaan. 'Ik geloof dat mijn zoon, Henry-Hope, van tijd tot tijd contact heeft onderhouden, maar noch ikzelf, noch mijn echtgenoot heeft persoonlijk contact met hem gehad sedert de scheiding ...'

'Sinds 1955, bedoelt u.' Hij liep op haar toe.

'Ja, sinds 1955,' zei ze en fronste opnieuw haar voorhoofd.

'Heeft u soms een recente foto van Douglas Reid-Kennedy?' vroeg Mann. Hij nam een kleine foto in een leren lijst op en keek ernaar. Het was een oude, sepiakleurige foto van een man met een boord met omgeslagen punten en een jongen gekleed in een Beiers pakje.

'Hoe komt u daaraan?' zei ze.

'Ik pak het net van uw tafel,' zei Mann.

'Het is mijn echtgenoot met zijn vader; die foto is voor de oorlog genomen – hij neemt hem meestal mee op reis. Het is een soort talisman.'

'Dan ziet het ernaar uit, dat het geluk hem deze keer in de steek laat,' zei Mann. 'Maar hoe het ook zij, ik wil graag een recente foto. Een pasfoto bijvoorbeeld.'

'Hij heeft er een afschuwelijke hekel aan een foto te laten maken,' zei ze.

'O ja?' zei Mann. 'Misschien is hij wel eens door het vogeltje gepikt.'

Ze pakte de foto van Mann af en zette hem weer op de tafel. 'Dat zal het geweest zijn,' zei ze.

Mann glimlachte. 'Houd u beschikbaar,' zei hij, 'misschien komen we nog terug.'

'O ja?' vroeg ze.

'Alleen nog wat routinevragen,' zei Mann.

Ze glimlachte weifelend en stond op om ons uit te laten.

'Nogmaals dank voor uw vriendelijkheid,' zei Mann, vaag een gebaar makend in de richting van de lage tafel die nog even leeg was als toen wij kwamen, terwijl de flessen drank en de doos sigaretten nog even vol waren.

'Het is jammer dat we niet onder dat diner op het Witte Huis uit kunnen,' zei Mann, terwijl hij naar de deur liep.

Mevrouw Reid-Kennedy trok haar wenkbrauwen op. Hij stond stil en draaide de Ierse tweed hoed net zo lang rond in zijn handen totdat ze ernaar keek. Toen keerde hij hem binnenstebuiten, om haar de onregelmatige steken te laten zien waarmee de voering zat vastgenaaid. Hij begon al los te raken. 'Een wat lossere manier van leven daarginds,' zei Mann. 'Ik heb hem gisteren in Dublin gekocht, mevrouw Reid-Kennedy.' Hij zette de hoed op en glimlachte.

Mevrouw Reid-Kennedy likte nerveus langs haar lippen, en zei. 'Het is een Ierse vissershoed, is het niet?'

Manns glimlach kwam te voorschijn, langzaam en buitengewoon

mooi, als de zon die opkomt in de woestijn. 'De moeilijkheid was dat terwijl ik daar naar toe ging om wat te vissen, de man die ik wilde ontmoeten net aan het schieten was.' Voor ze gelegenheid had te antwoorden, lichtte hij ernstig zijn hoed, pakte mijn arm en vertrok.

Een CIA-koerier stond op het vliegveld te wachten. Hij had een voorlopig dossier van Reid-Kennedy bij zich, en nog een ander van de Reid-Kennedy Inc. Er zat ook een computer analyse bij van de belastingaangiften – persoonlijk en van de firma – over een periode van twaalf jaar, die nog niet volledig was. Er was ook nog tijd om twee dollars in een joviale robot te stoppen die koude broodjes kaas in warm cellofaan afscheidde, en hete waterige koffie in donkerbruine plastic bekertjes. Mann werkte alles naar binnen en zei: 'Weer iets waarmee je het niet eens bent, hè?'

'Je bedoelt de manier waarop je dat Reid-Kennedy-mens aanpakte?'

'Jij denkt dat ze vermoedde waarvoor we kwamen, hè?' Hij grinnikte en beet in zijn broodje.

'Je had je vest los moeten knopen en haar je CIA-T-shirt laten zien,' zei ik tegen hem.

'Ruwe Yankee-methodes, hè? Niet bepaald de fair-play stijl, wat?'

'Ze kunnen erdoor op de vlucht slaan of het kan tot gevolg hebben dat ze het bewijsmateriaal vernietigen, hun mond houden en hun advocaat bellen.'

'Of ze zegt het niet eens tegen haar echtgenoot,' zei Mann. 'Heb je al eens aan die mogelijkheid gedacht? Jezus, wat een smerige koffie.'

Hij verfrommelde het bekertje met de rest van de koffie er nog in. Hij mikte het naar de afvallemmer, zodat het tegen het zwaaiende deksel sloeg en zachtjes explodeerde. Er steeg stoom op uit de overblijfselen.

'Ja, daar heb ik ook aan gedacht,' zei ik.

Ons uitgangsnummer lichtte op op het aanwijzingenbord. Mann gooide de rest van zijn broodje weg, veegde zijn handen af aan een papieren servet en gooide dat het broodje achterna. 'Wil je een pepermuntje?' vroeg Mann, terwijl hij in zijn jaszak naar zijn maagtabletjes zocht.

'Ik word te oud voor die uitgebreide diners,' zei ik.

'Ik begrijp ook niet waarom je nu weer zo nodig moet vliegen,' zei Mann. 'Je kunt beter rustig hier blijven, net als andere bejaarde mensen.'

In het vliegtuig hadden we de hele eerste-klasaccommodatie voor ons alleen. Ik begon het dossier van de Reid-Kennedy Inc. te lezen.

Het was een typisch Amerikaans succesverhaal: gewone jongen maakt een fortuin met de van zijn vader geërfde fabriek. De elektronische apparatuur die door de Reid-Kennedy laboratoria werd ontworpen en gemaakt was niet geheim; ze was voor iedereen te koop. Ingesloten bij het dossier zaten een paar zeer mooi gedrukte reclameboekjes die naar iedere potentiële afnemer in binnen- en buitenland werden gestuurd. Ik las de tekst nauwkeurig.

Telefoongesprekken – en een heleboel ander communicaties kunnen allemaal bij elkaar gedaan worden. Eén enkele draad kan meer dan honderd gesprekken tegelijkertijd verwerken, vooropgesteld dat u zich de 'time division multiplex switch' aanschaft die door de Reid-Kennedy laboratoria werd ontworpen (of, en dat vermeldde de brochure niet, één van een concurrerende firma). Deze schakelaars hakten transmissies in stukjes van één tienduizendste van een seconde, en verzamelde die stukjes dan weer zodat het menselijk oor niet kon waarnemen dat het slechts 'kleine stukjes' van de stem aan het andere eind opving.

Het overgrote deel van de Reid-Kennedy-winsten kwam van telefoongebruikers, en recentelijk ook van de commerciële satellieten die, tijdens een 24-uur durende baan op een afstand van 35 000 kilometer van de aarde, net stil lijken te staan. Zwevend ergens boven Labrador, verbinden deze satellieten Londen met Los Angeles. De grote doorbraak zou echter komen van een 'time division multiplex switch' die de bredere frequentiegolven zou kunnen bundelen die men nodig heeft om tv-beelden uit te zenden. Telefoongebruikers zullen een menselijke stem die klinkt als Donald Duck binnen in een koektrommel wel verdragen, maar een gebrekkig tv-beeld is nutteloos. R.-K. Inc. was ermee bezig, beloofde de brochure.

'Maar geen militaire geheimen,' zei Mann.

'Voor zover ik kan zien, niet,' zei ik.

'Denk jij dat een vent met zoveel poen er een bijbaantje als scherpschutter bij heeft?' Mann hield de fotokopie op armslengte, alsof hij probeerde iets nieuws te ontdekken. 'Wat denk je?'

'Ik heb het ouijabord in m'n andere broek laten zitten.'

'Een man die aan het hoofd staat van een miljoenenbedrijf gaat voor een weekend naar Europa om die familie in Drogheda om zeep te helpen?'

'Ik kan er ook niets aan doen,' zei ik.

'Een jury zal heel veel bewijzen nodig hebben – en betere dan alleen een Ierse lifter die een gehuurde auto herkende.'

'Maar je bent het er wel mee eens dat Reid-Kennedy degene moet zijn geweest die die mensen in Ierland heeft vermoord?'

'Daar durf ik mijn ballen onder te verwedden,' zei Mann.

'Wat kunt u zich toch prachtig uitdrukken, majoor.'

Hoofdstuk veertien

Om helemaal tegemoet te komen aan de behoefte aan medische verzorging, veiligheid en afzondering werden de Bekuvs verhuisd naar het Commodore Perry U.S. Navy Psychiatrisch Ziekenhuis, een halfuur rijden van Newport News, Virginia. Er was daar al een ziekenhuis voordat het woord psychiatrie was uitgevonden. Het was een lelijke verzameling gebouwen, gelegen op een eenzame plek aan het water. De noordelijke vleugel werd nog steeds gebruikt als marinehospitaal, maar alle geestelijk gestoorde zeelieden waren verwijderd uit het in het midden gelegen gebouw dat oorspronkelijk was bedoeld om hen opgesloten te houden. Nu was het een streng bewaakt gebied, dat gebruikt werd door de CIA voor het instrueren van Amerikaanse agenten, het ondervragen van vijandelijke agenten, en soms ook om uit te vinden wie nu eigenlijk wie waren.

Een auto van de marine haalde ons af van het vliegveld. Hij was compleet met een geüniformeerde chauffeur en een geëmailleerd bordje op de deur met 'alleen voor officieel gebruik'. Mann brieste en weigerde eerst om in te stappen. 'Heb je ook feesthoedjes en toeters meegebracht, matroos?'

'Er zijn geen gewone auto's in het depot, meneer,' zei de chauffeur. Hij was een al wat oudere man met lintjes uit de Tweede Wereldoorlog op zijn borst.

'Misschien kunnen we een taxi nemen,' zei Mann.

Prijzenswaardige zelfbeheersing weerhield de zeeman ervan Mann duidelijk te maken dat het verdachter was voor de aankomsthal van een vliegveld te staan redetwisten met een geüniformeerde zeeman, dan wegrijden in een officiële wagen. In plaats daarvan knikte hij en zei: 'De moeilijkheid met een taxi is dat men niet wordt binnengelaten zonder een van deze stickers op de voorruit. U zou dan door het ziekenhuis naar het middengebouw moeten lopen – dat is ongeveer twee kilometer.'

'Oké, bijdehand,' zei Mann. 'Als je maar niet het zwaailicht en de sirene gebruikt.' Hij stapte in de wagen. Waarschijnlijk had

138

de auto geen sirene en zeker geen zwaailicht.

'Je bent een slecht verliezer,' zei ik toen ik naast hem ging zitten.

'Dat kan best,' zei Mann. 'Maar ja, ik heb ook niet zoveel ervaring als jij.'

We keken naar het voorbijglijdende landschap – Mann legde zijn aktentas op zijn knieën alsof hij wat wilde gaan werken, maar zette hem toen ongeopend weer neer. 'Ik had nooit moeten goedvinden dat ze de Bekuvs in dat ziekenhuis stopten.'

'Maak je toch niet zo dik,' zei ik. 'Je reageert weer veel te fel.'

'Hoe weet jij in Jezusnaam dat ik te fel reageer – je weet niet eens waarop ik reageer!'

Ik besloot hem maar af te laten koelen, maar hij wilde het kwijt.

'We verliezen de controle over deze operatie,' zei hij.

'Persoonlijk,' zei ik, 'heb ik er nooit enige controle over gehad – jij wel.'

'Je weet best wat ik bedoel,' zei hij. 'Die betweters uit Washington krioelen over me heen als een stel luizen. Weet je wat het PAD is?'

'Ja, dat weet ik,' zei ik. Het Psychologisch Advies Directoraat was een gezellig clubje bestaande uit werkeloze psychiaters die wisten hoe iedere fout die de CIA ooit maakte kon worden voorkomen, maar jammer genoeg zeiden ze het nooit tegen iemand voordat het te laat was. 'Twintig-twintig wijsheid achteraf!' zei Mann in navolging van één van hun kryptische waarschuwingen.

'Het PAD bemoeit zich met mevrouw Bekuv. Ze brengen haar naar die boerderij bij St.-Petersburg en Red Bancroft zal met haar meegaan.' Hij zocht in zijn jaszak, vond twee Bufferin-tabletten en slikte ze zonder water in. 'Hoofdpijn,' zei hij. Ik wist dat het het soort hoofdpijn was dat via officiële kanalen uit Washington komt.

'Red Bancroft,' zei ik. Ik keek naar hem, wachtend op een verklaring.

'Red Bancroft werkt voor het PAD – vermoedde je dat?'

'Nee, dat vermoedde ik niet,' zei ik. 'En ik kan me ook niet herinneren dat iemand me er ooit op geattendeerd heeft.'

'Je hoeft niet kwaad te worden,' zei hij. 'Ik overtreed de regels al door je dit te vertellen en dat doe ik omdat je een vriend bent en ik niet wil dat je in de gehaktmolen terechtkomt.'

'Waarom heeft ze het me zelf niet verteld, verdomme,' zei ik.

'Bessie en ik kennen haar al een hele tijd,' zei Mann. 'Ze heeft een hoop mislukkingen te verduren gehad, daardoor is ze wat vreemd geworden – begrijp je wat ik bedoel?'

'Nee.'

Hij leunde naar voren en greep mijn arm. 'Blijf van haar vandaan. Het is een lief meisje en ik zou haar graag getrouwd zien, maar niet met jou.'

'Bedankt.'

'Ik zeg het voor je eigen bestwil,' voegde hij er haastig aan toe. 'Het is een flinke meid – ze is een verdomd goeie kracht en ze kan op zichzelf passen. Twee jaar geleden infiltreerde ze een marxistische groep in Montreal. Ze kwam daarbij bijna om het leven – ze lag drie maanden in het ziekenhuis – maar ze zorgde ervoor dat er ook drie samenzweerders in het ziekenhuis terechtkwamen en nog eens vijf in de gevangenis. Het is een zeer bijzonder meisje, en ik houd veel van haar – maar bewijs jezelf een goede dienst, laat haar gaan.'

'Dus ze werkt voor het PAD en gaat met mevrouw Bekuv mee naar de boerderij?'

'Juist,' zei Mann. De auto minderde vaart toen we de hoofdingang van het hospitaal naderden. Een wacht controleerde onze identiteitspapieren en gebaarde dat we mochten doorrijden naar het middengebouw waar een andere wacht ons opnieuw controleerde. De auto stopte voor het acht verdiepingen hoge gebouw dat ontworpen was om gevaarlijke patiënten te huisvesten. Op de onderste verdiepingen kon men nog de stalen luiken zien. Binnen zou alles dat deprimerende gestichtsaanzien hebben: harde vloeren, geen enkele versiering, deuren die automatisch opengingen en sisten als Japanse slaven, te veel licht en veel te veel knalrode brandblussers. Zelfs de reprodukties aan de muren zouden zijn gekozen met het doel de zintuigen te verdoven.

'Ik ga er hier uit,' zei Mann. 'Ik zit in de kamer bestemd voor de dienstdoende chirurg op de bovenste verdieping. Jij zit op de afdeling voor de VIP's.'

Ik keek hem aan zonder moeite te doen mijn woede te verbergen. Er waren wel ruwere woordenwisselingen tussen ons geweest, maar we waren nog nooit zo dicht bij een slaande ruzie geweest. Ik zei: 'In welke afdeling zit juffrouw Bancroft?'

'Ik weet het niet,' zei Mann.

'Dan zal ik de portier moeten bellen.'

'Ze is vanmorgen vertrokken,' zei Mann. 'Mevrouw Bekuv is al verhuisd en Red is meegegaan.'

Mijn slechte humeur verergerde. 'Dat heb je met opzet gedaan zodat ik geen gelegenheid zou krijgen met haar te praten.'

'Wil je me soms vertellen dat ik al die capriolen die ik uithaal moet aanpassen aan jouw privéleven?'

Ik gaf geen antwoord.

Mann zei: 'Morgenochtend om negen uur zie ik je weer op deze plaats. Misschien ben je tegen die tijd in de stemming om het te begrijpen.'

'Ik begrijp het al,' zei ik. 'Ik begrijp het maar al te goed. Het PAD rukt op. En je bent vast besloten professor Bekuv door de mangel te halen en resultaten te boeken voordat het PAD iets uit zijn vrouw zal krijgen. Ja, ik begrijp het best. Red Bancroft is verbonden aan het PAD en het denkbeeld dat ik zo dicht bij je tegenstander ben, staat je helemaal niet aan. Je vertrouwt me niet, majoor. Je hebt toch wel eens gehoord van voorspellingen die uitkomen omdat ze voorspeld zijn, niet?'

'Goedenacht,' zei Mann. Hij stapte uit en sloot het portier.

Ik draaide het raampje naar beneden. 'Krijg ik nog antwoord?'

'Ja. Word volwassen,' zei Mann. Hij knoopte zijn jas dicht en zette de dwaze tweed hoed op, met de rand naar beneden geslagen zowel aan de voor- als aan de achterkant. 'En blijf uit de buurt van juffrouw Bancroft – en dat is een bevel.'

Ik keek hem na terwijl hij de verlichte ingang binnenging. Het twee stel glazen deuren ging vanzelf open, maar daarachter kon ik het pasgeschilderde traliewerk zien, en de kogelvrije portiersloge.

Ik kreeg de beschikking over de betrekkelijke luxe van een vierkamerappartement, toebehorend aan een marinekapitein, die nu voor een paar maanden gedetacheerd was bij CINCLANT. Zijn boeken en zijn meubilair stonden er nog. Ik wist zeker dat deze verblijven eigenlijk voor Mann bestemd waren geweest, totdat hij ze ruilde voor de benauwde chirurgenkamertjes die zich zo dicht bij Bekuv bevonden.

Ik was moe, heel erg moe. Ik dankte God voor Amerika, waar waarschijnlijk het armenhuis nog verwarmde badkamers had. Ik opende mijn reistas en gooide mijn vuile was in de wasmand.

Toen kleedde ik me uit en stapte onder de douche. Ik bleef daar lang staan, liet het warme water op mijn spieren roffelen en eindigde met water dat zo koud was dat mijn tanden klapperden. Ik griste de handdoek van de warme radiator en wikkelde die om me heen voordat ik naar de keuken liep. Ik pakte een kop en schotel, vulde de ketel en stak de stekker in het stopcontact. Terwijl ik wachtte tot het water kookte, bewonderde ik de boekenkast van de kapitein. Er stond een groot aantal belangrijke psychiatrische boeken, artikelen en ingebonden jaargangen. Er stonden ook oorlogsherinneringen, een beknopte Oxford Dictionary, Dickens en Balzac en een verzameling zeer oude werken over scheikunde.

Ik liep de slaapkamer in. Het was een grote kamer met een tweepersoonsbed. Aan de ene kant van de kamer stonden grote kasten, waarvan de deuren volledig bedekt waren met gekleurde spiegels. Voor een van de spiegels stond een lange, slanke vrouw; ze was naakt op een driehoekig stukje zwarte zijde na. Het was Red Bancroft en ze glimlachte, tevreden dat haar verrassing zo goed gewerkt had. Haar glimlach veranderde toen ze zag dat ik haar naaktheid bekeek. Ze was beeldschoon. Ik wilde haar dat vertellen, maar ze kwam naar me toe en legde haar vinger op mijn lippen. Met de andere hand maakte ze de vochtige handdoek om mijn middel los en liet hem op de vloer vallen. Ze rilde toen we elkaar omhelsden en ze het koude water tegen haar huid voelde. Uit mijn natte haar vielen watervalletjes op haar gezicht. We kusten elkaar en ze sloeg haar armen steviger om me heen. Ik kon niet nalaten een blik op ons spiegelbeeld te werpen toen wij ons liefdesspel begonnen.

We waren nauwelijks begonnen of er klonk een luide gil. Red worstelde onder mij, maar ik hield haar vast. 'Het is de ketel,' zei ik. 'Hij heeft een veiligheidsschakelaar.' Ze zonk glimlachend terug op het bed. En weldra klonk de geruststellende tik van de schakelaar.

Wij wisselden geen woord, behalve wat onsamenhangende kreten en later, toen ze uit bed stapte, sloeg ik de deken over mijn schouders en liet ik mijn hoofd rusten in de donzen kussens. Ik sliep bijna tegen de tijd dat ze terugkwam. Ik was verbaasd haar geheel gekleed te zien.

'Wat gebeurt er?' vroeg ik.

Ze ging op het bed zitten en keek naar me alsof ze me voor de eerste keer zag. 'Ik moet gaan.'

'Gaan, waar naar toe?'

Ze keek op haar horloge. 'We verhuizen mevrouw Bekuv. Ik moet klaar zijn.'

'Dat heb je dan aardig getimed,' zei ik.

'Doe niet zo bitter.'

'Moet je werkelijk weg?'

'*Moet* jij het werk doen dat je doet?' kaatste ze terug. 'Dit is mijn werk en ik ben er verdomde goed in, dus behandel me niet als het kleine vrouwtje.'

'Waarom vertel je me niets over je werk?'

'Heb jij me verteld over jouw werk – nee, dat heb je niet, omdat je geheim agent bent –'

'Wat betekent dit allemaal?' zei ik. Ik ging overeind zitten.

Ze strekte haar hand uit en raakte mijn schouder aan. 'Ik neem afscheid van je,' zei ze. Ze rilde alsof ze bang was.

'Afscheid voor dit ogenblik, bedoel je?'

'Ik bedoel, afscheid, afscheid.'

'Alleen uit nieuwsgierigheid,' zei ik. 'Gebruik ik soms het verkeerde merk tandpasta?'

'Het is niet persoonlijk, liefste. Ik had het werkelijk een tijdje van je te pakken. Bessie Mann vroeg me al hoeveel kinderen we zouden nemen, en ik betrapte mezelf erop dat ik in kookboeken zat te kijken en naar kinderwagens keek.'

Ik keek naar haar, en probeerde uit te vinden wat de oorzaak kon zijn van dit plotselinge afscheid.

'Breek je hoofd er maar niet over, schat,' zei ze, boog zich voorover en gaf me een zusterlijke kus op het voorhoofd. 'Ik heb het zo gewild.'

'Alleen een vrouw zou afscheid willen nemen in bed,' zei ik.

'Geloof het maar niet, baby. Ik heb vaker op die manier een blauwtje gelopen dan ik me wil herinneren.' Ze stond op, en opende de kast om haar suède mantel te pakken. Even dacht ik dat er iemand in de kast stond; maar er hingen alleen de uniformen van de kapitein in doorzichtige stomerijhoezen. Ze deed zorgvuldig haar mantel aan, en bekeek zichzelf in de spiegel terwijl ze hem dichtknoopte.

Ik stapte uit bed en trok een kamerjas van de kapitein aan. Hij was me een beetje te kort, maar dat kon me niet schelen. Red Bancroft ging de zitkamer in en pakte een grote koffer, ze opende de voordeur en zette hem buiten. Ze keerde zich weer om naar mij. 'Kom lieveling, vergeet wat ik zo juist heb gezegd – laten we niet op deze manier afscheid nemen.'

'Waarom vertel je me niet wat dit allemaal te betekenen heeft?'

'Er is geen tijd voor.'

'Dan maak ik tijd.'

'Ik ben veel te veel in de war om het zelf te weten. Laat me het tegoed houden.'

'Voor een verhouding?' zei ik.

'Alsjeblieft.'

Voor ik antwoord kon geven, klonken er stemmen bij de deur en twee mannen stormden naar binnen. Ze zagen er ongemakkelijk uit, met lang haar en denim jacks. Maar hun haar was pas gewassen en zorgvuldig gekamd, en de denims waren gewassen en gestreken, zodat de mannen eruitzagen als het soort lectoren dat hasj rookt.

'Sodemieter op,' zei ik tegen ze.

Ze keurden me geen blik waardig. Een van hen zei tegen Red Bancroft: 'Is dat je enige koffer?'

Ze wees naar een andere grote koffer en keerde zich toen naar mij. 'Ik moet nu weg.'

'Wie zijn die griezels?'

Een van de mannen draaide zich naar me om en zei: 'Als jij gaat zitten en je kop houdt gebeurt er niets met je.'

'Juist,' zei ik. Ik zei het zo passief mogelijk, en wachtte totdat hij zich bukte om Reds koffer te pakken voor ik de achterkant van zijn jasje met de ene hand optilde, terwijl de andere hand het pistool uit de holster griste dat aan zijn broekriem hing. 'Laten we het nu nog eens proberen,' zei ik, terwijl hij de koffer liet vallen en zich snel naar mij omdraaide. Ik was al ver genoeg achteruitgegaan om z'n tegenactie te vermijden, en terwijl hij nog steeds uit zijn evenwicht was deed ik een stap naar voren en schopte tegen de zijkant van zijn knie, hard genoeg om hem te doen schreeuwen. Zonder verder te blijven kijken hoe hij de zere plek masseerde, richtte ik de magnum op de plaats waar de andere man stond. Zelfs voor ik iets had gezegd stak hij zijn handen omhoog. 'Hoog,' zei ik. 'Houd die handen heel, heel hoog.'

Ik liep om hem heen en vond ook zijn pistool. 'Je zult toch iets sneller moeten zijn voortaan als je dat pistool zover naar achteren wilt dragen,' zei ik tegen hem. 'Laten we nu eens gaan kijken wie jullie zijn.'

'Je weet wie we zijn,' zei de eerste. 'Wat denk je dat wij in dit veiligheidsgebied doen?'

'Houd je handen in de lucht, dikzak,' zei ik, 'of ik kom naar je toe en geef je nog een schop tegen je andere been.'

'Wij zijn van de CIA,' zei de tweede man. 'We verhuizen mevrouw Bekuv.'

'Waarom hebben jullie dat niet eerder gezegd?' vroeg ik sarcastisch. 'Dan zou ik geweten hebben dat ik bedreigd werd door een stel goedzakken.'

Hij gaf geen antwoord.

'Laat me jullie sociale-verzekeringskaarten zien,' zei ik. CIA-mensen hebben zelden identiteitspapieren bij zich, maar ze hebben een speciaal verzekeringsnummer waardoor ze geïdentificeerd kunnen worden door collega's, en ook door de sociale-verzekeringscomputer als ze drijvend in de haven worden gevonden.

Met tegenzin haalden de twee mannen hun portefeuilles te voorschijn. Eerst de een, toen de ander en heel, heel langzaam. De hele tijd stond Red Bancroft het fiasco gade te slaan, maar ze zei niets. Noch verried haar gezichtsuitdrukking wat ze voelde, totdat ze zei, 'Oké, jongens, jullie hebben genoeg plezier gehad. Laten we nu ons werk afmaken.'

'Oké,' zei ik. Ik gooide de magnum terug naar zijn eigenaar. Hij ving hem zo onhandig op dat hij zijn knokkel schaafde. Ik merkte op dat hij de holster eerst naar voren draaide voordat hij het pistool erin terugstak. 'Donder nu op, terwijl ik de dame goedenacht wens.'

Ze gingen. Ze pakten de portefeuilles van de tafel waar ik ze had neergelegd, liepen naar de deur en vertrokken, de deur achter zich dichttrekkend. Plotseling klonk het lawaai van een helikoptermotor. Red liep naar het raam. Over haar schouder heen zag ik wat lichten en bedrijvigheid en toen hoorde ik de rotorbladen van de helikopter draaien toen ze gekoppeld werden. Red Bancroft zei: 'Mevrouw Bekuv zwemt iedere morgen voor het ontbijt in het grote binnenbad. Vanmorgen zetten we haar in de wentelwiek en voor het tijd is voor de koffie zijn we al in St.-Petersburg,

Florida.' Ze wendde zich af van het raam, sloeg een arm om mijn middel en drukte me tegen zich aan. 'Geef je me nog een tweede kans?' vroeg ze.

Ik kuste haar. Ze pakte haar koffer en liep naar de deur. Ik hoorde de stemmen van de twee mannen en toen het geluid van een automotor. Spoedig daarna begon de helikopter te brullen en steeg op boven de daken. Ik had haar nog steeds geen antwoord gegeven.

Hoofdstuk vijftien

Mann gaf mevrouw Bekuv geen gelegenheid afscheid te nemen van haar echtgenoot: dat was een onderdeel van zijn plan. We zaten in Manns kleine kantoor – oorspronkelijk bedoeld voor de dienstdoende verpleegster – en hoorden Andrej Bekuv over de gang lopen, de naam van zijn vrouw roepend.

Mann zat gebogen over een bureau in de hoek, en keek naar de donkere stormwolken die in razend tempo van de Atlantische Oceaan binnen kwamen zeilen. De regen sloeg tegen de ramen en de ochtend was zo donker dat Mann de bureaulamp aan had om te kunnen lezen. Hij keek me aan en gaf een knipoog toen Andrej Bekuv terugkwam.

'Daar gaan we dan,' zei Mann zacht.

Andrej Bekuv stond scherp afgetekend tegen de heldere verlichting in de gang toen hij de deur opendeed en naar binnen keek. 'Waar is mijn vrouw, majoor Mann? Ze was niet aan het ontbijt, en ze is ook niet aan het zwemmen. Weet u waar ze is?'

'We hebben haar naar Baltimore gebracht,' zei Mann zonder op te kijken uit de papieren die hij onder de bureaulamp zat te lezen.

'Wanneer? Wanneer is dat gebeurd?' vroeg Andrej Bekuv. Hij was geschokt, vertrok zijn gezicht en keek op zijn horloge. Bekuv was een gewoontedier. Ontbijt om zeven uur, koffie om tien uur, om één uur een lichte lunch, diner om halfacht, zodat hij op tijd klaar was met de maaltijd en in de leunstoel kon gaan zitten, met de hi-fi ingesteld voor het avondconcert. Hij stond erop dat de voorraad vitaminetabletten in zijn medicijnkastje werd aangevuld zonder dat hij erom hoefde te vragen, en hij hield van cafeïnevrije koffie in de avond, in een halfvol kopje met verse room. En hij wilde graag weten waar hij zijn vrouw kon vinden.

'Wanneer?' herhaalde Bekuv.

'O, in de loop van de ochtend.' Mann draaide de klok op zijn bureau om hem beter te kunnen zien. Er zat een barometer naast en Mann tikte ertegen. 'Ze zullen er nu zo langzamerhand wel zijn. Wilt u haar bellen?'

'Ja,' zei Bekuv.

Mann nam de telefoon van de haak en voerde de pantomime op van het vragen naar een nummer in Baltimore. Hij bedankte iemand aan de andere kant en hing toen op. 'Het schijnt dat we van hier uit geen verbinding met Baltimore kunnen krijgen.'

'Waarom niet?'

'Ik ben het vergeten te vragen. Zal ik de telefoniste nog even bellen?'

Bekuv kwam de kamer in en ging zitten. 'Wat voor spelletje speelt u nu weer, majoor Mann?'

'Ik zou u dezelfde vraag kunnen stellen, professor Bekuv,' zei Mann. Uit de rommel op het bureau voor hem viste Mann een grote bruine envelop, die iets bultigs bevatte. Hij gaf de envelop aan Bekuv. 'Kijk daar maar eens naar, bijvoorbeeld.'

Bekuv aarzelde.

'Gaat uw gang, bekijk het maar.'

Bekuv hanteerde de envelop alsof hij kon ontploffen. Achteraf vroeg ik me af of hij vermoedde wat erin zat. Als dat zo was, had hij geen haast om het weer te zien. Ten slotte scheurde hij de envelop ver genoeg open om de inhoud eruit te schudden. Het was een doorzichtige plastic zak voor bewijsmateriaal met een paar getikte etiketten eraan vastgehecht. In de zak zat een stiletto. 'De politie heeft dat gistermiddag hier naar toe gestuurd, professor. Het is gevonden bij de trappen van de kerk, tijdens een zoekactie die werd gehouden gedurende de vroege uren van eerste kerstdag. U herinnert zich die dag nog?'

'Het werd gebruikt om mijn vrouw te verwonden,' zei Bekuv. Hij maakte de zak niet open. Hij liet hem in de envelop terugvallen alsof hij sporen van een of andere fatale besmettelijke ziekte bevatte. Hij probeerde de envelop terug te geven aan Mann maar de majoor wilde hem niet aannemen.

'Dat klopt,' zei Mann.

'Wat wordt dit verondersteld te betekenen?' vroeg Bekuv.

'Verondersteld te betekenen?' vroeg Mann. 'Ik ben blij dat u zegt "verondersteld te betekenen", want er is vaak een wereld van verschil tussen wat de dingen betekenen en wat ze worden verondersteld te betekenen. Bijvoorbeeld,' zei Mann, 'dat is het mes dat de wonden bij uw vrouw veroorzaakte. Of ze nu probeerde u aan het mes te rijgen, of u ervan weerhield haar eraan te rijgen, of dat u beiden probeerde elkaar te steken, of zelfs het op uzelf te richten, daar ben ik niet zeker van.'

'Een man heeft ons aangevallen,' zei Bekuv.

'Zeker, dat is de andere theorie, is het niet? Heb ik die niet genoemd? Neem me niet kwalijk.'

Bekuv keek op zijn horloge. Of hij nu dacht aan zijn vrouw in Baltimore, aan zijn koffie-uurtje of dat hij zich overgaf aan verdringingsactiviteiten om zijn gedachten weer een beetje te ordenen, kon met geen mogelijkheid gezegd worden.

Mann raapte wat papieren op van zijn bureau, zat even te lezen en zei toen: 'Die handschoenen die uw vrouw droeg . . . een winkel op Fifth Avenue verkoopt ze voor achtentwintig dollar per paar en prijst ze aan als echt glacé, maar in feite worden ze gemaakt van schapevel. Dat is nu het soort oneerlijkheid dat ik verafschuw. Wat vindt u daarvan, professor?'

De professor compromitteerde zich niet; hij bromde maar wat.

Mann zei: 'Schapevel – om een paar van zulke handschoenen te maken, verwijdert het looiproces de opperhuid . . .' – Mann las voor van het papier – '. . . waardoor de corium minor of wel de nerflaag zichtbaar wordt. Het is de aard van de nerflaag die de natuurkundige in staat stelt de leeftijd, sekse en soort van het dier te bepalen, waarvan de huid afkomstig is.'

Professor Bekuv zei: 'Dat interesseert me niet.'

'Wacht even, professor, ik ben nog niet klaar. Het wordt nog beter. Wist u dat het nervenpatroon van elk stukje dierehuid even individueel is als de vingerafdruk van een mens?'

'Wat zou dat?'

'Dat zal ik u zeggen,' zei Mann. Hij legde de papieren terug op het bureau, keerde zich tot Bekuv en glimlachte. 'Het gerechtelijk laboratorium heeft leerafdrukken van dat mes genomen. Ze zeggen dat het gehanteerd werd door uw bruid. Ze zeggen dat haar Fifth Avenue-handschoenen afdrukken op dat mes heeft achtergelaten even duidelijk en bewijsbaar alsof ze haar blote handen had gebruikt.' Mann pakte een andere bewijszak die de handschoenen bevatte, en liet hem weer op het bureau vallen. 'De politie zegt dat uw vrouw zichzelf stak, professor. En ze zeggen dat ze het kunnen bewijzen.'

Bekuv wendde zijn blik af.

'Hoe het ook zij,' zei Mann zuchtend, 'het komt hierop neer dat het onderzoek gesloten is voor zover het u betreft. Mijn mensen hebben hun belangstelling in u verloren – u hebt de Amerikaanse belastingbetalers al genoeg geld gekost. U bent vrij te gaan wonen waar u wilt – binnen redelijke grenzen – maar u zult zelf een plaats moeten zoeken... hetzelfde geldt voor het krijgen van een baan. Geen leerstoel aan de Universiteit van New York. U zult de aangeboden betrekkingen in de krant moeten gaan lezen. Voorlopig wordt u tweeën apart gehouden, maar dat is voor uw eigen bescherming. Mijn mensen zeggen dat de kans dat u gedood zult worden door KGB-agenten groter is als u samen bent. Volgend jaar zal het gevaar natuurlijk iets minder zijn. Tegen die tijd zal er waarschijnlijk geen bezwaar tegen zijn als u weer onder één dak gaat wonen.'

'Wacht eens even...' zei Bekuv.

'Het spijt me dat het zo moest lopen, professor. Zoals uw vrouw zo uitstekend begreep, had dit voor ons een belangrijke zaak kunnen zijn.' Hij glimlachte om te tonen dat hij hem geen kwaad hart toedroeg. 'U kunt de hi-fi en de bandrecorder natuurlijk houden.' Hij pakte een stapeltje papieren op en tikte ermee op het bureau om er een net stapeltje van te maken.

Toen pas scheen Bekuv zich bewust te worden van mijn aanwezigheid in de donkere hoek van het kantoor. Hij wendde zich naar mij. 'Is juffrouw Bancroft bij mijn vrouw?' vroeg hij.

'Dat klopt,' zei ik. 'Ze blijft een poosje bij haar.'

'Hoe lang?' vroeg hij. 'Ik wil niet dat mijn vrouw met juffrouw Bancroft samen is.'

'Niemand vertelt me hier iets, professor,' zei ik.

Mann zei: 'Uw vrouw wilde juffrouw Bancroft bij zich hebben als gezelschap.' Bekuv knikte. Mann had met veel vertoon zitten rommelen in zijn bureau en toen Bekuv wilde vertrekken haalde hij plotseling een dun velletje papier voor den dag, zwaaide ermee en zei, 'o, dit is iets voor u, professor. Het is een kopie van een brief aan uw vrouw.'

Hij overhandigde het hem. Het was een doorslag van een brief. Er stonden een paar officiële stempels op en er zat een paperclip aan. Bekuv nam het aan zonder iets te zeggen, en liep naar het raam om het te lezen bij het grijze ochtendlicht. Hij las het hardop voor in zijn zorgvuldige Engels...

'Geachte mevrouw Bekuv. Deze brief dient ter bevestiging van ons gesprek van gisteren. Zoals beloofd heb ik gezorgd voor de nodige documenten in verband met uw immigratie en naturalisatie. U zult begrijpen dat, hoewel u toegelaten bent tot de vs onder de speciale voorwaarden toegezegd aan zekere regeringsambtenaren, uw verblijf en toestemming om betaald werk te verrichten onderworpen moeten blijven aan de gebruikelijke procedures. Hoogachtend . . .'

'Gewoon een heleboel legale ontwijkingen en onzin,' verklaarde Bekuv toen hij klaar was met lezen.

'Dat ben ik helemaal met u eens,' zei Mann die de brief had verzonnen en getypt.

Professor Bekuv legde de dunne doorslag terug op het bureau. Bekuv had de veiligheidsbusiness lang genoeg van dichtbij meegemaakt om zo'n boodschap te begrijpen.

'U wilt ons terugsturen naar Rusland?' vroeg Bekuv. Hij liep de kamer door en opende de deur een fractie zodat een blauwe streep fluorescerend licht hem in tweeën verdeelde. 'Of we doen precies wat u vraagt, of u stuurt ons terug.'

Mann antwoordde niet maar hij sloeg nauwlettend iedere beweging die Bekuv maakte gade.

'Deze brief is nog maar het begin,' zei Bekuv. 'Dat is typerend voor u, majoor Mann. U laat uw officiële regeringsdepartementen de executie voor u voltrekken. Dan kunt u zeggen dat u er niets mee te maken had.'

'U hebt het een beetje bij het verkeerde eind, nietwaar, professor? Het Immigratiedepartement van de vs heeft geen executeurs op de loonlijst staan. Die executies waarvoor u me verantwoordelijk wilt stellen zullen pas voltrokken worden na uw terugkeer. Ze zullen uitgevoerd worden door uw eigen kleine KGB-kameraadjes. Herinnert u zich de KGB nog, professor? Die fantastische lui die u de Goelag Archipel schonken?'

'U hebt nooit in de Sovjet-Unie gewoond, anders zou u wel weten hoe weinig keus men heeft. De KGB beval me voor hen te werken – ik heb dat niet vrijwillig gedaan.'

'U breekt mijn hart, professor.'

Bekuv bleef lang in de deuropening staan. 'Ik had u moeten vertellen over die plaats in Ierland . . . Ik had het u eerder moeten vertellen.'

'Jij vuile schoft,' zei Mann. 'Drie mensen zijn gedood.'

'Ik was met de handelsdelegatie in Londen,' zei Bekuv. 'Het was jaren geleden. Ik moest een man uit Dublin ontmoeten. Ik heb hem slechts één keer ontmoet. Het was in Waterloo Station in Londen. Hij had wat documenten. We maakten gebruik van het kopieerapparaat op het station.'

'Het maserprogramma?'

'We raakten achter,' zei Bekuv. 'Deze man bracht tekeningen en berekeningen.'

Mann draaide de bureaulamp zo, dat hij op een helderblauw vloeiblad scheen. Onder het licht rangschikte hij een rij foto's. Eén ervan was een pasfoto van Reid-Kennedy. 'Wilt u even hier komen, professor?' Manns stem was afgemeten en kalm als de stem van een doodsbange ouder die een klein kind probeert weg te lokken van een hek dat onder stroom staat.

'Hij was geen natuurkundige,' zei Bekuv. 'maar hij begreep de berekeningen.' Hij liep naar het bureau en keek naar de foto's die keurig gerangschikt waren als winnende slagen in een spelletje bridge. Mann hield zijn adem in totdat Bekuv een vinger plaatste op het gezicht van Reid-Kennedy.

Mann veegde de foto's weer bij elkaar zonder commentaar te geven op Bekuvs keus. 'En de KGB leidde de operatie?'

'Helemaal,' zei Bekuv. 'Toen het maserprogramma een kortere ontwikkelingstijd kreeg, werd de KGB verantwoordelijk. Ik geef al inlichtingen aan de KGB sinds ik op de universiteit zat en ik was een van de oudste medewerkers aan het maserprogramma. Het lag voor de hand dat de KGB mij zou kiezen. Toen het natuurkundige materiaal uit Amerika begon binnen te komen, zei de KGB mij dat ik het als eerste zou krijgen, en dat de afdeling niet zou worden ingelicht.'

'Dat gaf u de gelegenheid te schitteren,' zei Mann.

'De KGB deed zulke dingen altijd zo. Ze wilden dat hun eigen mensen promotie maakten, en dus gaven ze hun eigen mensen het beste van het buitenlandse geheime materiaal.'

'En niemand koesterde verdenking? Niemand verdacht u als u de volgende ochtend naar het laboratorium ging en "eureka" riep?'

'Alleen een roekeloze idioot zou zulke verdenkingen uitspreken,' zei Bekuv.

'Jezus,' zei Mann zuur, 'en jullie corrupte schoften durven ons te kritiseren!'

Bekuv antwoordde niet. De telefoon ging. Mann nam hem op en gromde er een paar minuten in voordat hij weer neerlegde.

'Waarom neemt u geen koffiepauze, professor?' vroeg Mann.

'Ik hoop dat ik u geholpen heb,' zei Bekuv.

'Als een goed burger die zijn plicht doet,' zei Mann.

'Ik zal gelukkiger zijn,' zei Bekuv, 'als ik kan lezen wat die plichten inhouden, op de achterkant van een Amerikaans paspoort.' Hij glimlachte niet.

'We zullen het best samen kunnen vinden, professor,' zei Mann.

Noch Mann noch ik sprak voordat we Bekuv zijn kamer in hoorden gaan en de radio aanzetten. Zelfs toen namen we de gebruikelijke voorzorgen in acht om niet te worden afgeluisterd.

'Zij was het dus de hele tijd,' zei Mann. 'Het was mevrouw Bekuv. We hadden het bij het verkeerde eind. We dachten dat hij zijn mond hield.'

Ik zei: 'Zonder zijn vrouw heeft hij zich tegen het eind van de week naar de hitparade gezongen.'

'Laten we het hopen,' zei Mann. Hij liep naar de lichtschakelaar en draaide de lampen aan. Het waren blauwe neonbuizen en ze flikkerden wel tien keer voor ze de kamer met licht vulden. Mann doorzocht alle laden van zijn bureau voordat hij de doos sigaren had gevonden die zijn vrouw hem met Kerstmis had gegeven. 'Je vraagt je af wat voor macht ze over hem had,' zei Mann. Hij stak zijn sigaar aan en bood mij de doos aan. De halve inhoud was al opgerookt – ik sloeg het aanbod af.

'Misschien houdt hij van haar,' zei ik. 'Misschien is het een van die gelukkige huwelijken waar je nooit over leest.'

'Ik haat die twee Russische schoften,' zei Mann.

'Het feit dat zijn vrouw zich bij hem voegde was het slechtste wat dit onderzoek kon overkomen,' zei ik.

'Dat ben ik met je eens,' zei Mann. 'Nog wat van dat soort hulp van Gerry Hart en ik val dood neer.'

Ik keek op mijn horloge en zei: 'Als er verder niets meer is, ik heb een gesprek aangevraagd met Londen.'

Mann zei: 'En het ziet ernaar uit dat we morgen weer een reisje naar Florida gaan maken.'

'O nee!' zei ik.

'Dat telefoontje daarnet – het was de dienstdoende CIA-officier op het vliegveld van Miami. Reid-Kennedy is zo juist aangekomen

153

met een directe vlucht uit Londen. Zijn chauffeur kwam hem afhalen met de Rolls – het lijkt erop dat zijn vrouw hem verwachtte.'

'Hoe laat vertrekken we?'

'Geef de Reid-Kennedy's wat tijd om met elkaar te praten,' zei Mann. 'Wat vind je van zes uur morgenochtend? We vertrekken hier om halfvijf.'

Hoofdstuk zestien

Het was niet meer hetzelfde toen we teruggingen, dat is het nooit. De tuinman had last met de sproeiers, een van de auto's had de heg geschampt, een flink stuk van de bougainvillea was verdwenen. Onkruid groeide op het gazon, de vochtigheidsgraad was hoog en er hing een nevel om de zon.

'Meneer en mevrouw Reid-Kennedy zijn niet thuis,' zei de Spaanse dame langzaam maar vastberaden voor de derde keer.

'Dat vroegen we niet,' legde Mann geduldig uit. 'Zijn ze binnen? Zijn ze binnen?'

Ik denk dat zelfs dames die de deur van rijke mensen bewaken degenen die niet kunnen worden tegengehouden leren herkennen. Ze liet zich door Mann opzij duwen maar het lukte haar niet net te doen of ze het leuk vond.

'U weet dat we van de politie zijn,' zei Mann. 'Nu geen gedonder meer, hè?'

'Ze zijn niet hier,' zei de vrouw verongelijkt.

Hij keek haar aan alsof hij haar nu pas opmerkte. Hij duwde met zijn vingers tegen zijn wang alsof hij zich tot een glimlach probeerde te dwingen. 'Moet u horen, heb ik ooit verteld dat ik een bijbaantje heb bij het immigratiebureau?' zei hij. 'U wilt toch niet dat we het hele huis overhoop halen en de werkvergunning van al die mensen controleren?'

De dame werd zo wit als een illegale Mexicaanse immigrant zonder papieren maar kan worden en deed toen zachtjes de deur dicht, achter ons.

'Waar zijn ze?'

'Op de *Sara Lee*,' zei de vrouw, naar het grote motorjacht wijzend dat langs een steiger aan het eind van de enorme tuin lag gemeerd.

'*Sara Lee!*' zei Mann heel eerbiedig. 'En ik maar heel de tijd denken dat het *Tante Jet* heette.' Hij glimlachte en ze dwong zich een glimlach terug te geven. 'Als u nu zorgt, gravin, dat niemand het huis verlaat . . .'

We liepen door de ontbijtkamer die uitkeek op het gazon en het

155

water. De resten van een ontbijt stonden nog op de witte marmeren tafel. Er waren zes verschillende soorten brood, een paar gekookte eieren en een zilveren schotel met knapperig gebakken bacon. Mann nam een stukje en at het op. 'Nog warm,' zei hij. 'Ze zijn er nog.' Hij ging de veranda op en keek naar de boot. Het zag er niet naar uit dat deze op het punt van vertrek stond. In de verte kon ik boven het water de zeppelin van Goodyear zien die zilverig glinsterde in de helderblauwe lucht.

'Wat doen ze in jezusnaam daar samen op die boot?' mompelde Mann. 'Het lijkt me geen stelletje dat gezellig samen de diesels ontkoolt.'

Ik zei: 'Ik denk dat als je een dozijn man personeel in huis hebt, je ook een grote tuin en een boot nodig hebt om eens een keertje ruzie te kunnen maken.'

Ik deed net de metaalgazen deur open die de veranda van het gravelpad scheidde toen ik een vrouw hoorde schreeuwen. Toen zag ik mevrouw Reid-Kennedy. Ze was de loopplank van de boot al af en haastte zich over het gazon naar ons toe. Ze schreeuwde. 'Hé daar, wat moet dat? Wat moet dat?' ze struikelde bijna. Ze droeg hetzelfde soort pyjamapak als waar we haar de laatste keer in hadden gezien, behalve dat dit lichtgroen was net zoals de sjaal die ze om haar hoofd had gebonden. Maar veel van de Zuidelijke Schoonheid was verdwenen. Het verleidelijke o-jongenstoch-ogenwerk en jullie-helpen-jezelf-wel-gebaren waren nu vervangen door de schrille neusklank die regelrecht uit de Duitse wijk van New York stamde.

Ze was buiten adem toen ze bij ons was. Ze drukte haar hand tegen haar borst terwijl ze op adem trachtte te komen.

'Dat moet u niet meer doen, mevrouw Reid-Kennedy,' zei Mann. 'Een vrouw op uw leeftijd zou zich zelf wat aandoen door zo over het grasveld te rennen.'

'Het kan nu niet,' zei ze. 'Komt u maar een volgende keer. Wanneer u maar wilt. Bel me op en dan maken we een afspraak.'

'Tenzij u zichzelf wat zou aandoen dat nog erger is dan over het gras te rennen. Dan zou natuurlijk véél duidelijk worden.'

'Laten we binnen praten,' zei ze, 'dan drinken we een kopje koffie.'

'Erg vriendelijk, mevrouw,' zei Mann. 'Dat is heel gastvrij van u.' Hij raakte de bovenkant van zijn hoed aan. 'Maar ik geloof dat ik maar eens daar aan de waterkant ga kijken, misschien is er iemand op die stoomboot die ik nog ken. Ik ben altijd een beetje in Sinterklaas blijven geloven.'

'U bent te laat, majoor,' zei ze. Haar stem klonk angstig noch triomfantelijk. Ze zei het alsof ze een definitie poneerde waarover niet gediscussieerd kon worden, zoals het aantal kilo's in een ton of het gewicht van een kubieke meter water.

'U kunt het ons maar beter allemaal vertellen, mevrouw.' Zijn stem klonk vriendelijk en hij nam haar arm om haar te ondersteunen.

'Kunt u beloven dat hetgeen ik zeg als vertrouwelijk wordt behandeld? Wilt u beloven dat u niets zult doen . . . althans voorlopig niet?'

'Dat kan ik niet beloven, mevrouw. Niemand kan dat. Ik bedoel, stel dat u me over een plan vertelt om de president van de Verenigde Staten te vermoorden. U denkt toch niet dat we naar u zouden luisteren en onze belofte zouden houden om niets te doen?'

'Mijn man was een goed mens, majoor.' Ze keek op, in Manns gezicht. 'Ik bedoel dat Douglas . . . Douglas Reid-Kennedy was.'

'Ik weet wie u bedoelt,' zei Mann. 'Gaat u verder.'

'Hij is op de boot,' zei ze. Ze draaide zich niet om om naar het twaalf-tonsjacht te kijken, maar ze wees zo'n beetje naar de waterkant. 'Douglas ging een halfuur geleden naar de boot. Ik dacht dat er wat was en toen de bacon bijna koud geworden was . . . Douglas is dol op bacon als het maar heet en knapperig is, maar hij lust het niet meer als het koud . . .'

'Rustig, mevrouw.' Mann klopte op haar arm.

'En bacon is vandaag de dag zo duur. Het personeel had het kunnen krijgen natuurlijk, maar die willen het ook niet.'

'U had het over Douglas.'

'Nou dat is alles,' zei ze. 'Ik heb hem daarnet gevonden. Hij heeft zichzelf neergeschoten. Hij ligt daar in de machinekamer . . . de bovenkant van zijn hoofd . . . ik weet niet wie het op moet ruimen. Overal zit bloed. Denkt u dat de politie iemand weet?'

'Dat is niet nodig, mevrouw Reid-Kennedy. U hoeft er niet meer heen. Mijn vriend gaat wel even kijken of er geen kleppen openstaan, of zo iets. U gaat met mij mee naar binnen en drinkt een groot glas cognac.'

'Kan dat wel, majoor? Het is nog niet eens halftwaalf.'

'U hebt het nodig,' zei Mann beslist.

Ze huiverde. 'Tjonge, wat is het plotseling fris geworden,' zei ze.

'Nou,' was Mann het met haar eens en hij probeerde eruit te zien of hij het opeens koud had.

'Het probleem is hoe ik het tegen het personeel zeg,' vertrouwde ze hem toe.

'Maak u daarover geen zorgen,' zei Mann flink. 'Mijn vriend hier doet dat wel. Hij is een Brit en die kunnen affreus goed met het personeel spreken.'

Veel Amerikaanse soldaten hebben na de oorlog hun wapens gehouden. Het was pech voor de vrouw die hem had gevonden dat de vroegere sergeant-majoor Douglas Reid-Kennedy van de United States militaire politie was uitgerust met het Mark 1911 automatische pistool. Zelfs al kun je het toch niet meenemen, zo'n 0,45 inch kogel is een dure manier om je kop kapot te schieten.

Hij was een grote vent en je kon je hem gemakkelijk voorstellen als militaire smeris, met een witte helm op en zwaaiend met zijn stok. Nu lag zijn lichaam verdraaid, gezicht naar boven, zijn armen gespreid alsof hij nog geprobeerd had niet te vallen in de plas oliewater tussen de twee schitterend onderhouden dieselmotoren waarvoor hij nu lag uitgestrekt. Zijn gebloemde overhemd met korte mouwen stond open en liet een behaarde bruine borst zien. Hij had modieuze linnen schoenen met ribbelzool voor het gladde dek aan en zijn aangemeten korte broek werd opgehouden door een oude leren riem waaraan een zeemansknipmes hing.

De achterkant van zijn schedel was uit elkaar gespat en er zaten overal bloed, hersens en stukjes bot, maar de kaak was nog intact met voldoende tanden om via de gegevens van zijn tandarts identificatie mogelijk te maken. Op het fatale ogenblik moest hij in de gang hebben gestaan met één hand aan de reling en het pistool in zijn mond. De klap had hem achterover in de machinekamer geworpen, de trap af. Ik denk dat hij een laatste blik had geworpen op zijn grote huis, en misschien op zijn vrouw aan het ontbijt. Ik bekeek de steiger en de hele situatie en probeerde niet te denken aan de verschillende manieren waarop ik ongemerkt had kunnen naderen om hem te vermoorden.

Ik ging naar het vooronder, rommelde tussen de radar- en echoloodapparatuur. Het was allemaal splinternieuw en schroefgaten en kleurverschillen in de verf lieten zien waar eerdere modellen hadden gezeten. De modernste apparatuur te hebben schijnt tegenwoordig meer bij te dragen aan het prestige dan een paar meter lengte extra of zelfs een bemanning in uniform, vooropgesteld natuurlijk dat er een of andere opvallende antenne duidelijk te zien is.

Douglas Reid-Kennedy had zijn windjack over de gashandel gehangen. Het was van blauw nylon met op borsthoogte een ankermotief en het woord 'kapitein' geborduurd. Er zaten twee speciale zakken van oliegoed in, voor het geval je zo'n kapitein was die met de kaviaar in zijn zak overboord viel. In een van de zakken zat een briarpijp met een metalen stormkapje en een plastic tabakszak met een Playboy-konijntje erop. In de andere zak was een portefeuille waarin betaalkaarten, lidmaatschapskaarten van jachtclubs, een weersvoorspelling van dezelfde dag, een notitieboekje met een paar gekrabbelde aantekeningen waaronder radiogolflengten, en een bos sleutels zaten.

Sleutels zijn er in alle vormen en maten, van de enorme grote die sommeliers in dure restaurants om hun nek dragen tot de flintertjes blik die bij een koffer horen. De sleutels in Douglas Reid-Kennedy's jack waren ernstige sleutels. Ze waren klein met een rond eind, vervaardigd van hard gebronsd metaal, allemaal met een nummer erop, maar zonder fabrieksnaam zodat alleen de eigenaar weet waar hij een duplicaat kan kopen. Een van de sleutels paste op het bureau dat in de met vaste vloerbedekking gestoffeerde kajuit stond.

Ik ging aan het bureau zitten en onderzocht nauwkeurig de inhoud, maar hij was niet iemand van wie je kon verwachten dat hij belastende papieren in zijn bureau zou bergen. Er was een aantal documenten die je voor een korte reis nodig zou hebben. Fotokopieën van verzekeringspapieren, verschillende vergunningen en visaktes. In een klein, lederen verfomfaaid lijstje zat de sepiakleurige foto waarover Mann tijdens ons vorige bezoek een opmerking had gemaakt. Het was een glimp van een lang voorbije wereld. Reid-Kennedy's vader, gekleed in een donker pak met een gouden speld door zijn das, zat voor het geverfde decor van een fotostudio. Een gerimpelde hand rustte op de schouder van een lachend kind in lederhosen. Ik haalde de foto uit de lijst. Hij zat geplakt op een stevige kaart die de flamboyante handtekening en het adres van een fotostudio in New York droeg. Hij had de onovertrefbare scherpte van een contactafdruk, de kwaliteit die is verdwenen met de kleinbeeldcamera's en de snelle films.

Ik staarde lange tijd naar de foto. Het losse van de kinderkleding kon de aandacht en zorg die aan het bezoek aan de studio waren voorafgegaan, niet verbergen. Ook de strenge uitdrukking op het gezicht van de vader kon de geweldige trots op zijn knappe zoon niet verhullen. En toch had de sluiter een vleugje van gespannenheid op het gezicht van het kind gevangen, alsof hij even verstijfde in de omarming van zijn strenge vader. Er zat een tragisch element in de afstand die er toch tussen hen was en ik vroeg me af waarom de zoon juist dit beeld jarenlang in zijn eigen bagage had meegesleept.

Boven het bureau hing een boekenrekje. Ik bladerde door de gebruikelijke boeken over vlaggen en knopen. Er was ook een gastenboek, prachtig in leder gebonden, bijgehouden in een keurig handschrift en plichtmatig getekend door Reid-Kennedy's bezoekers. Sommige pagina's waren er ruw uitgescheurd en ik maakte een aantekening van de data.

Daarna zette ik alles terug dat ik verplaatst had, wiste de dingen die ik had aangeraakt af en ging terug naar het huis waar mevrouw Reid-Kennedy een driedubbele cognac koesterde en Mann zich een soda-water met ijs inschonk.

'Ik heb het Douglas nog gezegd,' zei ze.

'Wat gezegd?' vroeg Mann.

'Dag,' zei ze tegen mij. 'Gezegd deze keer niet naar Europa te gaan.'

'Waarom hebt u dat gezegd?'

'Ik wil mijn advocaat bellen. U hebt het recht niet om me dat te beletten.'

'Het heeft geen zin uw advocaat te bellen,' zei Mann. Terwijl zij naar de telefoon keek probeerde hij mijn blik op te vangen. Ik gaf hem het kleinste knikje waartoe ik in staat was.

'Hebt u uw voeten geveegd?' vroeg ze me plotseling.

'Ja,' zei ik.

'Als de sproeiers aanstaan loopt het in het kleed,' zei ze. Het was een vermoeide stem die dat probleem al vele keren had uitgelegd.

'Dat weet ik,' zei ik. Ik glimlachte. Misschien was dat verkeerd.
'Misschien wilt u tegen uw vriend zeggen dat het beter is dat u morgen terugkomt of overmorgen,' stelde ze aan mij voor. 'Ik wil u niet beledigen maar een paar dagen rust zou ontzettend veel voor me betekenen.' Ik gaf geen antwoord en Mann zei ook niets. 'Ik bel mijn advocaat,' zei ze. Ze deed haar handtas open. Hij was gemaakt van een paar meter van het Bayeux-wandkleed en had gouden beugels met een leren schouderriem. Met een tandpasta-glimlach doorzocht ze haar handtas, maar deed hem ten slotte weer dicht met een heleboel gezucht en getuttuttut. 'Ik zal de jachtclub bellen, die weten wel een goede advocaat.'
'Mevrouw Reid-Kennedy,' zei Mann. 'Een echt goeie advocaat is misschien in staat om tien jaar af te krijgen van de vijftig waartoe u waarschijnlijk veroordeeld kunt worden. Maar ik bezit de macht om u helemaal buiten het onderzoek te houden . . .'
Ze legde Manns aanbod verkeerd uit. Ik denk dat rijke mensen een goed oor ontwikkelen voor subtiele omkoopaanbiedingen. Ze zei: 'Een paar dagen om te herstellen van . . .' ze hief een slappe hand op '. . . dit alles zou me heel veel waard zijn. Laat me u wegsturen met een klein cadeautje voor uw vrouwen. Ik heb een paar erg leuke dingen hier – porcelein en goud, en nog meer dingetjes – uw vrouw vindt het vast erg leuk om zo'n bijou aan haar verzameling toe te voegen. Niet?' Ze keek nu mij aan.
'Om u de waarheid te zeggen, mevrouw Reid-Kennedy,' zei ik, 'mijn complete verzameling goud en porselein bevindt zich in mijn mond. En op het ogenblik heb ik geen vrouw.'
'Vindt u het goed dat ik mijn jasje uittrek?' zei Mann. Ze gaf geen antwoord maar hij deed het toch uit.
'Mijn man hield niet van airconditioning. Hij zei dat hij liever de hitte had dan dat eindeloze lawaai.'
Ze liep naar het kleine apparaat in het raam en zette de schakelaar om.
Mann zei: 'U kunt het maar beter onder ogen zien, mevrouw. Er bestaat geen advocaat van de jachtclub die kans ziet u hier buiten te houden. En als u nu niet over de brug komt, is er helemaal geen jachtclub meer voor u. Zelfs de secretaris van een jachtclub wordt zenuwachtig van spionage.'
Bij het woord spionage kromp ze in elkaar maar ontkende niet. Ze nam een grote teug van haar cognac en toen ze weer sprak

klonk haar stem boos. 'Vraag het hem,' zei ze haar duim in mijn richting priemend. 'Vraag het hem – hij is op de boot geweest, niet? Hij heeft gezien wat er gebeurd is.'

'Ik wilde dat u maar begreep dat ik u probeer te helpen,' zei Mann haar met zijn ik-wil-u-helpen-stem. Ik herkende die stem, want hij gebruikte hem vaak bij mij. 'Natuurlijk, mijn collega kan me een aantal antwoorden geven omdat hij op de boot is geweest. Maar als u mij hetzelfde vertelt kan ik het opschrijven als afkomstig van u. Ik hoef u niet te vertellen hoeveel u dat kan helpen, niet?'

'Jullie zijn een stelletje schnorrers,' zei ze bitter, maar het was het laatste stukje weerstand. Ze zuchtte. 'Bent u ooit in Berlijn geweest?' vroeg ze.

Ieder heeft in zijn leven wel eens een moment waarop het absolute dieptepunt bereikt lijkt te zijn: voor mevrouw Marjorie Dean was dat Berlijn in de zomer van 1955. Lichamelijk was ze geheel hersteld van haar miskraam, maar geestelijk was ze nog lang niet in orde. En Berlijn gaf haar een ontheemd gevoel. Haar vloeiende Duits maakte geen verschil voor de manier waarop de Berlijners haar behandelden: de welgestelde Amerikaanse van het bezettingsleger. Toch konden de andere Amerikanen haar uit Duitsland afkomstige grootouders niet vergeten en zeiden maar steeds tegen haar dat ze zich hier wel thuis zou voelen. Maar Berlijn was een stad met claustrofobie, 'het eiland', zoals de Berlijners het noemden, een klein kapitalistisch bastion in de grote oceaan van de Duitse Sovjetzone. En voor haar, de vrouw van een belangrijk officier van de inlichtingen, waren uitstapjes in de oostelijke sector van Berlijn uitgesloten. De lange rit via de autobahn naar het westelijk deel van Duitsland vereiste de speciale toestemming van de bevelvoerende generaal.

En ze haatte het oude huis, het was veel te groot voor hun tweeën, en de Steiners die hen verzorgden woonden in het gastenhuis aan de andere kant van de overwoekerde tuin met zijn verwaarloosde kassen, donkere doornstruiken en uitgegroeide heggen. Het was duidelijk waarom het leger het huis had geconfisqueerd als accommodatie voor belangrijke personen en later als opleidingscentrum voor agenten die hier radiobediening leerden voor ze naar het oosten gingen, maar het was niet geschikt als woning voor majoor Dean en zijn vrouw. De meubels waren nog dezelfde als toen dit het huis was van een nazi-neuroloog die destijds zeer in de mode was. In de hal hingen nog de portretten van mannen in Pruisische uniformen en op de piano stond een medaillonportret van een vrouw die een tiara droeg. Dean en zijn vrouw waren tot de slotsom gekomen dat het de moeder van de nazi-arts moest zijn geweest.

Die donderdag bleef Marjorie Dean tot bijna twaalf uur in bed. Haar man was een paar dagen weg – dat leek steeds vaker voor te komen – en ze kon nergens heen tot rond theetijd het damesbridgetoernooi in de officiersclub in Grünewald begon. Maar ze ging in bad en trok haar linnen lievelingsjurk aan omdat om één uur de koerier van het kamp zou komen.

De koffie die Frau Steiner had gebracht was koud geworden, maar Marjorie nam er toch een slok van, naar haar spiegelbeeld starend terwijl ze zo langzaam mogelijk haar gezicht opmaakte om de tijd maar door te komen. Op het nachtkastje stond een grote stapel boeken, romantische verhalen over liefde in het diepe Zuiden van Amerika. Ze haatte zichzelf om het lezen van dergelijke boeken, maar het verdoofde haar gedachten die zich anders toch maar bezighielden met het verloop van haar huwelijk, de grote teleurstelling van haar man over de miskraam en de allesoverheersende verveling.

Plotseling hoorde ze pianospel uit de zitkamer. Iemand speelde een oud Duits lied over een boer en een rijke koopman. Haar vader zong het altijd voor haar. Ze dacht dat ze gek aan het worden was tot ze zich herinnerde dat ze tegen de Steiners had gezegd dat hun dochter 's ochtends een uurlang op de piano mocht oefenen. Ze kon de Steiners horen praten. Het was zo warm dat het keukenraam helemaal openstond. Ze kon ook de stem van Steiners zwager horen. Marjorie hoopte maar dat de zwager niet te lang zou blijven. Wat begonnen was als alleen maar een weekend waren nu regelmatige bezoeken geworden. Hij beweerde dat hij een boekbinder uit Coburg in Thüringen was, maar Marjories kennis van Duitse dialecten plaatste hem ergens in Saksen, dat nu in de Russische zone lag. Het zangerige was onmiskenbaar, en een beetje belachelijk. Toen ze hem weer door het open venster hoorde kon ze nauwelijks een glimlach onderdrukken. Maar toen ze wat beter luisterde naar wat er werd gezegd, verbleekte de glimlach. De ruzie vlamde op en de stem van de zwager was dreigend en onaangenaam. De snelheid waarmee hij sprak, het schrille Saksische accent en het gebruik van vele Duitse soldatenuitdrukkingen maakte het moeilijk voor Marjorie om het gesprek te volgen, maar plotseling was ze bang. Haar intuïtie zei haar dat deze bezoeker geen familie van de Steiners was en dat zijn aanwezigheid – en zijn boosheid – op de een of andere afschuwelijke manier te maken had met haar man en het geheime werk waarbij hij betrokken was. Ze hoorde hoe het raam werd dichtgedaan en kon niets meer horen. Marjorie zette het uit haar gedachten. Het was niet moeilijk om in een stad als deze je verbeelding op hol te laten slaan.

De koerier kwam elke dag om één uur om in een afgesloten metalen doos vertrouwelijke papieren te brengen. Hij was altijd punctueel op tijd. Ze keek uit naar zijn bezoeken en ze wist dat hij er ook plezier in had. Gewoonlijk had hij wel tijd voor een kopje koffie met een versnapering. Hij vond het ouderwetse Duitse *Süssgebäck* erg lekker en Frau Steiner was een expert in het maken van allerlei verschillende honingbroodjes en soms nog ingewikkelder dingen met marsepein van binnen en gebrande amandelen van buiten. Volgens de traditie worden door geliefden *Lebkuchen* uitgewisseld en hoewel de verhouding tussen Marjorie en de jonge korporaal niets onbehoorlijks had, ja bijna preuts te noemen was, zat er soms een element van heimelijke flirt in de keuze van deze broodjes en cakes.

Deze dag had Frau Steiner hazelnootkoekjes gebakken. Op de keukentafel stond een bord vol, afgedekt met een gesteven servet. Ernaast had ze de koffie en de koffiepot gezet en een dienblad met een van die antieke kanten kleedjes erop die bij de inventaris van dit oude huis hoorden. Meestal had korporaal Reid-Kennedy wel wat roddelpraatjes of vage geruchten te vertellen. Soms spraken zij over hun jeugd in New York. Ze waren daar beiden opgegroeid en Douglas hield bij hoog en bij laag vol dat hij dat knappe meisje dat altijd met haar ouders en een broer in dezelfde kerkbank zat, had opgemerkt. Op een keer had hij haar alles verteld over zichzelf en zijn familie. Zijn vader was in Hamburg geboren. Hij was in 1925 naar de vs geëmigreerd nadat hij alles had verloren in de inflatieperiode. Zijn vader had zijn naam in Reid-Kennedy veranderd nadat hij een paar buren was tegengekomen die niet van Duitsers hielden en dit ook zeiden. En toch werd het in de jaren dertig een voordeel om Duitser te zijn. De joodse man van het inkoopbureau van het Amerikaanse leger die hen in 1940 een contract gaf voor het vervaardigen van radiotoestellen voor B-17-bommenwerpers, nam aan dat ze gevlucht waren voor Hitler.

Het legercontract veroorzaakte de grote ommekeer in het geluk van de Reid-Kennedy's. Zijn vader huurde meer ruimte en nam extra arbeiders aan. Van een viermanszaak in radio-onderdelen kwamen zij uit de oorlog met een omzet van iets minder dan twee miljoen dollar. Douglas werd naar een dure kostschool gestuurd en verwierf zich een miljoen-dollaraccent, maar werd desondanks niet toegelaten tot de officiersopleiding. Het had hem toen gehinderd, maar hij was nu tot de slotsom gekomen dat ze waarschijnlijk gelijk hadden gehad; hij was te lui en had te weinig verantwoordelijkheidsgevoel om officier te zijn. Kijk nou eens naar majoor Dean bijvoorbeeld, die scheen vierentwintig uur per dag te werken, en had geen tijd om dronken te worden, achter de vrouwen aan te zitten of om te gaan met de echte Berlijners.

Omgaan met de 'echte Berlijners' was Douglas' meest geliefde bezigheid. Men stond verbaasd van de mensen die hij kende; een selectie van de Duitse aristocratie, een nazi-filmster, een leeuwentemmer, beeldhouwers en schilders, radicale toneelschrijvers en ex-Gestapo-officieren met een prijs op hun hoofd. En als je op zoek was naar een nieuwe camera of naar onschatbaar antiek, dan wist Douglas waar de nieuwe armen hun goederen verkochten tegen afbraakprijzen. Douglas was jong en amusant, hij was een *raconteur,* een gokker die wat geld kon verliezen zonder al te hard te jammeren. Hij was te jong voor de oorlog geweest, hij gaf geen fluit om politiek, en wat het leger betreft deed hij alleen wat hij moest doen om niet in moeilijkheden te raken tot de gelukkige dagen als hij weer naar huis mocht. Kortom, Douglas verschilde zoveel van Hank Dean als maar mogelijk was.

En dus was het zeer vreemd om vandaag een veranderde korporaal Reid-Kennedy te vinden, een die ernstig en terneergeslagen was. Zelfs zijn kleren waren anders. Zijn baantje bij het leger stond hem toe burgerkleding te dragen en hij vond het leuk zich te kleden in de enigszins opzichtige stijl van de pas rijk geworden Berlijner. Hij koos zijden overhemden en zachte leren jasjes en het soort met de hand gemaakte jachtkleding die goed staat bij een zilverkleurige Porsche. Maar vandaag droeg hij een goedkoop blauw kostuum, glimmend op de ellebogen en met knieën in de broek. En hij droeg ook niet zijn gouden polshorloge, of de vriendschapskring, of het zware gouden identiteitsplaatje. Hij zag eruit als een van de Poolse vluchtelingen die van deur tot deur gingen en aanboden om klusjes op te knappen in ruil voor een maaltijd.

Hij ging in de keuken zitten en liet de koffie en hazelnootkoekjes onaangeroerd. Hij vroeg haar of ze een whisky voor hem had. Marjorie was verbaasd over zo'n vraag maar ze probeerde dit niet te laten merken. Ze zette de fles op tafel en Douglas schonk zich een driedubbele in en sloeg hem haastig achterover. Hij keek op en vroeg haar of ze wist wat voor baan majoor Dean bij de inlichtingendienst had. Marjorie wist dat Dean het 'politiebureau' had maar ze wist niet wat een politiebureau was. Ze had altijd gedacht dat hij verbindingsofficier was tussen het Amerikaanse leger en de Berlijnse politie; dat hij dronken G.I.'s uit de gevangenis moest zien te krijgen en al die Duitse meisjes moest aanhoren die echtgenote in de vs wilden zijn, maar die alleen en zwanger in Berlijn achterbleven. Douglas vertelde haar wat het politiebureau werkelijk was: majoor Dean verzamelde al het bijeengebrachte inlichtingenmateriaal om een compleet beeld op te bouwen van de Oostduitse Volkspolizei. De moeilijkheid was dat hij zo geïnteresseerd was geraakt in zijn werk dat hij naar het oosten was gegaan om zelf eens een kijkje te gaan nemen.

Ze dronk wat van de versgezette koffie en probeerde de koekjes. Douglas liet haar een paar minuten nadenken over de situatie voordat hij weer sprak. 'Marjorie,' zei hij ten slotte, 'je moet begrijpen dat ze je man in Oost-Berlijn vasthouden en dat de tenlastelegging spionage is. En ze maken geen grapjes aan de andere kant, ze zouden hem kunnen neerschieten.' Hij pakte over de tafel haar pols terwijl hij dit zei. Het was een plotselinge verandering in de verhouding. Tot op dit ogenblik had hij haar altijd mevrouw Dean genoemd, en haar behandeld met de eerbied die men de vrouw van de majoor verschuldigd is. Maar nu werden zij verenigd door het probleem dat zij deelden, en door het feit dat zij bijna van dezelfde leeftijd waren, maar hierdoor werden zij ook gescheiden van de oudere man die in het centrum van het pro-

166

bleem stond. Plotseling begon Marjorie te huilen, eerst zacht en toen met de afschuwelijk folterende snikken van de hysterie.

De gebeurtenissen die daarna plaatsvonden had zij steeds onderdrukt totdat ze niet langer een duidelijk beeld had van de volgorde waarin ze plaatsvonden. Douglas voerde lange telefoongesprekken. Mensen kwamen in huis en vertrokken weer. Er was een kans, zei hij. De Oostduitse politie had de inhechtenisneming van majoor Dean nog niet overgedragen aan de Russen in Berlijn-Karlshorst. Zij boden aan Dean te ruilen voor een document dat de vorige week gestolen was uit het Berlijnse hoofdbureau van politie. Ze aarzelde. De safe was ingebouwd in de muur en zat verborgen achter het bureau in de bibliotheek. Ze zei tegen Douglas dat ze de sleutel niet had en de combinatie niet wist. Douglas nam haar niet au sérieux. Het is uw *echtgenoot,* mevrouw Dean! Uiteindelijk opende ze de safe en haalde het document eruit. Ze bekeken het door de Duitsers gewenste document. Het bestond uit negenenveertig bladzijden, gestencild op een slechte kwaliteit papier van een roze kleur. Er hadden dossiernummers op gestaan maar die waren onleesbaar gemaakt met zwarte inkt. De randen van het papier waren verschoten door het zonlicht en Marjorie had het idee dat het niet zo heel erg geheim kon zijn als het lang genoeg in de zon had kunnen liggen om te verschieten.

Ze vroeg zich af of ze Deans superieur niet moest bellen, maar Douglas herinnerde haar eraan wat voor een man dat was. Kun jij je voorstellen dat hij die verantwoordelijkheid neemt? Hij zou nog geen toestemming verlenen de Oostduitsers een papieren zakdoekje te geven. Nee, hij zal de verantwoordelijkheid overdragen aan Frankfort, en we zullen een week op antwoord moeten wachten. Tegen die tijd zal majoor Dean al in Moskou zitten.

Maar hoe kun je er zeker van zijn dat dit document niet van vitaal belang is? Douglas lachte en zei dat het alleen van vitaal belang was voor de Oostduitser uit wiens safe het gestolen was. Nu wilde hij het terugkrijgen en de hele zaak zo gauw mogelijk vergeten. Deze dingen gebeurden doorlopend. Marjorie maakte zich nog steeds ongerust over de belangrijkheid van het document. Kijk dan zelf, zei Douglas, maar Marjorie kon het met officieel jargon doorspekte document over de organisatie van de politie in de oostelijke zone niet begrijpen. Kun jij je voorstellen dat iemand als jouw echtgenoot iets dat echt van belang is thuis in zijn safe

167

bewaart? Marjorie gaf geen antwoord maar ten slotte kwam ze tot de overtuiging dat dit niet waarschijnlijk was.

Marjorie herinnerde Douglas eraan dat hij haar mee zou nemen naar een bioscoop. Ze zat *Jolson Sings Again* uit. De dialoog was nagesynchroniseerd in het Duits maar de songs waren de originele opnamen. Ze ging pas heel laat naar huis. Er was een prachtige zonsondergang te zien achter de bomen in het Grünewald. Toen ze door de tuin naar de voordeur liep dacht ze dat de rozen in bloei stonden. Pas toen ze er naar toeliep om te kijken ontdekte ze dat de witte verf achter de rozenstruiken bespat zat met bloed. Ze werd hysterisch. Ze strompelde door de achtertuin naar het appartement van de Steiners maar haar gebel werd niet beantwoord. Toen arriveerde Douglas in een zwarte Opel Kapitän en overreedde haar de nacht door te brengen in het VIP-kwartier in de barakken. Hij had al gezorgd voor de noodzakelijke toestemming.

Ze ging pas terug naar het huis toen majoor Dean terugkwam uit het oosten. De Volkspolizei had zich aan haar woord gehouden: zodra de teruggegeven papieren waren gecontroleerd, werd majoor Dean naar de controlepost bij de doorgang gebracht. Van daar nam hij een taxi. De Steiners zag ze nooit meer. Op haar aandringen verhuisden de Deans naar een kleiner en moderner huis in Spandau. Spoedig daarna werd Marjorie zwanger, en een tijdlang leek het huwelijk goed te gaan, maar er was nu een peilloze diepte die Hank Dean en zijn jonge vrouw van elkaar scheidde.

Het oppervlakkige onderzoek werd achter gesloten deuren gehouden en de uitkomst werd nooit openbaar gemaakt. Men was het erover eens dat het document dat aan de Volkspolizei was overhandigd een document was dat oorspronkelijk afkomstig was van diezelfde Volkspolizei. Het was al door de handen van Deans superieuren gegaan en was in geen geval hoger gegradeerd dan vertrouwelijk. De zwager van Steiner werd dood ronddrijvend aangetroffen in de rivier de Spree, overleden aan ernstige verwondingen hem toegebracht door 'een of meer onbekende personen'. Hij werd in het rapport omschreven als 'een ontheemde'. Mevrouw Deans getuigenis over de twist die de man met Steiner had, werd afgewezen als 'onaannemelijke praatjes'. Majoor Dean kreeg een berisping voor het mee naar huis nemen van officiële documenten en werd van zijn post ontheven. Mevrouw Dean werd van alle blaam gezuiverd. Korporaal Douglas Reid-Kennedy kreeg de meeste schuld. Het was onvermijdelijk dat hij zich de woede van de onderzoekscommissie op de hals zou halen, want hij was een dienstplichtige. Reid-Kennedy had geen militaire loopbaan die op het spel stond; hij was zelfs geen officier. Zijn kalme aanvaarding van de onderzoeksresultaten werd echter beloond door een overplaatsing naar een rekruteringsdepot van het Amerikaanse leger in New Jersey, een promotie en een vroegtijdig ontslag.

En toch waren de gebeurtenissen van die week in Berlijn traumatisch voor Douglas Reid-Kennedy en de Deans. Hank Dean wist dat hij nooit meer zo'n belangrijke baan zou krijgen als die welke hij had verloren. Hij werd een paar keer onheus bejegend door zijn collega-officieren en hij begon te drinken. Toen Hank Deans drankzucht zo ernstig werd dat het leger hem naar een speciaal militair hospitaal bij München zond voor een ontwenningskuur, ging Marjorie met haar pasgeboren zoon Henry Hope terug naar haar ouders in New York. Ze ontmoette Douglas. De eerste keer was het bij toeval, maar na verloop van tijd werd de verhouding serieus en toen permanent.

Het leek of de nachtmerrie voorbij was, maar in feite was het pas het begin. In zijn studententijd was Douglas zwaargewichtbokser van behoorlijke klasse geweest. Hij was al een eind op weg het kampioenschap van de staat te winnen, toen hij door een ongelukkige stoot een mededinger zeer ernstig verwondde. Douglas was nooit meer de ring ingegaan. Het was dezelfde overhandse stoot, een bolo-punch, die hij gebruikte om de zogenaamde zwager van de Steiners te vellen. Het feit dat de man een chanteur en een Oostduitse spion was, deed de onderzoekscommissie ertoe besluiten die gebeurtenis met de mantel der liefde te bedekken. Maar de Russen waren helemaal niet bereid om het af te zoenen. Drie jaar na het incident in Berlijn kreeg Douglas bezoek van een jongeman met een babyface die een kaartje afgaf van een Poolse firma die transistors vervaardigde. Na het gebruikelijke beleefde gesprek over koetjes en kalfjes zei hij dat de firma waarvoor hij werkte door middel van stille vennoten nu 37 procent van Douglas' firma in bezit had. Hij besefte dat 37 procent geen 51 procent was – de man glimlachte – maar het was genoeg om ze een werkelijke greep te geven op hetgeen er ging gebeuren. Ze konden geld in de firma pompen, of hem laten overschakelen op het vervaardigen van scheermessen of de zaak opheffen en in onroerend goed gaan doen. De jongeman herinnerde Douglas eraan dat hij één van hun 'werknemers' had vermoord en Douglas besefte dat zijn firma nu in bezit was van de KGB. Zij boden Douglas aan hem ieder jaar in zijn eigen aandelen af te betalen, als hij voor ze wilde werken. Zij zouden hem precies vertellen op welke contracten van de Amerikaanse regering hij een bod moest doen, dan zouden hun agenten erachter kunnen komen wat zijn concurrenten precies boden. Op hun beurt wilden zij een constante stroom van technische informatie over de gehele elektronica-industrie in de Verenigde Staten. Als Douglas zou weigeren met hen samen te werken, zei de jongeman, zouden zij zijn firma failliet laten gaan, en alle mensen die betrokken waren geweest bij de gebeurtenissen van die nacht 'executeren'; Marjorie, de Steiners, de dochter van de Steiners en Douglas zelf. Douglas vroeg een week bedenktijd. Ze stemden hierin toe. Zij wisten dat het antwoord 'ja' zou zijn.

Toen zij haar verhaal verteld had, schonk ze zichzelf nog een groot glas cognac in en nam er een slok van. Majoor Mann liep naar de airconditioner en zette de knop van medium naar koud. Hij bleef daar even staan en liet de koude lucht over zich komen. Hij keerde zich om en gaf haar zijn meest aanmoedigende glimlach. 'Fantastisch,' zei hij. 'Ik wil u wel vertellen dat ik het gewoonweg fantastisch vind. Natuurlijk hebt u twintig jaar de tijd gehad om het bij te schaven, en er wat interessante details in te verwerken, maar dat deed Tolstoj ten slotte ook – Tolstoj had dertig jaar, als ik het me goed herinner.'
'Wat?' zei ze, terwijl ze diepe rimpels in haar voorhoofd trok.
'Dat verhaal,' zei Mann. 'Mijn kameraad hier is gek op dat soort spionagefantasieën.'
'Het is waar,' zei ze.
'Het is literatuur,' zei Mann. 'Het is veel meer dan gewoon maar een rottige verzameling van leugens en bedrog; het is literatuur!'
'Nee.'
'Douglas Reid-Kennedy werd lid van de Communistische Partij toen hij nog op school zat. Ik vermoedde dat zodra ik wist dat zijn twee beste vrienden lid werden van de Communistische Partij en hij zich afzijdig hield van die vrolijke groep op pleziertjes ja-

gende *raconteurs* – spreek ik dat woord goed uit, mevrouw Dean?. . . *raconteur*. Dat was uw vriend korporaal Douglas Reid-Kennedy toch tijdens zijn vrije dagen met die Gestapojongens en filmsterren? Zodra ik hoor over een knaap die niet meedoet op school om met zijn beste vriendjes 'De Rode Vlag' te zingen, dan denk ik bij mezelf dat die knaap niet de jonge amusante *raconteur* is waarvoor iedereen hem aanziet, of anders heeft de Communistische Partij hem een geheim nummer gegeven, en hem opdracht gegeven zijn mond te houden. Zij doen dit als zij een jongen opmerken die een baantje heeft bij het ministerie van Buitenlandse Zaken of in een vakvereniging, of een vader heeft die elektronische apparaten vervaardigt voor het Amerikaanse leger.'

Mann liep de kamer door en pakte de foto op van Douglas en zijn vader. 'Leuke knul heb je daar, Paps, maar kijk wel uit voor die bolo-punch.' Hij zette de foto weer neer. 'Ja, u had gelijk over de bokscarrière van Douglas op school . . . u was eigenlijk nog te bescheiden. Kijk, Douglas heeft drie jongens kreupel geslagen met die stoot – een bolo is een bovenhandse stoot op het lichaam, u wist dat waarschijnlijk al, mevrouw Dean, anders zou u die technische uitdrukking niet gebruikt hebben – maar Douglas gaf het niet zo gemakkelijk op als u het deed voorkomen. Het werd hem verboden ooit weer te boksen, niet alleen door de school, maar ook door de boksautoriteiten van de staat. En laten we vooral niet denken dat onze Douglas het soort man was die zijn natuurlijke talenten niet ontwikkelde. Hij bracht het van kreupel slaan tot het doden van mensen. De KGB had dit eerder in de gaten dan het Amerikaanse leger; ze wisten dat hij graag opdrachten kreeg mensen te vermoorden. Die moordopdrachten waren zijn beloningen, niet zijn werk!'

'Nee!' zei ze.

Mann keek naar haar toen ze zichzelf weer een glas inschonk. Ik had haar al de hele tijd zien drinken en dacht dat ze al haar wilskracht gebruikte om niet dronken te worden. Nu besefte ik dat juist het tegendeel waar was; ze wilde niets liever dan dronken worden, maar in haar huidige toestand scheen geen enkele hoeveelheid drank het vereiste resultaat te geven.

'Ja,' zei Mann zacht. 'Toen u een retourtje naar Parijs nam, bleef uw Douglas in het Groene Erin. Hij ging naar een klein boerderijtje een eindje van de weg af gelegen, en slachtte een Duitse familie met een spade af. Drie stuks; we hebben ze opgegraven uit de vuilnisbelt. Het was een natte dag in Ierland, dus als wij soms rottend materiaal in uw kamerbrede tapijt trappen, mijn verontschuldigingen, maar Douglas draagt hiervan de schuld.'

'Nee,' zei ze weer, maar het was zachter deze keer, en met minder zelfvertrouwen.

'En al dat gelul over dat politierapport. In het midden van de jaren vijftig gebruikten de Oostduitsers hun 'kazernepolitie' als de kern van hun nieuwe leger. Laten we er eens dieper op ingaan. Die politie waar we het over hebben had tanks en MIG-gevechtsvliegtuigen, mevrouw Dean. Het politiebureau was zowat het belangrijkste werk dat de CIA deed in Duitsland, toen. Daarom had men Hank Dean daar benoemd en daarom gaf hij er ook al zijn krachten aan, totdat hij mentaal en fysiek uitgeput raakte.'

Mann zweeg een lange tijd. Ik neem aan dat hij hoopte dat zij hem zou tegenspreken of alles zou opbiechten of gewoon hysterisch zou worden, maar ze deed niets, behalve nog dieper wegzakken in de zachte kussens en doorgaan met drinken. Mann zei: 'Douglas Reid-Kennedy was een communistische agent, en hij droeg dat goedkope blauwe kostuum omdat hij zo juist uit de Oostzone kwam waar hij met zijn kameraden had besproken hoe zij uw echtgenoot op de pijnbank konden leggen. En uw leugenachtige verhaal over Steiners ruzie werd genegeerd omdat de man die net deed alsof hij de zwager van Steiner was geen Oostduitse agent was, maar een van Deans beste mensen. Hij was een van die Duitse communisten die in 1938 naar Sovjet-Rusland vluchtten. Stalin leverde hem in 1940 over aan de Gestapo als onderdeel van de overeenkomst Polen doormidden te snijden en het te delen met de nazi's. Dat is de man wiens bloed over uw rozestruiken werd gespat door korporaal Douglas Reid-Kennedy. Hij had Hank belangrijke dingen te vertellen, en toen hij niet kwam opdagen werd Hank zo ongerust dat hij daar naar toe ging om hem te helpen. De agent keerde terug maar Hank was de sigaar.'

'De onderzoekscommissie wist helemaal niet dat hij agent was voor de Amerikanen,' zei ze.

'U denkt toch niet dat zo'n commissie een heel netwerk opblaast omdat er een agent is vermoord? Nee, ze lieten het maar zo en waren maar al te blij dat ze er niet dieper op in hoefden te gaan. En dat was een gelukkige omstandigheid voor Reid-Kennedy.'

'Ja,' zei ze.

'En u vertelt ons dat de commissie majoor Dean berispte en u van alle blaam zuiverde. Waarom deden ze dat, denkt u? Zij deden dat omdat Hank alle slijk dat ze naar u wierpen voor u opving. Natuurlijk werd hij berispt omdat hij de papieren niet veilig genoeg had opgeborgen, omdat hij ze niet wilde vertellen dat u en uw godvergeten vriendje zijn safe openbraken en hem op alle mogelijke manieren verrieden . . .'

'Nee, ze zeiden . . .'

'Spreek me niet tegen,' zei majoor Mann. 'Ik heb zo juist het stenoverslag gelezen. En vertel me nou niet dat u Douglas Reid-Kennedy geloofde en al die onzin over het teruggeven van de papieren aan de politieautoriteiten. U zag dat de dossiernummers onleesbaar waren gemaakt. Dat is het eerste dat een agent doet met geheime documenten, zodat niet meer kan worden nagegaan vanwaar ze gestolen zijn. En zelfs de commissaris van politie in Oost-Berlijn zal het niet gemakkelijk hebben als hij moet uitleggen waarom alle dossiernummers van de papieren in zijn safe onleesbaar zijn gemaakt. En u weet dat net zo goed als ieder ander, dus houd nou maar op met die onzin.'

Hij liep op haar toe, maar ze keek niet naar hem op. Zijn gezicht was verhit en zijn voorhoofd glom. Men zou gemakkelijk kunnen geloven dat hij degene was die ondervraagd werd, want de vrouw leek ontspannen en onbekommerd.

'Maar het had helemaal niets met die papieren te maken,' zei Mann. 'Het was een door Moskou zorgvuldig ontworpen plan alleen bedoeld om Hank Dean te compromitteren. Ik durf er alles onder te verwedden dat hem alle kans werd geboden om het zaakje onder de tafel te schuiven. Zowel in die Oostberlijnse gevangenis, als toen hij terug was. Maar Hank Dean wist dat het alleen maar de eerste stap van het dubbelen was en Hank Dean was er de man niet naar om dubbelagent te worden. Eerder zou hij aan de drank gaan. Een zuiplap bezit in ieder geval zijn geweten nog, nietwaar mevrouw Dean? We hebben het over uw man, weet u nog?' Hij liep van haar weg. 'Of misschien wilt u het liever niet weten, na alles wat u hem hebt aangedaan. Want zijn carrière naar de bliksem helpen was nog niet genoeg, hè? U moest ook nog met het hele kamp plat. En kapsones had u niet. U beperkte u niet tot de officiersclub, hè? U moest ook nog dat en-

gerdje dat de post kwam afgeven naaien. Natuurlijk wist u niet dat Douglas u had gekregen als een opdracht van Moskou . . .'
'Wat?'
'En uiteindelijk kreeg Reid-Kennedy opdracht om zijn relatie met u zo vast mogelijk te maken: een vrouw hoeft niet tegen haar man te getuigen, niet?'
'Hank wilde nooit van me scheiden.'
'En ik weet waarom. Hij vermoedde de waarheid over Reid-Kennedy en hij wilde hem niet dat laatste stukje ook nog toegeven.'
'Nee,' zei ze.
'Dacht u dan dat het het beschaafde milieu was of die ouderwetse hoffelijkheid die u uit die keukenmeidenboeken had opgepikt? Reid-Kennedy dook er bovenop – in uw bed – en hij hoefde er niet eens voor te knokken. Volgens mij had dat gesprekje bij de koffie en het *Süssgebäck* niet in de keuken plaats, maar in het bed van Hank Dean. Daar hoorde u voor het eerst dat dat tuig uw man vasthield.'
'Nee,' zei ze. 'Nee, nee, nee.'
'En ik zal u nog wat anders vertellen wat Hank Dean vóór zich heeft gehouden . . .'
Hij wachtte even. Ze moet geweten hebben wat er kwam, want ze boog haar hoofd alsof ze een draai om haar oren verwachtte.
'Henry Hope is het kind van Reid-Kennedy.'
'Dat is hij niet,' zei ze. 'Ik zweer het. Herhaal dat onder getuigen en ik sleep u voor de rechter en ik claim elke cent die u bezit. Daar zult u voor boeten.'
'Nou, ik kan het niet bewijzen, maar ik heb in Hanks militaire dossier gekeken naar zijn bloedgroep. En die van Henry-Hope was gemakkelijk omdat hij bloed geeft aan het ziekenhuis in de buurt daar . . .' Mann maakte een grimas en schudde zijn hoofd.
'Hebt u het hem verteld?' 'Hebt u Henry-Hope dat verteld?'
'Nee mevrouw Dean, omdat het leuker voor uw zoon is te denken dat een geweldige vent als Hank zijn vader is dan zo'n moordzuchtige griezel als Reid-Kennedy. Dus dat houden we maar voor ons, mevrouw Dean. Die afspraak kunnen we maken.'
'Die arme jongen,' zei ze zacht. Haar stem klonk onduidelijk, eindelijk kreeg de alcohol vat op haar.
'U had vorige week gasten op de boot,' zei ik. 'Wie waren er maandag aan boord?'

Ze zei: 'Dus hij kan toch praten. Ik begon al te denken dat uw vriend zo'n opblaasbare pop was waarvoor ze op de laatste bladzijde van die sekstijdschriften adverteren.'

Ik gaf haar het stukje papier waarop ik de data had genoteerd van de bladzijden die uit het gastenboek waren gescheurd.

Ze trok een gezicht en zei: 'Als je zakelijk bezoek ontvangt, kun je dat van de belastingen aftrekken. Douglas liet de mensen altijd tekenen, zodat hij zoveel mogelijk kon aftrekken. Het was een obsessie voor hem.'

'Wie was het?' vroeg ik.

Ze grabbelde naar haar leesbril die naast de leunstoel was gevallen. Nadat ze hem had opgezet las ze de data met bestudeerde aandacht. 'Ik zou het niet kunnen zeggen,' zei ze. 'Mijn geheugen is niet wat het geweest is; Douglas plaagde me er altijd mee.'

Ik zei: 'U kunt zich niet indenken hoe belangrijk dit voor ons is.'

'Dat klopt,' zei Mann. Hij wees met zijn vinger naar waar de boot gemeerd lag achter de palmen die heen weer zwiepten in de wind. 'Daar ligt een tijdbom, mevrouw Dean. Om halfelf moet ik alarm slaan. Dit huis zal barstensvol zijn met politie, verslaggevers, fotografen – en ze zullen allemaal tegen u staan te schreeuwen – beseft u dat?' Hij keek op zijn horloge. 'U hebt dus achttien minuten om erachter te komen hoe u het gaat spelen – en van die beslissing hangt het af of u de rest van uw leven als miljonair doorbrengt, of in de vrouwengevangenis zonder één enkele kans op vervroegde vrijlating wegens goed gedrag.'

Ze keek Mann een ogenblik aan en keek toen op haar eigen horloge om hem te controleren.

'Zeventien minuten,' zei Mann.

'Douglas had een legitieme onderneming,' zei ze. 'Als u denkt dat alles met elkaar verweven was, zult u deze affaire nooit kunnen uitpluizen.'

'Laat u dat maar aan ons over,' zei ik.

'Die grote overheidscontracten krijg je niet door op je kont te blijven zitten wachten tot de telefoon rinkelt. Douglas zat hard achter zijn contacten aan en dat werd ook van hem verwacht.'

'Wie waren dat?'

'Mensen van een of andere Senaatscommissie.'

'Wat voor Senaatscommissie?'

'Internationale wetenschappelijke samenwerking – of zo iets. U hebt er misschien wel van gehoord.'

'We hebben er wel eens van gehoord,' zei ik. 'Dus wie kwamen er hier?'

'Ze kwamen alleen voor vistochtjes, en je krijgt mij niet op die boot voor een vistocht. Ik heb ze nooit gezien. Het waren alleen vismaten van Douglas. Zoals ik zei, alleen maar vriendschappelijk. Douglas schreef het alleen maar op als zakelijk om het van de belasting af te kunnen trekken.'

'Namen!' zei Mann. 'Namen, godverdomme!'

Ze gooide haar glas om. 'Ene Hart. Gerry Hart. Hij hielp mijn man aan overheidscontracten.'

'Mag ik misschien uw telefoon gebruiken, mevrouw Reid-Kennedy?' vroeg Mann.

Hoofdstuk zeventien

Ze worden gemaakt van marmer, staal, chroom en getint glas, die glanzende regeringsgebouwen die Washington overheersen en waar je van de bovenste verdieping de hele wereld kunt overzien – als je politicus bent tenminste.

De gebouwen hebben geen namen, alleen maar letters en cijfers. FOBS zijn federale kantoorgebouwen en HOBS zijn Kamerkantoorgebouwen. Het luxueuze dubbele kantoor, waarvoor hij geen huur hoefde te betalen, waarin senator Greenwood van zijn martini kon nippen en zijn teennagels knippen terwijl hij uitkeek op het naar huis kerende verkeer op de Potomac-riviersnelweg, tegelijkertijd een oogje houdend op het Witte Huis, was in een Senaatskantoorgebouw – een SOB, welks afkorting tevens die van het favoriete Amerikaanse scheldwoord is: *son of a bitch:* hoerenjong.

De zware zijden gordijnen waren helemaal opengeschoven en de grote panoramavensters onthulden het stadssilhouet. Ik kon de Potomacrivier zien en, wat verder weg, het Washingtonkanaal. De hemel kleurloos weerspiegelend waren de waters als twee ijzige dolken, gestoten in de onderbuik van de stad. Greenwood bewonderde met ons een klein ogenblik het uitzicht.

'Rond deze tijd neem ik meestal een whisky met sigaar,' glimlachte hij en streek een haarlok voor zijn ogen vandaan. Een senator met voldoende haar om weg te strijken heeft alle reden tot glimlachen, zelfs zonder een paleisachtig kantoor, geïmporteerde meubels en een rozehouten kast vol met drank. 'Wat mag ik voor jullie inschenken, jongens?'

'Een tonic,' zei ik.

'Ik heb wel zin in een whisky met ginger ale, meneer,' zei Mann.

'Even dacht ik dat jullie gingen zeggen dat je niet dronk terwijl je dienst had,' zei Greenwood. Hij deed wat ijsblokjes in glazen die al wit waren uitgeslagen van de kou en ontkroonde achter elkaar drie flesjes die alle drie een korte zucht gaven.

'Als ik dat principe huldigde kreeg ik nooit wat te drinken,' zei Mann.

'Juist, juist!' zei Greenwood afwezig, alsof hij het begin van de conversatie al was vergeten. Hij zette de glazen op de antieke bijzettafeltjes die zorgvuldig naast de Barcelona-fauteuils voor zijn bureau waren opgesteld. Het bureau was een modern ontwerp: niet meer dan twee roestvrij stalen schragen die een glazen plaat steunden. Hij liep om het bureau heen en ging in zijn Italiaanse draaistoel zitten. Er zat geen voorkant aan het bureau en het leek of de papieren op de glazen plaat in de lucht zweefden. Misschien was dit wel Greenwoods manier om te bewijzen dat hij geen pistool in zijn schoot verborg.

'De heer Gerry Hart,' zei Greenwood alsof hij aankondigde dat de beleefdheidsfrasen voorbij waren.

'Ja,' zei Mann.

'Ik heb het rapport ontvangen,' zei Greenwood.

'Het is geen rapport, senator,' zei Mann. Het is alleen een persoonlijk memo aan u.'

'Ik ben niet zo vertrouwd met het CIA-jargon,' zei Greenwood op een manier die nadere toelichting afwees. Hij glimlachte. Greenwood gebruikte voor zijn glimlach zeer regelmatige, zeer witte tanden. Net zoals zijn aandachtige ogen, zijn oprechte knikjes en zijn nadenkend stil spel was zijn glimlach die van iemand die belangrijker zaken aan het hoofd heeft. Hij was knap, eerder beau monde in plaats van ruig, maar sommige vrouwen geven daar de voorkeur aan. Hij zou zo'n tien kilo moeten kwijtraken voor hij bewonderende blikken aan het strand in ontvangst kon nemen, maar zijn zorgvuldig gesneden grijze wollen kostuum en de handgemaakte schoenen, de gemanicuurde handen en het als een vers brood van de warme bakker met talk bepoederde gezicht maakten hem mogelijkerwijs tot een *homme aux dames*. Op weg hier naar toe hadden we 'omschrijf in één woord' gedaan: Manns keuze voor Greenwood was geweest 'lullekop', ik had de voorkeur gegeven aan 'komediant', maar ongetwijfeld zou Greenwood zelf hebben gekozen voor 'jongensachtig'.

Greenwood schonk ons nog zo'n verblindende glimlach en zei: 'Eerlijk gezegd, boys, zijn wij politiekers zo druk bezig met handen schudden dat we geen tijd hebben om te lezen.'

'Het is niet waar,' zei Mann.

'Nou, misschien kan ik tot mijn verdediging aanvoeren dat ik per dag zo'n honderdduizend woorden lees, dat is meer dan de gemiddelde roman.' Dat vind ik zo aantrekkelijk van politici, zelfs hun zelfkritiek slaat niet op hen persoonlijk.

Mann zei: 'Uw invloed en importantie in de Senaat maken u voortdurend het doelwit van eerzuchtige en weinig scrupuleuze lieden, senator . . .' Ik zag Greenwood zijn gezicht vertrekken en Mann ging haastig verder: '. . . en toen u lid werd van de Subcommissie voor Wetenschappelijke ontwikkeling van de Senaatscommissie voor Internationale Samenwerking . . .' Greenwood glimlachte om de waardering, dat Mann de naam goed onthouden had, tot uitdrukking te brengen '. . . werd u een van de machtigste mannen van de vs, senator.'

Greenwood knikte bevestigend. 'Voor u verder gaat, majoor, de Senaat heeft een commissie die alle contact met jullie mensen onderhoudt.'

'We willen de zaak beperkt houden,' zei Mann.

'Beperkt,' zei Greenwood. 'Dat hoor ik nogal vaak van jullie.'

'Elk normaal contact via de CIA-commissie van de Senaat zou waarschijnlijk de heer Hart alarmeren.'

'En u wilt hem niet alarmeren?'

'Nee meneer, dat willen we vermijden.'

'Hebben we het over informatie die buiten het officiële dossier wordt gehouden of over lekken naar de pers of over wetenschappelijke gegevens die mijn subcommissie heeft vrijgegeven en die de CIA liever niet gepubliceerd ziet?'

'Nee meneer. We hebben het over belangrijke geheime informatie die aan de USSR wordt gespuid via een spionagenetwerk.'

'En Gerry Hart zou voor de Russen werken?' vroeg Greenwood. Hij nam een slok van zijn whisky. 'Wist u dat dit de makker is die vroeger voor jullie gewerkt heeft?'

'Dus hij weet hoe hij de stuff moet overbrengen. U slaat de spijker op de kop, senator,' zei Mann alsof hij dankbaar was dat Greenwood er hetzelfde over dacht. 'En nu willen we een kijkje nemen in dat huis van Hart daar in Brandywine.'

'En zijn flat in Georgetown,' zei Greenwood vlak.

Mann knikte. 'En . . .' zei hij. Hij zwaaide met zijn vlakke hand in een korte aarzeling. Zelfs door de dubbele ramen konden we de politiesirene horen. Het was een grote limousine, geëscorteerd door drie politiemotoren. We keken ze na toen ze de brug overgingen, waarschijnlijk op weg naar het vliegveld.

'En zijn kantoor,' zei Greenwood.

'En zijn kantoor,' zei Mann. 'Dat is het wel.'

'En toch, majoor, zegt u me dat u geen werkelijk bewijs heeft,' zei Greenwood. Hij leunde achterover in zijn draaistoel en zette zich zachtjes af zodat hij ver genoeg draaide om de Potomac te kunnen zien. Het water leek zeer rustig en er klonk een vriendelijk gebrom van een straalvliegtuig.

'Het ligt eraan wat u bewijzen noemt,' zei Mann bedroefd. 'We stuitten op zijn naam toen we een andere kant van de zaak onderzochten.'

Ik kon Manns weifeling voelen toen hij zich afvroeg wat hij moest doen: de verdenking van Gerry Hart benadrukken of verkleinen en suggereren dat we alleen maar een routinecontrole wilden die Gerry Hart van onze lijst van verdachten zou afvoeren. Hij besloot er niet verder op in te gaan en dronk van zijn glas, onderwijl Greenwood verwachtingsvol aankijkend.

Greenwood hief zijn handgemaakte schoen zo hoog op dat hij de veter kon strikken. 'Wat ik bedoel met bewijs, majoor,' zei hij met zacht besmuikte stem die ik hem ook bij een verkiezingscampagne had horen gebruiken, '. . . is wat iedereen in dit land met bewijs bedoelt, majoor, waarmee je iemand voor een rechter in een regulier proces schuldig kunt bevinden.' Hij keek op van zijn veterstrikkerij en glimlachte naar Mann.

Het was niet nodig om het uit te tekenen, we wisten allemaal hoe het zou aflopen. Maar Mann ging onverdroten door. Hij zei: 'We bevinden ons in het openingsstadium van een ingewikkeld en uiterst delicaat onderzoek, senator. We hebben niet die harde bewijzen zoals u die omschrijft, senator, maar dat betekent niet dat dergelijke bewijzen niet bestaan. Wat ik u nu vraag is hulp of om dat bewijsmateriaal te vinden of om meneer Hart uit ons onderzoek te elimineren.'

Greenwood staarde Mann aan en zei: 'Ik heb jullie hier laten komen om je eens goed te bekijken. Ik kan je wel vertellen dat wat ik heb gezien me absoluut niet bevalt.' De twee mannen keken elkaar strak aan. 'Sodemieter op!' zei Greenwood. 'En neem je straatvechter mee.' Hij wendde zijn blik van Mann af om mij aan te duiden.

Mann stond zonder een woord te zeggen op. Ik ook.

Greenwood bleef zitten. 'Dachten jullie werkelijk dat ik Gerry

Hart voor de wolven zou gooien?'

Mann glimlachte kil en zei: 'In de sneeuw, bedoelt u? Ik zou er maar voor zorgen, senator, dat Gerry Hart u niet van de troika afgooit als hij denkt dat hij iets harder moet gaan.'

'Je hebt me gehoord,' zei Greenwood zacht. 'Opgedonderd.'

Hij liet ons tot de deur komen voor hij weer iets zei. Zijn stem en zijn manieren bevatten weer al die charme die er eerst was geweest. 'O, majoor Mann,' zei hij en wachtte tot Mann zich had omgedraaid. 'Voor het geval u mocht denken aan een of ander rapport waarin staat dat ik zou tegenwerken, laat me u nog eens vertellen dat ik alleen maar via de formele weg met jullie CIA-lieden wil praten – via de Senaatscommissie. Laat me dus niet merken dat jullie iemand van mijn staf benaderen voor ik mijn akkoord heb gegeven via jouw directie. Is dat duidelijk, Mann?'

'Jawel, senator. U hebt uw positie zeer duidelijk gemaakt.'

Mann zweeg toen we naar de auto liepen. Hij reed urenlang, althans zo leek het, doelloos door de elegante straten van Georgetown waar Gerry Hart zijn chique flat had, langs het keurige grasveld van het Witte Huis – van kleur veranderd door de wintervorst – door de zwarte getto's en weer terug via de binnenrandsnelweg.

Toen Mann eindelijk weer sprak – behalve de gemompelde verwensingen voor andere chauffeurs – zei hij: 'Er was hier vorige week een minister van Buitenlandse Zaken van een van die kleine Westafrikaanse republiekjes die een lunch kreeg aangeboden op Binnenlandse Zaken . . . de volgende dag maakte hij een ritje langs de autoweg en werd in Virginia door een of andere boerenpummel uit een snackbar gegooid.'

'Werkelijk,' zei ik beleefd. Het is een van de standaardverhalen die in Washington de ronde doen en zoals de meeste Washington-cliché's waarschijnlijk waar.

Manns gedachten snelden verder. 'Het is een hofhouding hier in Washington, geen regering maar een hofhouding. Weet je wat ik bedoel?'

'Nee,' zei ik.

'Het is net een middeleeuws kasteel – de President brengt zijn eigen mensen mee en gooit de vorige eruit. Sommigen zijn gekozen . . . anderen zijn buitenstaanders . . . hovelingen: narren, acrobaten, jongleurs en verhaaltjesvertellers . . . een heleboel verhaal-tjesvertellers.'

'Graven, hertogen, ridders en Don Quichottes,' vulde ik aan, 'ridderlijke lieden en galante dames . . . ook een manier om het te bekijken.'

Er was een opstopping en Mann vloekte. Een van de grote overheidsgebouwen liep leeg en een grote vloed secretaressen overspoelde het stilstaande verkeer.

'En wat is Greenwood?' vroeg ik hem. 'Nar, goochelaar of 1-meikoning?'

'Hoffavoriet,' zei Mann. 'Het oor van de koning en een heel leger om hem te hulp te komen.' Het verkeer kwam weer op gang, voetgangers vluchtten weg en Mann timmerde op de toeter, gaf plotseling gas en veranderde roekeloos van rijbaan met een vaardigheid die een vrachtwagenchauffeur een kreet van bewondering liet slaken. 'En niet alleen de mensen die hem iets verschuldigd zijn of degenen die zouden willen dat hij hun iets verschuldigd was,' zei Mann, 'maar ook al dat tuig voor wie de haat tegen de CIA een obsessie geworden is. De CIA heeft veel vijanden en niemand zal ons dankbaar zijn als we ze onder Greenwoods banier laten mobiliseren.'

'Maar zou jij niet hetzelfde als Greenwood hebben gedaan?'

'Wat heeft hij dan gedaan?'

'Vertragen,' zei ik. 'Hij wil niet dat we Hart in stukjes scheuren en iedereen in zijn kantoor met bloed en stront besmeren. Ik denk dat hij Gerry Hart voorzichtigjes buitengaats sleept en hem dan langzaam in zee laat zakken, waar niemand het kan zien.'

'Probeer je me op te vrolijken?' vroeg Mann bitter. 'Als Hart werkelijk de KGB-superagent is zoals wij langzamerhand beginnen te vermoeden, heeft hij tegen die tijd zijn hele organisatie laten onderduiken. En misschien zelf ook de benen genomen.'

'Ga je rechtstreeks achter Hart aan?'

'Nu niet.'

'Zoek je het hogerop?' vroeg ik hem.

Mann grinnikte. 'De President, bedoel je? Zoals in de film als die oude acteur met wit haar van wie je dacht dat hij al jaren dood was ons plechtig de hand schudt en zegt dit is de laatste scène, jongens, en maak je gereed voor de laatste uitrijder. Bà. Nee, dat niet, maar ik kan Greenwood wel de stuipen bezorgen.'

'Hoe dan?'

Hij is bang dat hij door het bloed van Hart besmeurd wordt? Ik zal hem met zijn neus erin wrijven.'

'Hoe dan?'

'Hij wil niet meewerken? Ik zal hem een poepie laten ruiken. Hij is bang voor wat zijn vrindjes zullen zeggen als ze merken dat hij met de CIA samenwerkt? . . . Nou broer, ik schrijf met grote letters CIA op zijn deur en ik stuur hem driemaal daags een bedankbrief over de post. Ik zal dat etter het gesprek van de dag in Washington maken. Ik maak de beruchtste CIA-versliegeraar van hem.'

'Dat vindt hij vast niet leuk,' zei ik.

Mann glimlachte. 'Zou het niet geweldig zijn als we hem een officiële dankbetuiging konden bezorgen?'

Het leek er veel op dat we in een kringetje rondreden. Ik zei: 'Blijven we vannacht in Washington?'

Mann beet op zijn lip. 'Mijn vrouw wordt gek in dat hotel . . . Het is mijn trouwdag vandaag. Ik zou eigenlijk een cadeautje moeten kopen.'

'Dus we blijven?'

'Als je ergens een banketbakker ziet waar ik kan parkeren.'

Ze hadden gezegd dat het de natste winter sinds mensenheugenis was, maar dat zeggen ze altijd. De hemel was vuiloranje geworden en het regende hard.

Het was zo'n tropische regenbui die je eraan herinnert dat Washington op dezelfde hoogte als Tunis ligt. Mann zette de ruitewissers aan en er steeg een vleug stoom op van de motorkap. Hij probeerde de nieuwsberichten te vinden maar storing en de elektrische leidingen maakten ontvangst onmogelijk. Zenuwachtig schudde Mann een sigaret uit een pakje en stak hem, één hand gebruikend aan; mijn aanbod tot hulp wees hij af.

We zaten op South Capitol Street in de richting van de Anacostia-snelweg terwijl Mann tot een besluit probeerde te komen of we in de stad moesten blijven om de bangmakerij voor Greenwood in elkaar te zetten, toen de mobilofoon zoemde. Ik nam op. Het was het communicatiecentrum van Langley. 'Ober,' zei de stem. 'Gerant,' zei ik, 'kom maar op.'

'Bericht van Jonathan,' zei de stem. 'Fabian deed vandaag poging tot zelfmoord om veertienhonderddertig uur. Hij is buiten levensgevaar. Herhaal: buiten levensgevaar, maar hij zal zeven à tien dagen in het ziekenhuis moeten blijven. Begrepen? Over.'

'Vijf-vijf, ober.'

'Idiote zak,' zei Mann.

Langley zei: 'Jonathan vraagt of hij het Ambrosius moet vertellen?'

Ik keek Mann aan. Hij beet op zijn lip. Ik gaf de telefoonhoorn door.

Langley zei: 'Hebt u dat gehoord, gerant?'

Mann zei: 'Luid en duidelijk, ober. Zeg niemand iets. Over en sluiten.' Hij hing de hoorn op.

Mann keek me uit zijn ooghoek aan. Ik wendde me naar hem toe. 'Tja, het spijt me,' zei hij. 'Alleen voor betrokkenen.'

'Vanzelfsprekend,' zei ik kwaad. 'Of bedoel je: hoeveel kom ik te weten zonder wat te zeggen? Wie is in godsnaam Ambrosius?'

Mann gaf geen antwoord.

'Die agenten met code A zijn van Operaties,' zei ik. 'Er werkt nog iemand aan dit onderzoek – en jij hebt me dat niet verteld.'

'Het was een gevaarlijke opdracht,' zei Mann verdedigend. 'En de classificatie "alleen voor betrokkenen" betekent dat alleen de betrokkenen die het moeten weten worden ingelicht.'

'Dus we werken op die basis?' zei ik. 'Prima, maar kom straks niet klagen.'

'Red Bancroft,' zei Mann.

Nu was het mijn beurt om lange tijd te zwijgen. 'Red?' zei ik ten slotte. 'Een A-code agent? Dat heeft mij tien jaar gekost om dat te worden.'

Mann drukte zijn sigaret uit die hij nog maar net had opgestoken. 'Tijdelijk code A. Alleen met mevrouw Bekuv. Geen beslissingsbevoegdheid...' hij wuifde met zijn hand naar de mobilofoon... 'geen achtergrondinfo – dat hoorde je – geen rapportage, alleen aan mij. Alleen maar kindermeisje.' Hij legde de smeulende peuk in de asbak en deed hem dicht.

'Hoe lang werkt ze al voor de CIA?'

'Loopt dat nog steeds – jij en dat meisje Bancroft?' De sigarettepeuk ontwikkelde veel rook. Mann ramde de asbak dicht maar de rook bleef eruit komen. 'Ja? Is het ernst?'

'Ik weet het niet,' zei ik.

'Nou, als een gozer zegt dat 'ie niet weet of het ernst is – dan is het ernst.'

'Misschien wel,' gaf ik toe.

'Dan moet je dat maar een paar dagen vergeten. Jij gaat naar dat gekkenhuis in Norfolk en schopt onze vriend Jonathan tegen zijn kloten. En zeg tegen professor godverdomme Bekuv dat als hij het nog een keer wil proberen en hij weet niet hoe, ik hem wel een handje kom helpen.'

'Oké,' zei ik.

'En zet hem onder druk, laat hem een paar foto's van Hart zien. Hij weet nog steeds veel meer dan hij ons probeert te verkopen.'

Mann deed de asbak weer open en gaf de sigarettepeuk de genadeslag.

'Ik kan erheen rijden,' bood ik aan. 'Als ik nu vertrek ben ik er even snel als met een vliegtuig.'

Dat was overdreven. Mann glimlachte. 'En onderweg even in Petersburg aanleggen? Om juffrouw Bancroft te bezoeken.'

'Ja,' zei ik.

'Neem het vliegtuig, jong. Ik heb je gezegd uit haar buurt te blijven. Moet je het op een briefje?'

'Maar...'

Hij zei: 'We zijn vrienden, hè? Werkelijk vrienden, bedoel ik?'

'Ja,' zei ik. Ik keek hem aan in afwachting van wat op deze geladen en voor majoor Mann ongewoon persoonlijke woorden zou volgen. 'Waarom?'

Wat hij ook van plan was te gaan zeggen, hij veranderde van gedachten. 'O, ik wou alleen maar zeggen dat je op moest passen.' Hij veranderde van baan om de afslag te kunnen nemen. 'Ik breng je naar het vliegveld,' zei hij.

Ik had zijn orders moeten opvolgen. Dat deed ik niet en wat daarna gebeurde was helemaal mijn schuld. Ik bedoel, niet dat ik de gebeurtenissen zou kunnen hebben veranderen, daar was het al veel te laat voor, maar ik had mezelf het afschuwelijke van de situatie kunnen besparen. Of ik had Mann me kunnen laten beschermen, zoals hij al probeerde te doen.

Hoofdstuk achttien

Direct nadat Mann me op het vliegveld had afgezet ging ik naar het autoverhuurkantoor en vroeg naar een snelle wagen. Uiteindelijk kreeg ik een Corvette Stingray. Terwijl hij werd klaargemaakt kocht ik een hartvormige doos bonbons. Het scheen de oude vrouw achter de toonbank op te luchten dat ze hem kwijt was.

De auto was goudkleurig met echte lederen bekleding, een achtcilinder V-motor van 200 pk, en eenmaal op de snelweg trapte ik het gas op de plank richting zuid. Ik had mezelf wijsgemaakt dat ik een snelle auto nodig had om Red een kort bezoek te brengen en toch nog op tijd in Norfolk te zijn om Mann te kunnen bellen en hem te overtuigen dat ik het vliegtuig had genomen. Terugblikkend besefte ik dat de opzichtige auto deel uitmaakte van mijn vaste voornemen Red van me te laten houden, net zo wanhopig als ik van haar hield.

Red Bancroft, mevrouw Bekuv en drie ploegen zware jongens zaten verstopt in een huis op het platteland, niet ver van St.-Petersburg in Virginia. Het was een donkere nacht en het huis was moeilijk te vinden. Mijn koplampen vonden een bord waarop stond 'elektriciteitsaansluiting voor caravans'. Er waren maar twee caravans aangesloten en ik hoorde de deur van de dichtstbijzijnde opengaan toen ik vaart verminderde. Aan de andere kant van de weg stond een bordje met 'Pedersons Kruidentuin en Boomgaard – Eigen Terrein'. Ik parkeerde in de berm, vlak bij een reclamebord dat mij aanraadde 'de volgende keer vlug, veilig en voordelig te vliegen'.

Haast zonder iets te zeggen nam hij me mee naar binnen in de caravan, maar niet na eerst met een zaklantaarn de achterbank en de kofferbak van mijn auto te hebben gecontroleerd of ik wel alleen was. Binnen zaten nog twee man, grote kerels met dikke wollen jacks en hoge veterlaarzen, maar hun gezichten waren bleek en zacht, niet het type dat in het hartje van de winter gaat kamperen. Achter de caravans zag ik drie auto's en een paar waakhonden die aan een paal waren gebonden.

'Het lijkt me oké,' zei hij tegen zijn zin. Hij reikte mij over de tafel de kaart en het CIA-pasje aan. 'Volg het pad – door het gele hek naast het bord. Ik bel het huis wel.' Hij deed het licht uit voor hij de deur opende; hij was een voorzichtig man.

'Laat het een verrassing blijven,' zei ik.

Hij keek me belangstellend aan. Later heb ik me afgevraagd hoeveel hij wist van wat er zich daar afspeelde, maar hij was niet het soort dat uit zichzelf goede raad geeft. 'Zoals je wilt,' zei hij.

Ik liet de autosleutels op tafel vallen en stapte naar buiten in de modder. Het was nog ver naar het huis, maar toen ik dichterbij kwam scheen genoeg licht van een raam op de eerste verdieping naar buiten om me mijn weg te helpen vinden langs het tuinpad en door de appelboomgaard. Er hingen geen gordijnen voor het keukenraam. Ik tuurde naar binnen. De keukenklok wees middernacht aan en ik zag een dienblad dat al voor de volgende ochtend was klaargezet met porseleinen serviesgoed en verse bloemen.

Zachtjes, als was het van mijlen ver, hoorde ik stemmen luid argumenteren. De keukendeur was niet op slot – met zoveel bewaking hoefde men niet bang te zijn voor inbrekers – en ik ging naar binnen. Ik liep via de hal naar de zitkamer waarvandaan de stemmen klonken. Midden op de vloerbedekking lag een afgebroken spel backgammon, losse kussens lagen rondom. Het geheel werd verlicht door het schemerige blauwe licht van de TV, de stemmen waren die van een TV-quiz. Er klonken een paar akkoorden van een elektrisch orgel en wat applaus van het studiopubliek. '... en nu, voor tienduizend dollar... vingers gereed aan de knoppen, beste luitjes... in 1924 maakte Douglas Fairbanks zijn eerste complete film met geluid. Voor deze tweeledige vraag wil ik eerst weten wie de vrouwelijke hoofdrol speelde, en de tweede vraag, hoe de titel van de film luidde.'

In de kamer hing nog de reuk van mentholsigaretten die Red altijd rookte. Ik deed het licht aan – twee grote Chinese vazen met perkamenten kappen – er was niemand. Een houtvuur gloeide na in de open haard en vlak bij stonden een waterkaraf en een emmertje met smeltende ijsblokjes. De quizkandidaten waren diep in gedachten verzonken. Het was tijdens die stilte dat ik het gekreun van boven hoorde. 'O God nogaan toe.' Het was de stem van Katerina Bekuv en er klonk een schrille, halfverstikte schreeuw.

Ik weet niet meer of ik veel lawaai maakte toen ik de trap op-
rende, twee treden tegelijk, of dat ik iets heb geroepen, of wat ik
heb geroepen. Het enige dat ik mij kan herinneren is dat ik in de
deuropening van de slaapkamer stond en naar hen keek. Ik herinner me hoe gebruind het lichaam van Katerina Bekuv afstak
tegen de witte huid van Red Bancroft die boven haar gebogen zat.
Het kreunen dat ik had gehoord was geen gekreun van pijn. Het
beeld staat in mijn geheugen gebrand: Katerina Bekuv met wijd-
gespreide armen en benen, haar hoofd willoos achteroverhangend
zodat haar blonde haar bijna de grond raakte. En Red verstrakt,
haar rug rechtend en mij aankijkend, haar ogen groot en angstig.
Katerina liet een langdurige orgastisch jammergejank horen. Ik
stond daar, stom.
'Trek wat aan, Ambrose,' zei ik ten slotte. 'Kom naar beneden.
Ik wil met je praten.'
Toen Red Bancroft de zitkamer binnenkwam, droeg ze slechts een
zwarte, zijden kimono en zelfs die was niet dicht. Haar haar leek
eerder kastanje dan rood in het licht en het was nog steeds in de
war. Ze had geen make-up op en haar gezicht leek dat van een
kind, maar haar gedrag was niet kinderlijk. Ze liep met opgeheven
hoofd naar het TV-toestel. Ik had van een glas whisky zitten drinken en met nietsziende ogen naar de TV gestaard, maar nu ze daar
stond hoorde ik de quizmaster zeggen 'een van de schokkendste
misdaden uit de geschiedenis vond plaats in Chicago in 1929...
dit is de vraag...'
'Zit je hier naar te kijken?' vroeg ze met spottende beleefdheid.
Ik schudde het hoofd.
'...vier mannen, twee in politie-uniformen...' Toen ze de TV afzette flikkerde de quizmaster nog even op als een verschroeide
nachtvlinder en stortte ineen tot een kleine blauwe lichtstip die
verdween.
'Het bloedbad van Valentijnsdag,' zei ze. 'Al Capone.' Ze ritste
het cellofaan van een pakje mentholsigaretten en haalde er één
uit die ze aanstak.
'Zet hem aan en vraag om je tien rooien.'
Ze ging naar de kast, vond een volle whiskyfles en schonk zichzelf ruim in. Dit was een andere Red Bancroft dan het aardige
zachte meisje op wie ik verliefd was geworden. 'Heb je enig idee
welke prioriteit deze operatie heeft?' vroeg ze.

'Praat niet tegen me alsof ik een van je veiligheidsbewakers ben,' zei ik.

Ze dronk wat van haar glas, ijsbeerde over het tapijt en masseerde haar gezicht alsof ze probeerde te besluiten wat ze nu zou zeggen. 'Ik weet niet hoeveel ze je verteld hebben,' zei ze, met een neerbuigendheid die ik zelden beter heb gehoord, 'maar mevrouw Bekuv is een KGB-agent met operationele bevoegdheid. Wist je dat?'

'Nee,' gaf ik toe.

Ze dronk weer van haar whisky. 'Wil je een borrel?' vroeg ze plotseling.

'Ik heb mezelf al geholpen,' zei ik naar het glas gebarend dat op het bijzettafeltje stond. Ze knikte.

'Toen het tot hen doordrong dat Bekuv verdwenen was en dat wij hem hadden, raakte Moskou in paniek. Ze probeerden hem die avond op dat feestje te doden. Daarna veranderden ze van tactiek. Mevrouw Bekuv werd achter hem aangestuurd. Ze stuurden haar om hem weer in hun macht te krijgen en om hetgeen hij ons vertelde zoveel mogelijk te beperken, of aan te passen.'

'Die steekpartij,' zei ik.

'Dat was prima, hè?' Het leek alsof ze trots was op het vakmanschap van haar minnares. 'Ze greep het lemmet vakkundig genoeg om zich te verwonden zonder veel schade te doen aan de gewrichtsbanden. Toen gaf ze nog een paar grote halen in haar bontjas.'

'En een gevaarlijke snee in haar buik... vier hechtingen.'

'Je bent prof of je bent het niet,' zei Red. 'Bij de KGB krijg je geen operationele bevoegdheid als je geen bloed kunt zien.' Ze bracht het glas whisky naar haar neus en snoof de geur op met een verfijning alsof het een kostbaar parfum was.

'En Gerry Hart regelde haar naar ons toe.'

Ze keek me enigszins neerbuigend aan. 'Gerry Hart werkt ten minste al vijftien jaar voor de Russen. Hij is een hoge KGB-officier — je weet dat ze dat soort hoge militaire rangen en onderscheidingen geven zodat ze zich belangrijk voelen.'

'Dus het loskrijgen van mevrouw Bekuv was een volledige KGB-operatie?'

'Voor honderd procent, jongen. Honderd procent.' Ze legde een knoop in de ceintuur van haar kimono.

'Weet Mann dat allemaal?'

'Ik weet het nog maar sedert een halfuur,' zei ze.

Ik hoorde mevrouw Bekuv boven ons lopen. 'Jij en zij... is dat iets dat zo maar gebeurde? Of hoorde dat bij het plan?'

'Dat *was* het plan,' zei ze onmiddellijk. 'Dat was het hele plan. Die jachtpartij van Mann en jou was alleen maar afleiding. We moesten mevrouw Bekuv hier krijgen en haar tegen haar bazen keren zodat Harts organisatie kon worden opengebroken; dat was het werkelijke plan.'

Ik sprak haar niet tegen; alle agenten wordt verteld dat *hun* bijdrage het belangrijkste deel van het plan is. Ik zei: 'Maar waarom is mij dat niet verteld?'

'Omdat we verliefd raakten,' zei ze. 'Jij en ik – dat viel niet te verbergen. Eerst wilde ik er helemaal mee uitscheiden, maar ik heb doorgezet en ben doorgegaan. Toen heb ik pas gemerkt wat voor effect onze affaire op mevrouw Bekuv had.'

'Bedoel je dat ze jaloers op mij was?'

'Doe niet zo ongelovig. Dat is exact wat ik je probeer te vertellen. Ze heeft me van je afgepikt en daar was ze trots op.'

'In ieder geval bedankt voor de mooie tijd,' zei ik.

Red kwam dichterbij en raakte mijn arm aan. 'Ik hield van je,' zei ze. 'Ik hield van je. Onthoud dat altijd.'

Boven ons hoorden we mevrouw Bekuv lopen. 'Een tijdlang wilde ik er helemaal mee uitscheiden.'

'Uitscheiden? Met je werk of met haar?' Met mijn hoofd gebaarde ik naar boven waar mevrouw Bekuv nog steeds rondliep.

'Dat weet ik nog steeds niet zeker,' zei Red. Ze keek me recht in de ogen en haar stem klonk vlak en kalm. 'Geef niet Mann en zijn vrouw de schuld,' zei ze. 'Ze wensten ons alleen maar alle goeds.'

'En wat is goed voor ons?'

Ze gaf geen antwoord. Boven hoorde ik mevrouw Bekuv snikken. Het was het rustige soort snikken dat erg lang kan doorgaan.

'Je hebt verf op die mooie leren jas gekregen,' zei Red. 'Wanneer is dat gebeurd?'

'Met Kerstmis,' zei ik. 'Het is geen verf, het is het bloed van mevrouw Bekuv.'

Ik nam het glas whisky dat ik had ingeschonken op en dronk het in één teug leeg. Daarna pakte ik mijn doos bonbons van tien dollar en ging weg.

Hoofdstuk negentien

Na de barokke nacht kwam een rococo schemering. Een overkokende hemel vol wilde wolken waar de zon een gouden tunnel doorheen boorde. Het enige dat ontbrak was een schilder als Tiepolo om er een bolboezemige Auroro in te schilderen, omringd door naakte nimfen en een paar onwaarschijnlijke schaapherders.

'Waar kijk je naar?'

'Blijft u rustig in bed, professor Bekuv. De dokter heeft absolute rust voorgeschreven.'

'Dat ziekenhuiseten is verschrikkelijk. Kunt u regelen dat ik voedsel van buiten krijg?'

'Dat is niet zo gemakkelijk, professor. U staat nu onder volledige bewaking. De mensen die uw eten klaarmaken mogen misschien geen eersteklas chef zijn, maar wat betreft de veiligheidsclearing hebben ze ten minste drie sterren verdiend.'

'Dus u denkt dat iemand zou kunnen proberen mijn eten te vergiftigen?'

Ik telde tot tien. 'Nee, ik denk niet dat iemand uw eten probeert te vergiftigen. Het is een gewone voorzorgsmaatregel voor... mensen die onder volledige bewaking staan.'

'Gevangenen,' zei Bekuv. 'U wilde "gevangenen" zeggen.'

'Ik wilde patiënten zeggen.'

'Niemand vertelt me ooit de waarheid.'

Ik draaide me naar hem om. Het viel niet mee medelijden met hem te voelen. Het ontbijt waarover hij zo bitter had geklaagd was helemaal op. Hij knabbelde nu aan de dure blauwe druiven die op de fruitschaal hadden gelegen. Op het andere nachtkastje stond de regelapparatuur van zijn hifi-installatie opgesteld. Zijn toestand was een eerbewijs aan de moderne medische wetenschap of aan de verdachte omstandigheden van zijn zelfmoordpoging. Bekuv schoof een cassette in de aftaster. Plotseling vulden de vier luidsprekers die om zijn bed stonden opgesteld de kleine ziekenhuiskamer met de beginmaten van de *Rosenkavalier*-wals.

Ik liep naar het nachtkastje en zette de muziek zachter.

Ik wil wat muziek beluisteren,' zei Bekuv. 'Ik voel me nog niet goed genoeg voor een gesprek.'

Ik keek hem aan en overwoog allerlei antwoorden die ik allemaal weer verwierp. 'Oké,' zei ik. Ik ging naar beneden om met Jonathan te spreken.

De muziek van Strauss was nog steeds te horen. 'Leg me nog eens uit hoe het met die zelfmoord zat,' zei ik.

'Hij is in prima conditie, niet?' vroeg Jonathan bezorgd.

'Weet je zeker dat hij een overdosis heeft genomen?'

'Ze hebben hem leeggepompt en de maaginhoud geanalyseerd.'

'Vertel me precies wat er daarvoor gebeurde.'

'Dat heb ik je al verteld. Het was precies hetzelfde als andere ochtenden. Hij stond om zes uur op toen de wekker afging. Hij nam een douche, schoor zich en om zeven uur zaten we aan het ontbijt.'

'Een uur om zich te scheren, te douchen en aan te kleden?'

'Hij luistert naar de nieuwsberichten en leest zijn post.'

'Je laat hem zijn post lezen?'

'Hi-fi-tijdschriften, *Newsweek, Time,* twee reclamebladjes van de zaken waar hij die troep gekocht heeft, kleine briefjes van zijn vrouw, een Russisch weekblad uit New York, allemaal natuurlijk via het schijnadres...'

'Heb je een fotokopie van die briefjes van zijn vrouw gemaakt?'

'En daarna de envelop weer dichtgeplakt – ik ben er zeker van dat hij er niets van merkt.'

'Laat me eens kijken.'

'Kun je Russisch lezen?'

'En een beetje vlug graag.'

'Kom dan maar mee naar de microfilmlezer.'

De briefjes van Bekuvs vrouw – en zelfs alle pagina's van de tijdschriften en zo – waren op microfilm vastgelegd.

'De tolk heeft het bekeken. Hij bekijkt alles. Hij zei dat het alleen maar het gebruikelijke was.'

De doolhofachtige hanepoten van het cyrilische schrift waren nog moeilijker te lezen toen ze in negatief op het glazen scherm van de lezer werden geprojecteerd.

Liefste,
Ik hoop dat je gezond bent. Neem niet elke avond slaaptabletten,
want dan raak je eraan verslaafd. Alles wat je vroeger nodig had
om in slaap te komen was een glas melk, waarom probeer je dat
niet?
Het is erg koud hier en het regent vaak, maar ze zijn erg aardig
voor me. Over juffrouw Bancroft heb ik het mis gehad, zij is wer-
kelijk fantastisch. Ze doet alles wat ze kan om te regelen dat jij
en ik eens serieus kunnen praten, maar op het ogenblik is het
beter dat we apart zijn. Het is nodig, Andrej.

Je je eeuwig liefhebbende K.

Ik las de man die ze Jonathan noemde de ruwe vertaling voor.
'Niks bijzonders – niet?'
'Niets,' zei ik.
'Je klinkt niet erg overtuigd. Geloof je dat ze een soort code heb-
ben?' vroeg hij.
'Elk echtpaar heeft een code,' zei ik.
'Geen psychologie, maat. Ik heb chemie gestudeerd.'
'Misschien betekent het iets voor hen,' zei ik.
'Iets waardoor hij het hele potje toverballen heeft willen inne-
men?'
'Zo iets.'
Jonathan liet een diepe zucht horen. Vanachter een deur klonk
de waarschuwingsbel van de telex en het gekletter van een be-
richt. Hij ging ernaar toe om het te beantwoorden.
Ik begon Andrej Bekuv in een nieuw licht te zien, ik voelde me
een beetje schuldig over de manier waarop ik hem had behandeld.
Zijn ruzieachtige klachten en de bestudeerde belangstelling voor
muziek en hi-fi-apparatuur zag ik nu als wanhopige pogingen om
maar niet aan zijn lesbische vrouw te denken en hoezeer hij haar
nodig had. Deze brief was meer dan voldoende om hem te vertellen dat ze verliefd was op Red Bancroft.
Jonathan onderbrak deze gedachtenstroom met het bericht dat hij
van de telex had gescheurd. Het was in code, bovenaan stond de
afgesproken codesleutel, maar de ondertekening was in drievoud.

AANVANG BERICHT VERPLAATS FABIAN ONMIDDELIJK NAAR LUCHT-
HAVEN VOOR LUCHTTRANSPORT FOXGLOVE STOP CIA VERTEGEN-

WOORDIGER OP TERMINAL STOP AMBROSE BRENGT LUCIUS ERHEEN STOP JIJ NEEMT LEIDING STOP TOT BESCHIKKING STAAN OOK AM-BROSE JONATHAN EN PERSONEEL STOP WACHT OP MIJ EN NEEM VAN NIEMAND ANDERS BEVELEN AAN STOP NIEMAND ANDERS STOP BEWAAR DIT ALS BEVELSCHRIFT STOP BERICHTVOORRANG SPOED OPERATIEVOORRANG VAN DE PRESIDENT HERHAAL VAN DE PRESI-DENT EINDE BERICHT MANN MANN MANN BEVESTIG BERICHT

'Bevestigen?' vroeg Jonathan.

'Zit er iemand aan de andere kant?'

'Alleen de telexist.'

'Bevestig dan maar. Vraag dan aan Langley of we op het vlieg-veld een telexcodelijn kunnen krijgen en een paar auto's. Wat heb-ben we hier?'

Twee auto's en veertien man, zes zijn er op driedaags verlof.'

'Gepantserde auto's?'

'Alleen de voorruit en de benzinetank – het gebruikelijke dienst-type.'

'We hebben meer auto's nodig. Laat een paar van je mannen hun eigen auto gebruiken. Zeg niet tegen Bekuv dat er iets aan de hand is.'

'Wat *is* er aan de hand?' vroeg hij.

'We gaan weg, dat is er aan de hand.'

'Weet je wat ik geloof,' zei Jonathan. 'Ik denk dat dit een alarm is. Ik geloof dat de Russen het hier willen aanpakken en proberen de professor van ons af te jatten.'

'Stuur die bevestiging nou maar.'

'Je bedoelt dat je Bekuv niets wil laten weten tot we klaar zijn om te vertrekken?'

'Ik bedoel dat Bekuv niets mag weten. Jij regelt deze karavaan en zorgt ervoor dat het er verdomd indrukwekkend uitziet. Bekuv gaat met mij mee in de Stingray en we blijven zo ver mogelijk bij jou vandaan.'

'Ik wil dat wel op schrift. Het is riskant. En als je alleen bent krijg je misschien problemen om Bekuv van zijn luie reet af te krijgen.'

'Ik zie niet in waarom,' zei ik. 'Hij gaat moeder de vrouw opzoe-ken, of niet soms?'

Hoofdstuk twintig

Inkomende vluchten werden omgeleid of opgehouden. 'Opgeslagen' vliegtuigen cirkelden tussen de Chesapeake-baai en het Allegheny-gebergte. Vertrekvluchten lagen uren op het geplande schema achter. De vertrekhallen vormden een luidruchtige chaos van nijdige reizigers, maar ze lagen een kilometer ver weg en het vliegveld leek erg rustig, gezien van af de reparatiehallen waar Mann een crisiscentrum had geïmproviseerd. Er stonden een stuk of zes telefoons die voortdurend overgingen terwijl CIA-beambten tegen de pers logen en officiële onderzoeken om de tuin leidden. Driehonderd meter verder stond een Iljoesjin van de Algerijnse Luchtvaartmaatschappij geparkeerd. Het toestel was omringd door dienstwagens. Mannen in overall vulden kerosine bij, pompten het afvoersysteem leeg, laadden honderden plastic maaltijden in, spoelden de films terug, wekten elektriciteit op, laadden bagage uit en vracht in.

Ik leverde Bekuv aan een CIA-agent af en ging Manns houtje-touwtje-kantoor binnen.

Mann grauwde woorden van één lettergreep in de telefoon toen ik binnenkwam. 'Wat is er aan de hand?' vroeg ik.

Hij gebaarde naar een stoel en zei toen hij de telefoon had neergelegd: 'Gerry Hart zit daar, met een Colt Combat Magnum in de ene hand en de stropdas van senator Greenwood in de ander.'

'Je maakt een geintje.'

'Ja ik maak geintjes – het is alleen maar een luchtbuks.' We keken toe hoe een jumbojet traag voorbijschuifelde.

'Je hebt ze op de loop gejaagd.'

Hij schonk me een zure glimlach. 'Hij neemt de directe vlucht van vier uur naar Algiers, en met nemen bedoel ik ook *nemen*. Hij wil de Bekuvs meehebben en hij dreigt dat hij Greenwoods kop eraf blaast als ze niet bij hem worden gebracht.'

'Geef je ze mee?'

'Ik denk niet dat hij bluft. Alles wijst erop dat Hart al jaren en jaren een rooie spion is. Hij is een prof – ik denk dat hij het doet.'

'Ik weet het niet,' zei ik. Ik trok een stoel bij tot waar hij aan het bureau zat. 'Dit is geen ontvluchting. Zo'n vent als Hart heeft een dozijn goeie paspoorten in een ouwe kous. En als hij Greenwoods naam gebruikt, lult hij zich elke luchtmachtjet binnen.'

'En waarom is hij dan daar met zijn kanon aan het rondspringen als een levende reclame voor margarine met onverzadigde vetzuren?' zei Mann. Hij legde zijn met de hand gemaakte schoenen met de overschoenen tussen de papieren op zijn bureau, leunde achterover in de draaistoel en blies een rookkring naar het plafond. Ik zei: 'Hij wil de Bekuvs – dat vertel je me juist – hij wacht op de Bekuvs.'

'Moskou zal hem deze stennis niet in dank afnemen,' zei Mann. 'Dat past helemaal niet in dat détente-geouwehoer dat ze in Washington met de voet tussen de deur proberen te slijten.'

Ik deed mijn lederen overjas uit en hielp mezelf aan een van Manns sigaretten. 'Als Hart de Bekuvs wil hebben, wil Moskou de Bekuvs hebben,' zei ik.

'Nop,' zei Mann. 'Voor zover Moskou weet hebben we Bekuv helemaal leeggemolken.'

'Niet als ze iets weten dat zo belangrijk is dat we zeker iets hadden gedaan op het ogenblik dat we erachter kwamen.'

Mann knikte nadenkend. 'En iets waarvan Moskou weet dat we er iets aan doen, op het ogenblik, dat we dat doen.'

Hij stond op en ging naar het raam om naar de Iljoesjin te staren. Toen keek hij naar de jumbojet die het eind van de startbaan had bereikt; het was nu niet meer dan een splinter aluminium die glinsterde in het winterlicht.

'Hoe heeft Hart contact met ons gemaakt?' vroeg ik.

'Erg koel. Hij heeft Langley getelext en ze gezegd dat als iedereen hier meewerkt, hij garandeert dat er in Moskou niets publiekelijk wordt vermeld.'

'Tot op het laatst de politicus.'

'Hij wist dat het goudgalon daar wel wat voor zou voelen,' zei Mann. 'Een kans om de vuile was binnen te houden ... en doordat hij het op de telex zette, wist hij dat het bureau van de directeur een kopie zou krijgen ... geen kans voor ons om het zaakje te epibreren.'

Mann staarde nog steeds uit het raam naar het gereedmaken van het Algerijnse straalvliegtuig, toen er een plotseling gebrul van de

196

verre jumbojet klonk die met op volle toeren draaiende motoren de startbaan kwam afgesukkeld. Hij leek vlak bij toen de neus loskwam en hij gilde boven ons hoofd, hard genoeg om de vensters te laten rammelen. 'Vliegende balzaal!' zei Mann en draaide zich weer om naar de met zijn problemen bezaaide tafel.

'Gaan we het vliegtuig volgen?' vroeg ik.

'Naar Algerije? Zodat Hart en de Bekuvs samen met al die black-power-vluchtelingen, Palestijnen en andere kapers in de rij kunnen gaan staan en een lange neus naar ons maken terwijl de Aeroflotaansluiting in de blauwe einder verdwijnt?'

'Alleen maar een losse gedachte.'

'Waar dacht je dan aan?'

Ik zei: 'Veronderstel eens dat hetgeen de Bekuvs zo belangrijk maakt nog niet gebeurd is?'

'En het gaat nu gebeuren. Bedoel je dat?'

'Als jij Bekuv was en ons aanbod tot overlopen zou aannemen, zou je dan niet ergens veilig een kleine verzekering opbergen?'

'Elektronische geheimen of zo? Maser-apparatuur?'

'Wie weet.'

'Waar is die veilige plaats dan?' vroeg Mann.

'Ergens ten zuiden van In-Salah. Ergens in de Sahara-woestijn, bijvoorbeeld. Ergens waar jij het niet kan vinden, tenzij Bekuv zelf erbij is om het je te wijzen.'

'Jezus Christus,' zei Mann. Hij nam een telefoonhoorn op en draaide een getal van drie cijfers.

'Denk je dat ik gelijk heb?' vroeg ik.

'Nee,' zei Mann, 'maar ik mag niet de kans lopen dat het wel zo is.' In de hoorn zei hij: 'Ik heb toch nog een vliegtuig nodig. Bezorg me maar eigenlijk een kist die een stuk eerder in Algiers kan zijn dan die Iljoesjin.'

Een man kwam de kamer binnen. In zijn borstzak droeg hij een oproepapparaat met de naam *Federal Marshall* en onder zijn arm, in het soort partizanenschouderholster dat bewakingspersoneel draagt als ze niet verlegen zijn, zat een Smith and Wesson Heavy Duty revolver kaliber .44. Hij bracht een militair saluut en zei: 'Juffrouw Bancroft is er voor u, majoor.'

'Laat maar binnen,' zei Mann.

'Zoals u wilt, meneer,' zei de man en trok zich terug.

Mann gaf me die glimlach die je aan een Jehova's getuige toont voor je hem wegstuurt. Ik besefte dat hij Red Bancrofts rapport over mijn bezoek aan het huis had. Hij zei: 'Mevrouw Bekuv wil dat juffrouw Bancroft met haar meegaat.' Hij draaide zich om en zag door het matglas dat er iemand aan de andere kant van de deur stond te wachten.

'Kom binnen, liefje,' riep hij.

Red Bancroft droeg een mosterdkleurige wollen jurk met een schildje van de federale politie boven haar hart.

Mann zei: 'We waren er net over aan het praten.'

'Gerry Hart neemt waarschijnlijk dat vliegtuig mee naar Moskou,' zei ik. Ik keek haar aan. 'Heb je enig idee wat er in Moskou met je kan gebeuren?'

Mann zei: 'Weet je zeker dat mevrouw Bekuv niet weet dat je van de CIA bent?'

'Ik geloof van niet,' zei Red Bancroft.

'Het is precies hetzelfde als je een politiebureau binnenloopt om te vragen hoe laat het is, terwijl je net een miljoen gepikt hebt,' zei ik. ' "Ik geloof van niet" is niet voldoende. En bovendien, wat voor nut heb je voor ons daar – je hebt geen verbinding, geen netwerk, zelfs geen contactpersoon. Je hebt geen operationele opleiding en je spreekt geen Russisch – of wel?'

Ze schudde haar hoofd.

Ik zei: 'Je zou de hand op het grootste geheim kunnen leggen en hoe zou je dat ons dan kunnen laten weten?'

'Ik verzin wel wat,' zei ze. 'Ik heb operationele ervaring.'

'Kijk eens hier,' zei ik zo vriendelijk en zacht als ik in staat was. 'Moskou is geen Montreal, en de KGB is geen uitgedropte club Marx-freaks. Ze geven je geen plattegrond van de stad en ze stempelen niet welkom in je paspoort alleen maar omdat mevrouw Bekuv gek op je is... Ze grijpen je en rukken je vingernagels uit... en dat is alleen nog maar een beginnetje.'

'Nou, nou, kalm aan,' zei Mann.

Red Bancroft was boos. Haar wangen bloosden en ze beet op haar lippen om een stroom van protest tegen te houden. Mann zei: 'Hoe dan ook, de beslissing is aan mij en volgens mij is het het risico waard.' Red Bancroft zag er opgelucht uit. Mann zei: 'Wat je mevrouw Bekuv over je verbinding met de CIA vertelt, moet je zelf weten. Het is een delicate geschiedenis en ik wil geen betweter spelen. Maar – en dit is mijn grote maar, liefje – als ik in Al-

giers tegen je zeg, of welke andere plaats ook waar Hart dat vliegtuig heenbrengt – dat je eruit moet stappen, wil ik dat je dat als de bliksem zo vlug doet. En ik wil geen discussies – begrepen?'
'Daar kun je op rekenen,' zei ze.
'Om op mevrouw Bekuv terug te komen,' zei Mann, 'als er ook maar enige twijfel bestaat over de gang van zaken wil ik dat je eruit stapt. Oké?'
'Oké,' zei ze. Ze nam haar handtas van de tafel en zei: 'Dank u, meneer.' Mij gaf ze alleen maar een knikje.
Toen ze weg was zei ik: 'Wiens idee was dat!'
'Van haar,' zei Mann. 'Ze is van de afdeling Psychologie en je weet hoe die zijn.'
'Ze heeft veel te veel vertrouwen,' zei ik. 'We mengen een aantrekkelijke lesbienne in het zaakje om mevrouw Bekuv van haar man af te pikken en haar van haar KGB-taak af te leiden ... maar stel nou eens dat tijdens de liefdesaffaire onze vrouw verliefd wordt. Veronderstel eens dat wat nu gebeurt is dat mevrouw Bekuv onze vrouw meeneemt naar Moskou als de grote hoofdprijs – en als een manier om zichzelf en haar man te dekken.'
'Denk maar niet dat ik daar niet even aan heb gedacht,' zei Mann. Hij tilde zijn voeten van het vloeiblad en draaide op zijn stoel zodat hij me kon zien toen ik naar het raam liep en naar de kille grijze lucht keek.
'Als je maar niet dat meisje opoffert alleen om te bewijzen dat de afdeling Psychologie bevolkt is met idioten.'
'Dat zou ik nooit doen,' zei Mann. Hij greep zijn neus en bewoog hem snel heen en weer, alsof hij probeerde ermee te ratelen. 'Het is een verdomd goeie agente. Als er ooit een vrouw de leiding over een afdeling krijgt dan is het Red Bancroft.'
'In ieder geval niet als ze naar Moskou gaat,' zei ik.
Mann drukte op de toets van de telefoon. 'Zeg tegen juffrouw Bancroft dat ze dat pestschildje van de federale politie afdoet voor ze de gang opgaat om met de Russen te praten,' zei hij door de telefoon. 'Ik ga met Hart praten.' Hij legde de hoorn neer. 'We gaan nu de Bekuvs aan Hart overhandigen,' zei hij me. 'Hij is niet zo stom dat we hem kunnen grijpen zonder dat hij Greenwood eerst pakt – maar je weet het nooit.' Mann zuchtte.
Ze zaten koffie te drinken in het vrachtkantoor aan de andere kant van de gang. Op het eerste gezicht leek het een gezellig ge-

doe, totdat je het gezicht van senator Greenwood wat beter bekeek. Zijn handgesneden, handgenaaide cheviotkostuum was gekreukt en het zijden hemd stond open, niet alleen om het gouden kettinkje met medaillon te onthullen, maar ook een losse strop die was bevestigd aan een Mark 3 automatisch geweer, dusdanig dat de loop altijd onder zijn kin rustte met Gerry Harts vinger aan de trekker.

Greenwoods gezicht was samengeknepen en zijn bruine kleur was vervaald. Toen we de kamer binnenkwamen draaide hij zich naar ons en smeekte dringend: 'Zorg dat ik hier weg kom, ik garandeer dat dat Algerijnse toestel kan vertrekken – mijn woord van eer als senator – laten we als redelijke mensen handelen.' Greenwoods stem was hees alsof hij hetzelfde al vele malen had gezegd.

'Jij gaat met ons mee,' zei Hart.

Greenwood keek Mann aan. 'Ik hoop dat je tevreden bent,' zei hij. 'Het is allemaal jouw schuld. Jouw bezoek was de oorzaak van alles.'

'Werkelijk?' zei Mann beleefd, en het was die beleefde onverschilligheid die de senator zo woedend maakte.

'Als ik hier uitkom, zal ik . . .'

'Houd je kop dicht, senator,' zei Mann.

'Ik hou mijn kop niet . . .'

Gerry Hart trok hard genoeg aan het koord om zijn woorden te verstikken en zei: 'Doe wat de man je zegt, senator.'

Hart droeg een waterdicht windjack met ritssluiting en een luchthavenschildje, hij zag eruit als een kruier.

'Zo, dus je vliegt met deze mensen naar Algiers?' vroeg Mann aan Hart.

'Dat weet ik nog niet,' zei Hart. Het ontbreken van vijandigheid tussen beide mannen bracht Greenwood in verwarring en maakte hem bang, maar hij zei niets.

'Nou, dan zou ik er maar gauw achter zien te komen als je de Algerijnse bemanning wilt nemen,' zei Mann. 'Ze zijn niet zo ervaren dat ze je vlug, veilig en voordelig naar elke plaats kunnen brengen die je op de kaart aanwijst.'

'En wat hebt u daar mee te maken, majoor Mann?'

'Omdat ik niet wil dat dat klotevliegtuig dwars door alle vluchtroutes zwabbert en overal losse Iljoesjin-onderdelen rondstrooit, want dan grijpen ze mij bij mijn pik.'

'Als dat zou kunnen,' zei Gerry Hart. Hij glimlachte.

Ik keek uit het raam. De onderkant van de wolken was een plat vlak, als een spiegel waarin het natte beton van de startbaan werd weerkaatst. En het was zo koud dat er hier en daar ijs lag.

Mann had veel plaatselijke hulp ingeroepen. Er zaten mannen op het dak van beide onderhoudshangars; anderen stonden op het vrachtadministratiegebouw en langs de looppaden. Ze waren altijd met twee, een scherpschutter met geweer en een assistent met portofoon. Er lag op het asfalt een grote open vlakte tussen ons en de Iljoesjin. We wisten allemaal dat Hart erheen zou moeten lopen – een auto of een karretje zou hem kwetsbaarder maken – en we hoopten allemaal dat hij een fout zou maken.

De portofoon kraakte en Mann zei: 'Zeg tegen de toren dat ze stand-by blijven. En zeg alle eenheden dat de groep zich nu naar het vliegtuig begeeft.' Hij schoof de antenne in en legde de portofoon op tafel, maar het radioverkeer bleef kraken.

De opluchting trok over Greenwoods gezicht toen een CIA-agent professor Bekuv de kamer binnenbracht. Red Bancroft kwam even later met mevrouw Bekuv. De twee vrouwen gaven elkaar een arm. In Rusland is dat niet ongebruikelijk, zelfs bij mannen die samen op straat lopen, maar er bestond geen twijfel aan dat professor Bekuv het in een ander licht zag. Hij glimlachte naar zijn vrouw, het was een droeve glimlach.

Het werd druk in het kleine kantoortje. De twee groepen stonden oog in oog, gescheiden door de lange balustrade waarachter de vrachtkantoorbedienden werkten. De opstaande manshoge wanden die de bureaus scheiden in kleine spreekkamertjes vertoonden de graffitti van de eigenaars: naaktfoto's, cartoons en ontelbare afdrukken van de stempels van de luchtvaartmaatschappij. De lucht was bezwangerd met sigaretterook en de ramen waren beslagen door de condensatie. Hart bevrijdde zijn gijzelaar zodat hij weer de vrije beschikking over zijn machinepistool had.

'Ervandoor, meneer,' zei Mann tegen Hart. We stonden naast de deuropening waar zij achter elkaar doorheen gingen. 'Geen paniek, senator,' zei Mann tot Greenwood. 'Zelfs de Russen zullen een senator geen haar krenken. Ze nagelen Hart misschien zelfs aan de schandpaal om hun goeie wil te tonen.'

'Ze zetten een persconferentie in elkaar,' zei Greenwood. 'Ze maken er een vertoning van. Ze zetten me voor gek omdat ik een

Russische agent als assistent had.' Het was typerend voor de politicus dat hij zo ver vooruit keek en het was ook typerend dat hij zich meer zorgen maakte hoe het op de kiezers zou overkomen dan dat hij zich afvroeg hoe zijn stommiteit zijn land in gevaar had gebracht.

'Ik ben bang dat ik niet kan voorkomen dat u voor gek staat,' zei Mann. 'Dat is uw afdeling.' Hij glimlachte naar Greenwood.

Toen we achter hen aan de deur uitstapten hakte de ijskoude wind als een roestige sabel op ons in. We hielden afstand tussen het groepje en ons toen ze zich een weg worstelden naar het wachtende vliegtuig.

Het Algerijnse lijntoestel stond geparkeerd aan de andere kant van de hitteschilden. Die rij metalen vangschalen die eruitzag als een stalen muur met kantelen, moest de hete gassen van de straalmotoren opvangen en wierp die dan, samen met het trommelvliesscheurende gegier, hoog de lucht in.

Het bijtanken was klaar en de dienstvoertuigen waren allemaal al weg, behalve de verrijdbare trap. De bemanning was aan boord bezig de startcontrole uit te voeren. Hun stemmen waren soms te horen via Manns eigen radio.

Het begon toen Greenwood ging rennen. Hij moest voor zichzelf de beslissing hebben genomen uit te breken naar de bescherming van de hitteschilden. Maar na een paar passen hield hij stil en keek om met de foltering van de weifeling op zijn gezicht. Toen vuurde een van de scherpschutters op het dak van de onderhoudsloods. De kogel sloeg in het asfalt, ergens tussen Greenwood en de rest. Als het bedoeld was als aanmoediging voor Greenwood was het een falikante mislukking, want hij stond als aan de grond genageld.

Hart moet gedacht hebben dat de kogel of van Mann of van mij afkomstig was. Hij draaide snel om en schoot met zijn M.3 op ons. We waren ongeveer honderd meter achter hem. De M.3 stond afgesteld op enkelschot en de kogels waren te hoog gericht; ze jankten boven onze hoofden. Mann bevond zich halverwege mij en de hitteschilden. Hij zakte op één knie, ondertussen zijn pistool te voorschijn halend. Zijn pistool schokte maar het geluid ging verloren in het gebrul van de straalmotoren toen de piloot van het lijntoestel het gas opende.

Mann kwam overeind en begon te rennen. Hij vormde een gemakkelijk doel en het was onvermijdelijk dat hij zou worden geraakt. Hart worstelde met de slothendel van zijn machinepistool. Hij vond de snelvuurvergrendeling en gaf een vuurstoot in Manns richting die zo hard mogelijk over het beijzelde beton rende. Mann werd geraakt. Hij viel, uitglijdend over het ijs en kwam languit op de harde grond terecht. Hij rolde een paar keer om en om, maar hij had geen schijn van kans om de dekking van de metalen hitteschilden te bereiken.

Tegen die tijd had ik mijn pistool te voorschijn en ik schoot, maar ik vuurde te hoog en ik hoorde de kogels het metaal raken en zingend in het niet verdwijnen. Mevrouw Bekuv greep naar het machinepistool dat Gerry Hart in handen had en draaide zich om om senator Greenwood neer te schieten. Op die korte afstand scheuren die grote .45 kogels alles uit elkaar dat ze raken, maar voor ze gelegenheid had de trekker over te halen stond Hart voor haar en graaide naar het pistool om het terug te krijgen.

Ik rende. Overal lag ijs. Het kraakte onder mijn voeten als papierdun glas en meer dan eens gleed ik uit en verloor bijna mijn evenwicht. Ik wierp mezelf naast Mann op de grond. 'Ben je geraakt?' vroeg ik hem. Hij gaf geen antwoord. Zijn ogen waren gesloten. Ik raakte met mijn hand de zijkant van zijn hoofd aan en toen ik terugtrok was hij bevlekt met bloed. Ik zag kans een arm om hem heen te slaan en hem zo naar de metalen muur te slepen. Het hoge gejank van de straalmotoren veranderde in gebrul en ik hoorde het droge hoesten van het pistool en voelde hoe stukjes beton mijn gezicht en handen raakten. Mann kwam worstelend bij bewustzijn. 'Laat me maar,' zei hij. 'Laat me los anders krijgt hij ons allebei te pakken.'

Ik knielde en draaide me om. Hart en mevrouw Bekuv worstelden om het bezit van het machinepistool. Hij had het met beide handen vast en was bezig het los te rukken. Ik hijgde en pufte van inspanning en, om beter te kunnen richten, plantte ik mijn vuist op Manns schouder. Ik richtte en schoot twee keer. Beide kogels raakten Gerry Hart. Hij wierp zijn armen omhoog, als iemand die een bal probeert te vangen die te hoog is, en zijn voeten verloren het contact met de grond toen de kogels hem in volle lengte achterwaarts sloegen.

Ik greep Mann vast en sjouwde hem, half slepend en half dragend, de hele afstand naar de grote metalen schilden en liet hem daar op de grond zakken. Met beide handen om het pistool geklemd draaide ik me om naar waar mevrouw Bekuv met het machine-pistool stond. Maar ze had geen oog voor mij. Nu Hart met ge-sloten ogen op de grond lag uitgestrekt was ze in staat het pistool weer op senator Greenwood te richten. Zijn ogen waren openge-sperd van angst en ik zag zijn mond bewegen in een stortvloed van woorden die werden weggeveegd door brullende uitlaatgassen toen de piloot alle vier de motoren op volle kracht liet draaien.

Behalve het geluid van de motoren was het cameo-achtige beeld stom, als een of andere parodie van de vroege film. In het grauwe licht van de zwaarbewolkte hemel bracht het machinepistool oranje vlammen voort toen het in haar handen schokte en sprong. Greenwood, ineengekrompen, hield als in een smeekbede een slanke hand op, maar hij werd in tweeën gereten door de stroom zware kogels. Mevrouw Bekuv verstevigde haar greep op het ge-weer om te voorkomen dat het vuur omhoog afzwaaide en de in-spanning vervormde haar gezicht tot een grimas van woede en haat die je alleen maar van een slecht acteur zou verwachten. Greenwoods bloed spoot hoog genoeg om de onderkant van de vleugeltip rood te kleuren. En toen werden de Bekuvs en Red Bancroft aan het gezicht onttrokken door een verwarde menge-ling van blauwe uniformen van de vliegtuigbemanning die hen omringden.

'Lopen, Red,' gilde ik en verwachtte half en half dat ze de Bekuvs mee terug zou nemen. Maar professor Bekuv richtte een pistool op haar. Mijn woorden verloren zich in de wind en het was in ieder geval toch al te laat.

'Niet schieten,' zei Mann.

Ik keek op hem neer en hij rolde om om een beeld te krijgen van wat er gaande was. Zijn trenchcoat was smerig en zijn haar was geplakt door modder en bloed dat ook langs de zijkant van zijn gezicht liep. 'Als je een Algerijn raakt of zelfs maar dat godver-domde vliegtuig zitten we met een internationaal incident.'

'Ik dacht dat we daar al mee zaten,' zei ik. Maar ik liet mijn pistool zakken en keek toe hoe mevrouw Bekuv Red Bancroft en haar echtenoot de trappen op en het vliegtuig induwde. De deur sloeg dicht, het lijntoestel begon aan de remmen te rukken en de lichten begonnen te knipperen. Manns portofoon zoemde. Ik nam hem op.

'Controletoren voor majoor Mann,' zei de radio. 'De gezagvoerder verzoekt de trap weg te halen.'

Mann was aangeslagen. Hij knikte haast onmerkbaar. 'Haal de trap weg,' zei ik ze.

Mann zag het bloed aan de voorkant van mijn overhemd en besefte dat het van hemzelf was. Hij bracht zijn hand naar zijn hoofd en raakte de plek aan waar de kogel zijn schedel geschampt had. De pijn deed hem keihard op zijn tanden zuigen, maar alleen toen hij zijn hoofd ver genoeg omdraaide om het vliegtuig te volgen zei hij, 'Au!'

'Je hebt mijn leven gered,' zei Mann. 'Het scheelde maar een haar.'

'Ja,' zei ik. 'Nog een zo'n kloppartij en ik vraag no-claimkorting op mijn levensverzekering.'

'Noteer maar, één wederdienst,' zei Mann en stompte dankbaar mijn arm.

'Hart probeerde Greenwood te beschermen,' zei ik. 'Zag je dat?'

Mann glimlachte grimmig. 'Hart wilde niet een goeie gijzelaar kwijtraken,' zei hij.

'Misschien,' zei ik.

'En de geachte juffrouw Bancroft deed ook niet veel moeite om iemand te beletten te schieten, vond je niet?' vroeg Mann.

'Misschien kreeg ze geen kans,' zei ik.

'En misschien zijn we haar aan mevrouw Bekuv kwijtgeraakt. Misschien hebben we, in plaats van er een overloper bij te krijgen, een agent verloren.'

Ik zag hoe de trap werd weggereden en de Iljoesjin naar stuurboord draaide met de voorkant naar de startbaan. De toenemende hitte van de straalmotoren veranderde de vliegveldgebouwen in grijze gelatinepudding en stuurde ons genoeg onverbrand hydrocarbonaat om onze ogen aan het tranen te brengen. De uitlaatgassen spreidden zich over de startbaan, deden de plassen van de hitte trillen en de kleding van de twee doden zachtjes bewegen.

Ik verzette Manns portofoon op de frequentie van de vluchtcontrole en hoorde de Algerijnse piloot zeggen: 'Toren – dit is Alfa dubbel acht, verzoek toestemming voor opstijgen.'

Het antwoord kwam onmiddellijk: 'Roger Alfa dubbel acht, toestemming voor baan twee-vijf, toestemming voor opstijgen. Wind uit richting twee zeven nul, van acht tot vijftien knopen ...' Ik zette het apparaat af en we keken toe hoe de Iljoesjin naar het andere eind van de baan sjokte.

Mann bloedde hevig. 'Laten we maar een dokter opzoeken,' zei ik.

'Voel je je niet goed?' informeerde Mann beleefd.

De motoren van de Iljoesjin draaiden een voor een op volle kracht. Dan, met de remmen los, werd het groter en groter tot het, toen het over ons heen leek te gaan rijden, van de grond loskwam. Met een trommelvliezen scheurend gebrul vloog het laag boven onze hoofden.

'Inderdaad,' zei ik.

Hoofdstuk eenentwintig

De stad Algiers past precies in de curve van haar grote baai. Het is een stad van smalle stegen en steile trappen, van hutten en hoge kantoorgebouwen, van verborgen tuinen en brede boulevards. Aan de voet van de stad ligt een drukke haven. Daarachter kronkelen zich de wegen omhoog naar de groene heuvels en de naaldwouden en nog hoger het Atlasgebergte in. Het is er weinig comfortabel. Van de hele Afrikaanse kust wordt in de zomer alleen maar de Rode Zee warmer, en er zijn maar weinig plaatsen waar het zoveel regent in de winter. Tegen de tijd dat we aankwamen was het al donker en goot het.

Percy Dempsey wachtte ons op het vliegveld op. Hij had zijn eigen Peugeot 504 meegebracht, een auto die je niet zo vaak langs de woestijnroutes kapot aan de kant ziet staan, zilver gepolijst door het zand. Diep in het zuiden van de Sahara zie je alleen maar Peugeots en Landrovers, en de sjieke kleine wagens die met een transport zijn meegekomen. En Percy's auto was verbouwd; hij had het oliereservoir laten weghalen om een vlakke onderkant te krijgen. Het reservoir was in de kofferbak ondergebracht, dat scheelde wel wat laadruimte maar de grotere geschiktheid voor de woestijn was dat dubbel en dwars waard.

Percy Dempsey droeg een kostuum – misschien had het telegram of de plaatselijke CIA-agent bij hem de verwachting van een langdurig contract met de Amerikanen gewekt – een vest en zijn schooldas; voor zover ik me kon herinneren Charterhouse. De gore regenjas was wat teleurstellend, maar misschien dacht hij wel dat dat *de rigueur* was voor spionnen. Het verkeer in Algiers bewoog traag door de nacht. Gele koplampen schenen door het opgeworpen water en de duisternis heen.

'Ik heb een van mijn mensen naar Ghardaia gestuurd,' zei Percy. 'Als ze naar het zuiden naar de Sahara gaan moeten ze daar langskomen.'

'Heeft hij een radio in zijn auto?' vroeg Mann.

'Dat is te gevaarlijk, majoor,' zei Percy. 'Alleen de politie mag zich een dergelijke luxe veroorloven. Je kunt in al die stadjes en dorpjes het politiebureau vinden door alleen maar het enige gebouw met een radiomast te zoeken.' Percy mompelde een vriendelijke Arabische vloek toen de vrachtwagen voor ons stopte en aangaf dat hij naar de haven afsloeg.

'Hoe weten we dan of er daar iets aan de hand is?'

'Mijn man logeert in een hotel, majoor. We kunnen met hem telefoneren.' Achter ons toeterde een auto en de auto daarachter ook.

'We weten niet eens zeker of ze naar het zuiden gaan,' zei Mann. 'Ze kunnen evengoed een overstap nemen op de Aeroflotvlucht en rechtstreeks naar Moskou doorgaan.'

'Ik stel voor dat we wat gaan eten,' zei Percy. Het duurt nog uren voor ze hier zijn. U hebt het vlug gedaan.' De vrachtauto was gedraaid en we konden verder naar de stad.

'Ze hebben hun net genoeg brandstof verkocht om Londen te halen,' zei ik. 'Dat kost ze nog eens twee uur extra.'

'Je gelooft niet dat ze in Londen op een ander vliegtuig overstappen?' vroeg Percy.

'Daar wordt voor gezorgd,' zei ik. We stopten voor een drukke kruising waar een agent met zijn knuppel jongleerde en op een fluitje blies.

'Bekuv gaat vast en zeker naar het zuiden,' zei Percy. 'Dat voelde ik al toen we hem voor het eerst ontmoetten. Hij had daar in de woestijn nog iets te regelen.' Hij sloeg van de grote verkeersweg af steeds nauwere straten in.

'Waar zat jij toen we je nodig hadden?' vroeg Mann sarcastisch. 'Nakaarten,' gaf Percy toe. 'alleen maar achterafgepraat, toegegeven. Maar als je denkt aan zijn weifelen toen . . .' Hij wees. 'Dat is de Kasbah,' zei hij. 'De grote markt.'

Mann knikte.

Percy zei: 'Naar het zuiden ga je alleen maar als je een doel hebt. Je kunt je niet verbergen in de Sahara. Zoeken ze iets? Weten jullie wat?' Hij parkeerde zijn auto op een privéparkeerplaats.

'Nee,' zei ik.

'Groot of klein?'

'Groot,' zei ik.

'Hoe kan je dat in godsnaam weten?' vroeg Mann.

'Deductie. Iets kleins zou hij hebben geprobeerd mee te nemen. Zelfs iets van gemiddelde grootte zou hem in de verleiding hebben gebracht het via een dorpskantoor poste restante naar de vs te versturen.'

'Krijg de tering,' zei Mann. 'Ze proberen misschien niet eens van het vliegveld af te komen.'

'Groot,' zei ik. 'Het zal iets groots zijn.'

Percy sloot de auto af en ging ons voor in de doolfhof van stegen, de een nog nauwer dan de ander. Om de twee winkels was een slagerij en de karkassen werden met huid en haar tentoongesteld. 'Bàh,' zei Mann.

Percy had het plekje ontdekt toen hij nog een jong officier was van het Eerste Leger tijdens de oorlog. In 1955 was hij teruggekeerd en had er, met tussenpozen, steeds gewoond ondanks de gevechten en de beperkende bepalingen en de andere moeilijkheden die daarop waren gevolgd. Natuurlijk sprak Percy Arabisch, niet het hete-aardappel-gedoe van de Egyptische intellectuelen die aan de universiteit vergelijkende literatuurstudie doceerden, maar het rauwe dialect van de Sahara-dorpen en het laconieke gemurmureer van de nomaden.

De steeg waar Percy woonde was smal en steil. De meeste ramen waren geblindeerd, maar een café was te herkennen aan de heldergele lichtplekken en het jammerende gezang van Om Kalsoem, de Ella Fitzgerald van de Arabische pop.

Dit gedeelte van de Arabische wijk was haast duizend jaar onveranderd gebleven. De percelen waren alleen maar door algemene afspraak bepaald, want de kamers van het ene huis vormden de bovenverdieping van het andere. De voorkant van Percy's huis was niet breder dan de kaalgetrapte oude deur, maar eenmaal binnen bleek het wel twaalf kamers te bevatten met aan de achterkant uitzicht op de hof van een vervallen moskee.

Ik hoorde hoe Percy in het achterhuis zijn bediende opdracht gaf eten te halen. Toen kwam hij weer naar voren en schonk voor mij wijn in en voor majoor Mann Jack Daniels-whisky. Percy had dat soort geheugen.

Drie van de oorspronkelijke, kluisachtige kamertjes waren doorgebroken. Het hoogteverschil zorgde voor een opstapje voor elke kamer zodat de eetruimte een verhoging vormde aan het ene eind van de zitkamer. Antieke zwaarden hingen boven de open haard, waarin rook oprees van een nauwelijks brandend blokkenvuur. Boven de eettafel – hij was te groot en de plafonds te laag om ergens anders te kunnen hangen – hing een koperen kandelier waarvan verluidde dat hij geplunderd was uit een huis in Oran toen de Fransen wegtrokken. Een rijk versierde 'Chinees-Westeuropees antieke' spiegel gunde een iegelijk die aan het hoofd van de tafel zat een blik in de keuken. De vloer was van vurenhout en gepolijst als een spiegel. De karpetten waren geborsteld, de boeken op de planken waren gerangschikt naar grootte in plaats van onderwerp en de spiegel glom net zoals de koperen kandelier en de vlijmen van de zwaarden. En toch was het er niet gezellig. Het was een combinatie van dwangmatige netheid en mannelijke ordelijkheid die je maar zelden tegenkomt, misschien in een vuurtoren.

Mann liet zich op de sofa zakken, zijn glas omhooghoudend zodat hij niet zou morsen. 'Hoe weet je dat ze op tijd zullen bellen?'

Percy zei: 'Ga nu even rustig zitten; jullie hebben een lange reis achter de rug.'

'Waarom kijk je niet even of je telefoon goed werkt?' Het was geen opmerking, het was een bevel.

'Heb ik al gedaan,' zei Percy. Hij schonk zich een beetje tonic in en wendde zich naar Mann. Nu hij zijn hoed had afgezet kon je de kaalgeschoren plek en de grote roze plakpleister zien die de arts had aangebracht op de schampschotwond. De kneusplek van de inslag liep van zijn blauwe oog tot aan zijn stijve nek. Percy bekeek het geheel met belangstelling, maar gaf geen commentaar.

Mann keek nijdig en dronk van zijn whisky. Ik kon zien dat hij van harte instemde met de hoge hygiënestandaard die hij om zich heen kon zien.

Percy zei: 'Ik hoop dat jullie van Arabisch voedsel houden.' Hij boog zich over de eettafel om het bestek en de glazen opnieuw te rangschikken.

'Ik ben niet dat hele eind gekomen om de keuken te proberen,' zei Mann.

'Maar dit is verrukkelijk,' zei Percy.

'Moet je horen, maat, mijn idee van culinaire exotica is een portie bami speciaal bij de Chinees.'

Percy glimlachte, maar zijn glimlach verstijfde en hij ging verder met het rangschikken van de tafel zonder dat zijn hart erin lag.

Ik ging door de keuken naar het achterbalkon. Het leek wel een poppenhuis, het balkon was niet groter dan een zakdoek en je kon van daar naar de straat spuwen. Er was een schitterend uitzicht.

De regen was vrijwel opgehouden en de sterren gluurden door de scheuren in het wolkendek. Je kon de oude haven en de donkere oceaan erachter zien. De Grote Moskee vormde een silhouet tegen de nachthemel en ik kon dezelfde Arabische muziek horen die ook op straat had geklonken.

Percy kwam fluitend de keuken in. Hij nam het deksel van een pan en tilde een gekookte kreeft uit het water. Hij spleet hem in delen met de vaardigheid en kracht van een echte kok. 'Je vriend...' zei hij, de kreeft bekijkend, 'denk je dat hij last heeft van die klap op zijn hoofd?'

'Nee, zo is hij altijd,' zei ik.

'Merkwaardige kerel... hij kan geen seconde stilzitten.' De voordeur ging open. 'Mijn bediende met het eten,' zei Percy.

Uit de kamer naast ons brulde Mann: 'Hé opa, d'r is hier een kelner met een berg vreten.'

'O hemel,' zuchtte Percy.

Tegen de tijd dat ik terugkwam in de eetkamer was de tafel bedekt met schoteltjes die de Arabieren *mezze* noemen. Er waren mini-kebabs, gesneden tomaten, glinsterende zwarte olijven, gevulde wijnrankbladeren en hapgrote pasteitjes van zacht bladerdeeg. De bediende was een jongeman. Zijn gesteven witte jasje was nat van de regen en ik concludeerde dat hij naar een of ander restaurant was geweest om het eten en de sterke Arabische koffie die ik kon ruiken, te halen. Het was een knappe jongen, erg slank met zorgvuldig gekamd haar en grote, droeve bruine ogen. Hij hield Percy voortdurend in de gaten. Vroeger had Percy's keus van dergelijke jonge knappe bedienden me onverschillig gelaten – had ik er zelfs om geglimlacht – maar tegenwoordig viel het me steeds moeilijker dit af te doen als een deel van de fascinerende scala van het menselijke driftleven.

'Ik wil geen rotzooi,' zei Mann. Hij stak het servet in zijn boord en boog zich over de tafel, ruikend aan de *mezze* en de schotels opzij schuivend tot hij aan de schaal met de warme kreeft kwam. Hij prikte een groot stuk op zijn vork.

'Alles gaat goed,' zei Percy. Hij overhandigde de bediende het lege dienblad en gaf aan dat hij zelf de koffie zou inschenken. De jongen trok zich terug. 'Ik rij,' zei Percy. 'Ik ken de wegen. Ik heb bijna twintig jaar doorgebracht met rijden door de woestijn. De bergwegen zijn nauw en gevaarlijk, met haarspeldbochten, drukke

211

dorpen en buschauffeurs die alleen het gaspedaal en de toeter kunnen vinden. Als je maar jong genoeg bent en roekeloos...' Percy wachtte even, '...om maar niet te zeggen angstig genoeg, kun je elke auto die je volgt vóórblijven.'

'Of je doodrijden,' zei Mann met een groot stuk kreeft in zijn mond.

'Of je doodrijden,' zei Percy, mes en vork opnemend. 'Er is bier en ouzo, of wil je met de whisky doorgaan?'

'En als je over de bergen bent?' vroeg Mann. Hij leunde achterover in de fragiele stoel tot deze kraakte en hield een aangespietst stuk kreeft omhoog waar hij stukken afbeet, goedkeurend knikkend over de smaak.

'Het plateau en dan weer bergen – de Nagel van Oeled – voor je aankomt in Laghoeat waar de echte woestijn begint: in totaal zo'n 400 km.'

'Tegen die tijd hebben ze in de gaten dat ze gevolgd worden,' zei Mann.

'Mijn beste kerel,' giechelde Percy. 'Hij weet nog voor we in de heuvels zijn dat hij gevolgd wordt. Als je onopvallend wil doen, kun je het wel vergeten. Rond deze tijd van het jaar zijn er vrijwel geen particuliere auto's in de woestijn. Hij ziet onze stofwolk op een afstand van honderd kilometer.'

Mann prikte in een paar blokjes gegrilleerde kaas voor hij er een in zijn mond stak. Het was erg heet. Hij probeerde het ongemak niet te laten merken hoewel de tranen in zijn ogen stonden.

'Ik vind dat Percy moet rijden,' zei ik.

Mann drukte zijn servet tegen zijn mond, knikte, keek of wij keken en slikte eindelijk de gloeiend hete kaas door.

'Dat is dan geregeld,' zei Percy en reikte naar dezelfde hete kaasblokjes. Hij stopte er drie in zijn mond en kauwde er onaangedaan op. Ik besefte dat de overeenkomst in hun opvoeding hen zo weerspannig tegen elkaar maakte. Verwissel Percy's Engelse kostschool voor de Middenamerikaanse militaire academie waar Manns van elkaar vervreemde ouders hem hadden heengestuurd, en de een zou de ander geworden zijn.

Het was tegen twaalven toen de Algerijnse jet op het vliegveld van Algiers aankwam. Mevrouw Bekuv moet hebben geweten dat we aan de andere kant van de afscheiding op haar stonden te wachten. Wat voor overeenkomst de mensen van de Russische handelsdelegatie met de autoriteiten ook mochten hebben gemaakt, de toestemming om aan de andere kant het vliegveld te verlaten hoorde er in ieder geval bij. We hadden haar bijna helemaal gemist – maar Percy's kameraad bij de immigratiedienst gaf ons de tip en we gingen achter haar aan.

Ze zaten in een Landrover, de twee Bekuvs, Red Bancroft en de chauffeur die de wagen had afgeleverd. Het was het donkerste uur voordat het licht wordt, zoals je in de boeken kunt lezen en de voorruit droop van de regen en de auto voor ons was niet meer dan een vage lichtvlek met af en toe een paar rode puntjes als de chauffeur op de remmen trapte.

We spraken weinig, het geluid van de motor, de zware regen en het gesnor van de ruitewissers verplichtte Percy te schreeuwen. 'Die knul is verrekte goed, als je het mij vraagt.'

We gingen omhoog. De dorpjes waren stil en de luiken waren gesloten. Het weerkaatsende geluid gaf een brullend antwoord terwijl we erdoorheen raasden. De regen viel voortdurend. De banden waren onzeker op de steile, bochtige weg. Percy klauwde aan het stuur terwijl elke haarspeldbocht werd gevolgd door een andere. De voorruit lichtte roze op met het eerste ochtendgloren. 'We zijn sneller dan hij,' zei Percy, 'maar zijn wegligging is beter. Verdomme!' Hij claxonneerde toen een man op een muilezel de weg opschommelde. 'Het is moeilijk te zeggen wat de doorslag zal geven.'

'Ze weten dat we achter ze zitten,' zei Mann.

'Een chauffeur als die daar,' zei Percy met onverbloemde bewondering, 'heeft al uitgerekend wat onze bandenspanning is en hoeveel ik gisteravond heb gedronken.'

De zon kwam erg vlug op, nu en dan verborgen door de zwarte wolken die langs de horizon snelden, en zijn bijna horizontale stralen priemden in onze ogen telkens vanuit een andere richting met het draaien van de auto. Percy klapte het zonnescherm helemaal omlaag maar het hielp niet veel.

Ze begonnen nu het tempo te verhogen en de weg werd nog moeilijker. Aan de ene kant was een steile helling: naaldbomen en kale, verticale rotsen; aan de andere kant een rechte kloof die niet was afgeschermd. Niet al het wegdek was verhard. Meer dan eens hamerde een stuk losse grond de metalen onderkant en stuurde de auto in een slip en liet de wielen doordraaien.

Percy tuurde recht vooruit, zich concentrerend op de dichtstbijzijnde rand van de weg en trapte het gas in zodra bleek dat een bocht niet meer dan een slinger was. Hij maakte ook gebruik van de omhooglopende zijkant van de weg om maximale grip te krijgen en met een snelle stoot te kunnen accelereren. Een gedeelte van de weg sprongen we letterlijk van de ene berm naar de volgende.

'Jezus,' zei Mann de eerste keer dat Percy dit deed, maar de allesdoorelkaarschuddende klap waarmee de auto op de weg terugkwam maakte dat hij op zijn tong beet en zijwaarts op de achterbank viel.

'Houd je vast,' zei Percy en liet een flikkerachtig gegiechel horen. Mann vloekte met opeengeklemde tanden.

Voor ons verdween de Landrover in een fontein toen hij een vol regenwater staande geul raakte en een luchtsprong maakte. Percy pompte de remmen, telkens de druk wat verminderend als de neus van de auto op de schokbrekers naar beneden ging. Tegen de tijd dat we bij de geul waren was de snelheid gezakt tot zestig kilometer. De andere wagen had voldoende water uit de geul geworpen zodat we de scherpgerande rij gaten konden zien. Percy gaf een slag aan het stuur zodat we een flauwe bocht maakten waardoor de rechterwielen – waar de belasting minder was – over het grootste gat gingen.

Ondanks al zijn kunde kwamen we met een hersenverpletterende klap en een afschuwelijk metaalgekrijs neer. Mann sloeg zijn handen om zijn hoofd om zichzelf nog meer pijn te besparen.

Maar de Landrover had ook moeilijkheden. Er zaten daar vier man in gepakt en de zware klap moest ze flink door elkaar hebben geschud, want ze hadden zoveel vertraagd dat we nu in het door hun wielen opgeworpen water reden.

'Pak 'r bij d'r reet,' zei Mann. Percy kwam dichterbij en nu konden we zien dat mevrouw Bekuv aan het stuur zat. Een paar mijl raceten we vlak bij elkaar.

'In het mulle zand, daar lachen ze ons uit,' zei Percy. 'Met die aandrijving op alle vier wielen kunnen ze de woestijn inkruipen en weer teruggaan op het asfalt terwijl wij nog bezig zijn ons uit te graven.'

'Heb je zandmatten meegebracht?' zei Mann, bereid tot ruzie.

'Wat zijn dat?' vroeg Percy zijn hoofd verdraaiend om Manns

reactie in de spiegel te kunnen bekijken. Mann glimlachte humorloos en zei niets.

Hoewel de zon hoger stond werd ze verduisterd door de regenwolken. Een paar gele lichten hoog op de weg voor ons werden snel een dorp. De toeter van de Landrover echode in de nauwe straten. Nauwelijks vertragend volgden wij in de bochtige stegen. Een plotseling gegil van de remmen deelde ons mede dat mevrouw Bekuv de grote woestijnbus had gezien die midden op de weg geparkeerd stond, maar de Landrover racete verder, de snelheid nauwelijks verminderend. Een frontale botsing vermijdend met de kleinst denkbare marge klom de Landrover schokkend op het trottoir en gierde door de nauwe opening. Percy volgde. Mannen en vrouwen vluchtten. Een sneeuwstorm van kippeveren daalde op ons toen het pluimvee uit de kratten op de imperiaal van de bus losbrak en door de lucht fladderde en ik hoorde een misselijk makende klap toen er een de zijkant van de wagen raakte. Dan waren we erdoor en weer op de weg door de bergen. Het wegdek bestond uit los grint en Percy bleef wat terug toen steentjes tegen onze voorruit begonnen te kletteren.

'Zo maar houden,' zei Mann en enkele minuten deden we dat. Toen, na een recht stuk nadat Percy de snelheidswijzer voorbij de honderdvijftig had geduwd, maakte de weg plotseling een slinger en verloor zich in een wirwar van haarspeldbochten langs een korte, rijkbegroeide vallei.

'Jezus!' gilde Mann en ik hoorde Percy's adem stokken. Voor ons vertraagde de Landrover. Op dit rechte stuk weg betekende dat nog altijd zo'n tachtig kilometer. Hij slipte een beetje zijwaarts, kwispelde met het achterstuk en vermeerderde weer vaart terwijl een groot stuk ervan op de weg viel. Percy bracht zijn arm voor mijn borst toen hij hard op de rem trapte. Met gillende banden kwamen we tot stilstand. Zelfs toen moesten we nog achteruit rijden om het pak te vinden dat ze naar buiten hadden geworpen. Mann was voor mij de wagen uit. Het door de regen doorweekte gras was hoog en het verwrongen lichaam van de man zat erin verward. We knielden bij hem neer en Mann tilde zijn slappe arm op en probeerde zijn pols te voelen.

'De chauffeur van de Handelsdelegatie – lijkt me een Rus.'

'Arme donder,' zei ik. De man kreunde en toen hij zijn mond opendeed zag ik dat zijn tanden rood van het bloed waren. 'Ze hebben hem eruitgegooid om het gewicht te verminderen,' zei ik. De jongen gaf over. Het meeste was bloed.

'Het lijkt me ook,' zei Mann. Tegen de jongen zei hij: 'Wie heeft dat gedaan?' maar hij kreeg alleen een gekreun als antwoord.

'Wat voor mensen zijn dat met wie we bezig zijn?' vroeg ik. Ik veegde het gezicht van de jongen met mijn zakdoek af.

'We moeten verder,' zei Mann en stond op.

'We kunnen hem hier toch niet laten liggen?' protesteerde ik.

'We hebben geen keus,' zei Mann. 'Jezus, dat weet je toch. Ze rekenen erop dat we zo week zijn dat we bij die jongen blijven.'

Ik stond op. 'Nee,' zei ik. 'Ik denk dat ze langzaam genoeg wilden om hem er zonder gevaar uit te laten, maar dat ze zich misrekend hebben.'

'Dat klopt,' zei Mann. 'En Sinterklaas bestaat ook echt – trap 'm op zijn staart, schat.'

Er klonk een gebrul van de motor toen Percy op het gaspedaal drukte. De stervende jongen keek me smekend aan, maar ik wendde me van hem af en volgde Mann naar de auto. Percy trok op voor we de portieren dicht hadden.

'Haal hem in!' beval Mann.

'Dat is het probleem niet,' zei Percy. 'De moeilijkheid is ze terug te vinden als ze van de weg gaan en zich verbergen.' Toen besefte ik dat ze allebei dat soort eerlijkheid en plichtsbetrachting bezaten dat maakte dat zij de stervende jongen daar zo maar achter konden laten. Ik kon het niet bewonderen.

'Daar, daar, daar!' zei Mann.

De donkergroene Landrover was niet groter dan een speelgoedautootje en moeilijk te zien tussen de naaldbomen en de met modder bespatte rotsen. Maar nu Mann hem had aangewezen zag ik hem achter bomen duiken en wegvluchten over de gebochelde brug die de bodem van de vallei aangaf.

Nu was het weer een andere manier van rijden, op sommige stukken steil naar beneden, met steeds meer mensen op de weg, en ook paarden. Op een gegeven ogenblik gebaarde een paar soldaten ons te stoppen. Percy toeterde luid en ze sprongen opzij.

'Was dat een wegversperring?' vroeg Mann.

'Lifters,' zei Percy.

'Laten we hopen dat je gelijk hebt,' zei Mann.

We konden de Landrover niet meer zien. Hij moest al een kilometer of drie de vallei in zijn. Percy voerde de snelheid op, glijdend en slippend op het grint en de modder. Toen klom de weg weer zo'n driehonderd meter. Het was hier droger, behalve het regenwater dat uit de overvolle kreken op de weg spetterde. We staken de kam van de volgende heuvel over en zagen een bleke hemel, glazig als een roze gekleurde spiegel. Percy kneep zijn ogen samen om de slingerende weg te kunnen zien. De andere auto zagen we niet meer en Percy reed sneller en sneller. Voor het eerst in mijn leven voelde ik me wagenziek.

Percy had een verbazende bochtentechniek: hij dook er op volle snelheid in en, kort voor de bocht, stuurde hij de verkeerde kant op – om snelheid te verliezen – en daarna de andere kant op. Het slingereffect wierp ons dan rond de haarspeldbocht. En Percy stampte het gas in, zelfs nog voor de wagen ver genoeg doorgegleden was om het volgende stuk voor zich te hebben. We stormden zo snel naar voren dat de rugleuning tegen mijn nieren stootte. Er was geen ruimte om een foutje te maken. Aan de linkerkant van de weg was een scherpgepunte rots, aan de andere kant een afgrond. Alle ruiten waren overdekt met modderwater en alleen het stukje dat door de ruitewissers werd bestreken bood uitzicht. Een miezelregen viel, maar het was niet genoeg om de modder van de zijruiten weg te wassen en maar nauwelijks voldoende om de ruitewissers te smeren. De volgende bocht bracht een vloedstroom van los grint en modder. Percy draaide zijn raampje omlaag om beter te kunnen zien en ik deed hetzelfde. De kille wind huilde door de wagen.

We reden met honderdzestig over een heuveltje toen we het zagen. Volgens de theorie moet je, als je met die snelheid een kudde schapen raakt, eroverheen glijden als een schaatsenrijder in een abattoir. Dat klopt niet. 'We hebben het gehad,' schreeuwde Percy. Er was geen kans de dieren te ontwijken; ze waren overal, er moeten er honderden geweest zijn, blatend, rennend of ons versteend door angst aanstarend.

Percy trapte op het gas en stuurde recht op de rotswand af. We raakten de wand met een ruggegraatkneuzende klap die de carrosserie deed zingen als een stemvork. Die eerste klap rukte alleen een voorwiel af. Daarna werd een deel van de wielophanging en carrosserie weggeslagen. De neus zakte omlaag en beitelde zich een weg door het wegdek en wierp een storm van steentjes op die

217

als het vuur van een zwaar machinegeweer de voorruit wegsloegen. We 'gaven snelheid af' en terwijl de wagen vaart minderde zwiepte de achterkant naar voren zodat we een halve cirkel maakten.

Percy deed het allemaal volgens het boekje. Hij hield zijn voet op het gas en de doordraaiende wielen vertraagden ons enigszins, het rubber aan stukken scheurend en een zwarte wolk opwerpend die voor een totale verduistering zorgde. Maar we gingen niet langzaam genoeg en met brullende motor schoten we met 100 km per uur achterwaarts.

Ik rukte aan de deur maar kon het veiligheidsknopje niet vinden. Mijn stoel brak af en mijn hoofd sloeg tegen het dak toen we van de rand van de wereld afstortten. De motor gilde en de aarde hing scheef in de lucht toen we de helling afgleden in een groene sneeuwstorm en een donderend bombardement van auto-onderdelen. Twee keer werd de wagen bijna tegengehouden door bomen en struiken, maar twee keer scheurde hij zich erdoorheen. Maar nu, de ophanging verdwenen en met een afgerukt wiel, groeven we ons een greppel in de zachte heuvelgrond. We minderden vaart, schokten, sloegen om en werden eindelijk tegengehouden door een wirwar van doornen, rotsen en struiken. Ik lag plat achterover op mijn afgebroken stoel en luisterde naar het gegorgel van ontsnappende vloeistoffen. De lucht was vervuld van benzinestank en ik had wel willen kotsen als ik niet half gewurgd was door mijn veiligheidsgordel.

Percy's ogen waren gesloten en er was veel bloed op zijn gezicht. Ik kon me niet ver genoeg omdraaien om te zien waar Mann was gebleven. Ik probeerde mijn voet los te trekken maar hij zat gevangen in het gemangelde metaal tussen het stuur en het instrumentenbord. Ik trok aan mijn been. Iemand schreeuwde 'brand', maar de stem verzwakte tot een gefluister dat wegdreef in de duisternis. Het was koud, erg, erg koud.

Hoofdstuk tweeëntwintig

Een verblindend licht scheen in mijn ogen en toen ik nog meer bijkwam zag ik de bundel heen en weer bewegen over het plafond en de heldergekleurde islamitische teksten die aan de muren hingen. Het ijzeren bed piepte toen ik me onder de ruwe deken die mijn benen bedekte bewoog. Langzaam bracht ik mijn ogen in focus op de man. Hij zat bewegingloos in een hoek, een dikke man met een ongeschoren gezicht en ogen met dikke leden. Achter hem hing een kapotte klok en een zwaar geretoucheerde litho van een staatsman in uniform.

De dikke man sprak zonder een spier te vertrekken en bijna zonder mondbeweging. 'De man met de hoed ontwaakt.' Zijn Arabisch was van ver oostelijk van hier; mogelijk Egypte waar de man met de hoed – *charwaja* – een ongelovige, een ketter, een vijand is.

Een stem uit een kamer ernaast zei: 'Het is de wil van God,' zonder Gods beslissing van harte toe te juichen.

'Haal hem,' zei de dikke man.

Ik hoorde beweging uit de andere kamer en met moeite draaide ik mijn hoofd zo dat ik de deuropening kon zien. Eindelijk kwam Percy Dempsey te voorschijn. Het verblindende licht kwam weer in mijn ogen en ik zag dat het afkomstig was van een kleine muurspiegel die bewoog op de tocht van de open deur.

'Hoe voel je je?' vroeg Percy. Hij had een koffiekop in zijn hand.

'Rot,' zei ik. Ik nam de koffie aan. Het was sterk en zwart en erg zoet.

'Je vriend heeft nog een gaatje in zijn hoofd,' zei Percy. 'Hij is niet bewusteloos, maar slaapt nu. Kom maar mee, dan kun je hem zien. Nou zeg, voorzichtig met die koffie.'

Ik stond op en merkte dat ik geheel gekleed was met uitzondering van mijn schoenen. Ik deed ze aan en bij het bukken voelde ik pijn in een dozijn spieren waarvan ik nooit geweten had dat ik ze had. 'Je hebt het prima gedaan, Percy,' zei ik. 'Dank je wel.'

'Als je toch iets moet raken, doe het dan met de achterkant. Mijn oude vader heeft me dat geleerd en hij heeft twee keer achter elkaar Montecarlo gewonnen.'

'Met een auto, hoop ik,' zei ik.

Percy glimlachte beleefd en liet me het kleine kale kamertje zien waarin ze Mann hadden neergelegd. Iemand had zijn das afgedaan, zijn laarzen uitgetrokken en zijn jasje onder zijn hoofd gevouwen. Zijn haar zat in de war en zijn kin was ongeschoren en de kneuzing van het schampschot had de helft van zijn gezicht veranderd in een regenboog van blauw, roze en paars.

Ik boog me over hem en schudde hem wakker. 'Wà?' vroeg Mann. 'Koffie, thee of ikke?' vroeg ik.

'Donder op,' zei Mann zonder zijn ogen te openen. 'Ga weg en laat me in vrede sterven.'

'Bah, spelbreker,' zei ik. 'We willen net zo graag kijken.'

Mann gromde wat en keek op zijn horloge. Hij bewoog zijn arm op en neer alsof hij hem in focus probeerde te krijgen. Ten slotte zei hij; 'We moeten op pad.'

'Waarmee?' vroeg ik. 'De auto is een wrak.'

Percy zei; 'Auto kopen? Maar honderdtwintig op de klok, is van een oude vrijster geweest die er alleen op zondag mee naar de kerk ging. Eerste eigenaar.'

'Huur een andere auto,' zei Mann.

'Heb ik gedaan,' zei Percy. 'Vijf uur geleden toen jullie sliepen. Kan elk ogenblik worden afgeleverd.'

'Geen reden om op je lauweren te rusten,' zei Mann. 'Bel ze op en zeg dat ze opschieten.'

'Zeur niet,' zei Percy. 'Ik heb mijn mannetje in Ghardaia gebeld. Ze hebben daar getankt. Hij volgt ze en zal berichten voor ons achter laten langs de weg.'

'Hoe?' vroeg Mann.

'Dit is de Autobahn niet,' legde Percy uit. 'Dit is de Transsahara. Je gaat naar het zuiden of via In-Salah, of je neemt de andere route via Adrar, Reggane en ten slotte Timboektoe.'

'Dat hebben we de laatste keer gedaan,' zei Mann. Hij veegde met zijn hand zijn gezicht af en betastte voorzichtig de kneusplekken op zijn kin en wang. Toen hees hij zich in zittende positie en vouwde zijn jasje dat onder zijn hoofd had gelegen open. Hij keek mij aan. 'Je ziet er niet zo best uit,' deelde hij me mee.

'En zo voel ik me ook,' gaf ik toe, 'maar *mijn* hersens lopen nog.

Denken jullie nu werkelijk dat mevrouw Bekuv een Landrover wilde omdat de kleur bij haar oorbellen past? Of dat het een extra aanbieding was? Ik geef er de voorkeur aan te vermoeden dat ze vanuit het vliegtuig die auto heeft besteld.'

'Waarom?' vroeg Mann.

'Tja. Waarom? Waarom neem je een auto die door alles kan worden ingehaald, van een autobus tot een Fiatje? Tot hier hebben we haar op de hielen gezeten – waarom heeft ze niet om een opgevoerde auto gevraagd? Als je op het asfalt blijft kun je de rit in een Ferrari maken, als je een paar zandfilters en een carterbeschermingsplaat neemt.'

'Maar je kunt het asfalt niet af,' zei Percy. 'Het wegdek eindigt of bij In-Salah of ten zuiden van Adrar. Daarna is het alleen maar een karrespoor.'

'Briljant,' zei ik sarcastisch. 'Denk je dat ze niet slim genoeg is om zich te laten opwachten door een woestijnauto? Ze zegt dag met haar handje en ze heeft van alle mogelijkheden de beste benut.'

'Ik heb vandaag geen zin in raadseltjes,' zei Mann. 'Leg het me maar uit.'

'Ze gaan van de weg af,' zei ik. 'Wat ze ook van plan mogen zijn, ze gaan dat in ieder geval niet in een of ander overheidshotel doen aan de rand van het zwembad. Ze rijden de woestijn in. En als ze zo slim is als ik denk dat ze is, doet ze dat vannacht.'

'Dat was de reden dat Bekuv noordwaarts kwam in die GAZ,' zei Mann. 'Het was zo'n opvallende wagen – de enige die ik in heel Algerije gezien heb – hij nam die omdat hij, vóór hij ons ontmoette, een omweg in de woestijn moest maken om te gaan begraven wat ze nu gaan ophalen.'

'Het is te groot om te begraven,' zei ik. 'Dat heb ik al gezegd.'

'Als je gelijk hebt,' zei Percy, 'hebben wij ook een Landrover nodig.'

'Inderdaad,' zei ik.

'Of een vrachtwagen,' zei Percy. 'Een niet te zwaar geladen truck is even woestijnwaardig als een Landrover.'

Mann keerde zich naar Percy en prikte een vinger in zijn borst. 'Ik wil ze door die woestijn volgen waar ze ook heengaan,' zei Mann. 'Regel het zo dat we over zand, door wadi's, op rotsen of wat dan ook kunnen rijden.'

Hoofdstuk drieëntwintig

De woestijn hypnotiseert de mens, net zoals de zee dat kan; niet omdat iedereen zo dol zou zijn op het zand of op het water, maar omdat oceanen en woestijnen de beste plaatsen zijn om het magische effect van voortdurend veranderend daglicht te aanschouwen. Lage heuveltjes, afgeplat door de zenitzon, worden scherpgetande bergen als het zonlicht erover strijkt en de schaduwen, bleekgoud rond het middaguur, worden zwarte, bodemloze poelen.

De zon stond hoog tegen de tijd dat we de woestijn bereikten. Je had op je eigen schaduw kunnen staan, als je de hitte van de loodrechte zon durfde trotseren. Dat deden er niet veel. Alleen 'mad dogs and Englishmen' zoals het lied luidt, en natuurlijk majoor Mann van de CIA.

Via de ventilator van de wagen kwam een constante regen van fijn stofzand binnen. Ik deed de klep dicht en draaide het raam open. De wind was gloeiend. Ik deed het raam weer dicht. Percy wiste zijn voorhoofd af. Voor ons trilde de weg van de hitte. De hemel was niet blauw; hij leek melkachtig wit, net als het zand in de verte. Er was geen horizon. Het brute zonlicht toverde ons grote meren voor die vlak voor we erin doken, verdwenen.

De weg naar het zuiden was aangelegd langs de rand van een zandzee zo groot als Engeland. De duinen leken bruin geschubde, voorhistorische monsters, sluimerend in de hitte en zandfonteinen uitblazend die boven hun koppen wervelden. En over de weg kroop ander zand, spookachtige slangen die tegen de onderkant van de wagen sisten als we ze doorsneden. Op sommige plaatsen had het stuifzand zich op de weg vastgezet en vormde hopen die moeilijk te zien waren. We hadden de veiligheidsriemen zo strak mogelijk gesnoerd, maar dat kan niet verhinderen dat we als we een zandhoop raakten tegen het dak of de zijkant stootten.

'Nog een iets grotere,' zei ik na een bijzonder hevige stoot van zo'n zandhoop, 'en je kunt ons afschrijven.'

'In deze tijd wordt de weg om de week geruimd,' zei Percy. 'Het is altijd een gok of de wind in de goeie hoek staat.'
'En staat de wind in de goeie hoek?'
Hij tilde zijn hand net lang genoeg van het stuur om mij de zand-stormvlek aan de horizon te wijzen die hij de hele tijd in de gaten had gehouden. 'Hij komt ons tegemoet, denk ik.'
'Jezus,' zei Mann. 'Dat hebben we nog net nodig.' We keken zwijgend toe tot Mann zei; 'Is dat een dorp daar voor ons of een oase?'
'Geen van beide,' zei Percy.
'Stop dan maar,' zei Mann. 'Tijd om te pissen.'
Wat op bomen had geleken waren een stuk of twaalf doornstrui-ken, op een dusdanige rij dat je je kon voorstellen dat ze een ondergrondse stroom aangaven als je maar diep genoeg groef. Er stond ook een oude Renault, ontdaan van alles zodat alleen maar het stalen omhulsel over was. De buitenkant was glimmend ge-polijst door het door de wind aangedragen zand; de binnenkant was beroet. Een goede plek om een vuurtje te stoken. Ik keek naar binnen en zag een paar stukken halfverbrande rubberband – de brandstof van de nomaden – en een paar kapotte flessen. Er lag ook een verfrommeld sigarettenpakje. Ik raapte het op en vouwde het uit – Kool Mentholated Filter, de sigaretten die Red Ban-croft rookte. Ik gooide het weer terug, maar ik besefte dat ik nog niet los van haar was.
'Even pissen, zei ik! Niet poepen, geen douche of bad, niet sche-ren en geen permanent.' Het was Mann die een staaltje van zijn favoriete militaire humor weggaf. Hij stond bij de wagen onge-duldig met zijn vingers te knippen. 'En ik rij,' zei hij.
'Goed hoor,' zei Percy, 'we hebben toch geen haast.'
Ik strekte me achterin uit en dommelde wat. Af en toe was er een plotselinge schok die me tegen het dak stompte. De zon zakte en werd geel en toen goud. De hemel verfde zich paars en het leek of de duinen hun rug kromden toen hun schaduw zich uitbreidde. Er kwamen geen vliegen meer op de voorruit en de lucht was droog en de temperatuur ver genoeg gezakt om het de moeite waard te maken het raampje te openen. Het zand siste naar ons en naar het nummerbord dat nu van ruw ijzer was waarop je geen letter of cijfers meer kon zien, het merkteken van wagens die diep de woestijn ingingen.

Ik sliep onrustig, soms wakker geschokt door tegemoetkomende voertuigen die ons van het spoor drongen, soms door het gewichtloos vallen in verschrikkelijke dromen. De zon verdween uit het gezicht en er was nu alleen maar de tunnel die onze koplampen door de oeverloze nacht boorden.

'Mijn mannetje wacht op ons,' zei Percy. Zijn stem was koud en afstandelijk op de wijze die alle mannenstemmen des nachts aannemen. 'Hij heeft kamelen – als we ze nodig hebben.'

'Niet voor mij,' zei Mann. 'Ik probeer het roken op te geven.' Hij lachte luid om zijn eigen grapje maar Percy deed niet mee. Kort daarna moet ik weer in slaap gevallen zijn.

'Je kunt zowel de vs als China in het Afrikaanse continent stoppen en dan heb je nog ruimte om ermee te rammelen,' zei Percy. Hij Reed, met een hoofdletter.

'Ik ken mensen die dat helemaal niet leuk zouden vinden,' zei Mann.

Percy stootte een beleefd lachje uit. Voor ons strekte de weg zich als een liniaal in de dampende hitte uit. Alleen de zandverstuivingen deden Percy af en toe wat snelheid inhouden. 'Een konvooi . . . staat stil, voor zover ik kan zien.' Dempseys ogen leken bijziend als hij de krant las of een van zijn favoriete Simenons, maar hier in de woestijn kon hij uitstekend zien en de vegen aan de horizon eerder determineren voor Mann of ik ze hadden gezien. 'Geen vrachtwagens . . . bussen,' voegde hij eraan toe. 'Het is nog te vroeg voor theepauze.'

De gargantueske opleggers die naar het zuiden, naar Timboektoe denderen, rijden in konvooi. Op elke wagen zijn voldoende chauffeurs om in ploegen te kunnen rijden en slapen. Als ze stoppen is het gewoonlijk net lang genoeg om het water te koken voor de sterke en ontzettend zoete muntthee die de woestijnarabieren nog meer nodig schijnen te hebben dan slaap. Toen we dichterbij kwamen zag ik dat Percy gelijk had. Het waren bussen, maar op hetzelfde gigantische chassis gebouwd als de trucks – uitgerust met chroomstrips en getint vensterglas en op de zijkant de naam van een Duits reisbureau. Een klein oranje tentje naast het spoor dreog het opschrift 'Damen', maar iets soortgelijks voor mannen was er niet. De meesten waren trouwens druk bezig zich op te stellen voor een groepsfoto.

'Niet stoppen,' zei Mann.

'Moet misschien,' zei Percy. 'Als ze moei'ijkheden hebben en we rijden door breekt de hel los.' Hij hield in toen we de bussen passeerden tot een man van middelbare leeftijd in een witte stofjas ons verder wuifde met een gebaar dat alles in orde was.

'Een teken des tijds,' zei Percy. 'De jongelui komen tegenwoordig al in stokoude legerwagentjes.'

Het duurde nog bijna een uur voor we de kaartcoördinaat hadden bereikt waar Percy's man op ons wachtte. Het was verschrikkelijk heet toen we de wagen uitstapten om de plek te bekijken waar de Landrover van de Bekuvs de weg had verlaten en naar het westen de open woestijn was ingereden. De bandensporen waren nog steeds zichtbaar in het mulle zand, maar er was een harde ondergrond die hier en daar gebarsten was en een soort pannen vormden die soms een kilometer breed waren.

We stapten over in de wachtende Landrover en Percy's man ging verder naar het zuiden met de gehuurde auto. Het leek ons beter dat die wagen op tijd de volgende politiepost passeerde. De bewegingen van de gedeukte en geblutste Landrover van Percy's Arabier zouden niet zo nauwgezet worden gevolgd.

'Langzaam aan,' beval Mann. 'Zijn banden zijn dezelfde als de onze.'

'Minder afgesleten,' zei Percy. 'En er is er één die splinternieuw is.'

'Nou, ik heb weinig zin in de brandende zon rond te kruipen om bandensporen met mijn vestzakmicroscoop te onderzoeken,' zei Mann.

Heb je een microscoop?' vroeg Percy. 'Sommige woestijnbloemen zijn zeer de moeite waard om onder een vergrootglas te bekijken.' Het was moeilijk te zeggen wat ernst was en wat spotternij. We verlieten de vlakke, harde grond die de wegenbouwers hadden gekozen om hun weg aan te leggen en die nu veranderde van het grintachtige oppervlak van de – gewone – woestijn in de ruwe wasbordachtige bodem die de schokbrekers in cadans liet schudden. Percy gaf gas tot hij de snelheid vond waarbij de rimpels zich glad leken te strijken en we schoten meer dan uur goed op, tot we de eerste plekken mul zand bereikten. Percy spoedde zich er in het begin vlot doorheen en vond steeds weer een stevig oppervlak voor we vastliepen, maar uiteindelijk moest hij de vierwielaandrijving inschakelen om naar de kant te kruipen.

De grond werd zachter en zachter tot we ons een weg moesten zoeken door een rij duinen. De sporen vermeden de hoogste duinen, maar zelfs dan nog slingerde de Landrover heen en weer als een draaimolen. De overheersende oostenwind had één kant van de duinen tot een langzaam oplopende helling gemaakt, maar de andere kant was soms zeer steil. Toch was er geen andere mogelijkheid dan accelererend over de kam te gaan. Niemand sprak, maar het werd duidelijk dat een fractie meer zand of een moment van onoplettendheid van Percy ons of op de top of in een dal van de duinen zou laten vastlopen. We hadden juist een van de zwakste hellingen beklommen toen ik het zand tegen de onderkant van de Landrover hoorde schuiven en toen rukte Percy aan het stuur zodat we de duinvallei ingleden in een zijwaartse slip die ons in een zandstorm begroef. We hielden zeer scheefhangend halt en Mann vloekte en wreef zijn pijnlijke hoofd. Zelfs door het bruine, wervelende stof kon ik zien wat Percy had laten zwenken. Daar, nog geen vijftig meter voor ons stond een andere Landrover – leeg en verlaten. Nog voor het zand was gaan liggen was Mann de auto al uit en volgde de nog zichtbare sporen die de anderen hadden achtergelaten. Red Bancroft had haar schoenen achtergelaten en een man – professor Bekuv – was gestruikeld en had een lang litteken in het zand achtergelaten.

We volgden de voetsporen zo'n vijftig meter en toen werden de stappen vervangen door brede ondiepe voren met aan de zijkant een lijnenpatroon. Mann herkende als eerste het vreemde spoor. 'Een strandbuggy!' Hij haastte zich naar voren tot hij een plek vond, op de kam van de volgende heuvel, waar de zachte banden zich hadden verbreed. 'Geen twijfel mogelijk – een strandbuggy.' Die wagentjes waren de enige voertuigen die op een dergelijk terrein een landrover konden verslaan.

'Een buggy?' vroeg Percy.

'Een licht open wagentje,' zei ik. 'Plastic carrosserie, vier wielen en speciale zachte banden met een erg brede zool en een canvas dak tegen de zon . . . een roll-bar voor bescherming, kan ook gebruikt worden om een zwaar machinegeweer op te plaatsen . . .'

'Wat lul je . . .' zei Mann en sloeg zijn ogen op naar de volgende kam en zag het toen ook.

Er zaten drie man in de buggy. Ik onderzocht ze zorgvuldig

om na te gaan of ik tekenen van afkomst of politieke binding kon ontdekken. Ze hadden de donkere huid die je vaak in het diepe zuiden ziet. Om hun hoofd tegen de zon te beschermen droegen ze *howli* en hun boernoesen waren gescheurd en vuil, maar waren eens in de *boeboe*-stijl van westelijk Mauretanië geweest. Hun gezichten stonden onbeweeglijk, maar de man op de achterbank maakte een bevelend gebaar met het AKMS-machinegeweer dat hij bediende. Gehoorzaam scharrelden we door het gloeiende zand naar hen toe.

Ze waren op patrouille en na een halfuur lopen zagen we waar ze vandaan kwamen. Het was verbleekt tot bijna de kleur van het witte zand waardoor het werd omringd: een groot fort compleet met kantelen op de torens. Sinds de Romeinen hadden legers dergelijke versterkingen gebouwd om de karavanserais, de waterbronnen en de woestijnwegen te beschermen. De Fransen hadden er nog veel meer gebouwd, het Vreemdelingenlegioen was gebruikt om ze te bemannen. In dit fort woei van de vlaggemast geen doek, er was alleen een wirwar van antennes, schotels, spiralen, hoepels, sterren en kammen, meer antennes dan ik ooit op één plek bij elkaar had gezien.

Eerst realiseerde ik me niet hoe groot het fort was, maar bijna een uur later hadden we nog steeds de massieve deuren niet bereikt. Ik kon zien dat de muren even hoog waren als een gebouw van zes verdiepingen. Toen we er ten slotte aankwamen, werden we door de Arabieren de hoofdingang binnengeleid.

Er was twee stel deuren en opkijkend zag ik het daglicht via het soort openingen waardoor gloeiende olie op belegerende ridders kon worden gestort. Het tweede stel deuren kwam uit op een binnenplaats. Daar stonden nog meer buggy's geparkeerd en verderop een helikopter. Het leek op de kleine Kamov-tweezitter die Bekuv op de dag dat hij overliep achterna had gezeten en de auto met de Arabische jongen erin had beschoten. De schroefbladen waren nu verwijderd en een paar mecaniciens waren bezig met de rotorverbindingen. Het grootste gedeelte van de binnenplaats werd echter ingenomen door twee immense radiotelescopen waarvan de schotels zo'n twintig meter doorsnede hadden. Bekuv liep daar rond de uitrusting te paraderen en de knoppen en bedrading te beroeren met het soort zwijgende bewondering die meestal alleen voor erg antieke auto's of erg nieuwe maîtresses wordt opgebracht.

'Jezus Christus!' zei Mann zacht toen hij de radiotelescopen zag en besefte waarvoor ze werden gebruikt. Hij riep naar Bekuv; 'Hé, professor. Alles in orde?'

Bekuv bekeek ons lange tijd voor hij antwoord gaf. Toen zei hij 'Kom hier.' Het was een bevel. We schuifelden naar hem toe.

'Waarom hebt u ons dat niet gezegd?' zei Mann. 'Waarom hebt u niet gezegd dat u dit volgstation hebt ontworpen om de communicatiesatellieten droog te melken? Was het uw idee?'

Het lukte Mann niet om de bewondering uit zijn stem te weren en Bekuv glimlachte waarderend. Hij gaf Mann een veldfles die aan zijn riem hing. Mann dronk wat en gaf hem toen aan Percy en toen aan mij. Het water was warm en sterk gechloreerd, maar zeer welkom na onze lange wandeling door het zand.

Bekuv hield Mann voortdurend in de gaten en bekeek nauwkeurig zijn gekneusde gezicht en de vies geworden pleister die onder de rand van zijn hoed te zien was. Bekuvs ogen stonden wijd opengesperd, maar misschien leek dat inzicht achteraf zo. 'Ik dacht dat je dood was,' zei hij tegen Mann. 'Ik dacht dat je was neergeschoten op het vliegveld.'

'Ja. Het spijt me,' zei Mann. Hij ging op een kapotte pakkist zitten en sloot de ogen. De tocht door het mulle zand had hem uitgeput.

Bekuv zei: 'Ik had gelijk je niet te vertrouwen. Mijn vrouw zei dat er geen leerstoel was . . . ze zei dat je leugens vertelde . . .'

'. . . en ze regelde met Moskou dat u hier terug kon komen,' zei Mann. 'Jaja, we weten alles. Maar *waarom* wilde u terug?'

'Ze zei dat ik mijn apparatuur moest afbreken en al mijn aantekeningen vernietigen,' zei Bekuv.

'Maar dat doet u niet, hè?' zei ik.

'Nee,' zei Bekuv. 'Ik ga door met mijn werk. Gisteravond heb ik signalen uit Tau Ceti opgevangen.'

'Dat is geweldig,' zei ik, enthousiasme voorwendend.

'Wie is Tau Ceti?' vroeg Mann.

'Een ster,' vertelde ik hem. 'Professor Bekuv ving verleden jaar ook al signalen op.'

'Het is niet waar,' zei Mann.

'Dus je hebt de boeken die ik je heb geleend, gelezen?' vroeg Bekuv.

'En de lezingen en de aantekeningen,' zei ik. 'Ik heb alles gelezen.'

Bekuv zwaaide met zijn hand in de lucht en brabbelde wat in razendsnel Arabisch. Ik kon het niet volgen, maar raadde zo'n beetje dat hij tegen de bewakers zei dat ze Mann en Percy moesten meenemen. Bekuv nam me bij de arm en voerde me naar het hoofdgebouw van het fort. De muren waren bijna een meter dik en leken er al eeuwen te hebben gestaan.

'Hoe oud is dit fort?' vroeg ik, meer om hem goedgezind te houden dan dat ik het wilde weten. Hij tastte in zijn zak en haalde een handvol stenen pijlpunten te voorschijn van het soort dat nomadenkinderen in de dorpen in het zuiden verkopen.

'Romeins,' zei hij. 'Er moet hier altijd zo'n fort zijn geweest. Er is hier water, weet je. De ligging laat wel wat te wensen over, maar we hebben het enige water van honderd mijl in de omtrek.' Hij duwde de enorme, met ijzer beslagen deur open. Binnen in het fort was het donker en zelfs nog buitenissiger. Stralen verblindend Sahara-zonlicht stonden als stutten tegen de spleten in de blinden. Er was een geweldige trap, bepoederd met het licht dat door het kapotte dak scheen, twintig meter boven ons. Maar de kamer waar Bekuv binnenging was als een modern kantoor ingericht: een blits bureau, drie gemakkelijke stoelen, Lenin aan de muur en zoveel boeken dat een inklapbare trapleer noodzakelijk was. Er was nog een deur. Bekuv liep de kamer door om die dicht te doen, maar niet nadat ik een glimp had opgevangen van de glimmende kasten van een radioinstallatie die de de impulsen van de radiotelescopen moest versterken.

Bekuv ging zitten. 'Dus je hebt alles gelezen?'

'Sommige dingen waren te technisch voor mij.'

'Gisteravond heb ik signalen uit Tau Ceti ontvangen.'

'Wat voor signalen?'

Bekuv glimlachte. 'Nou, ik bedoel geen nieuwsberichten of een sportverslag. Contact is een wetenschappelijker omschrijving. Ik heb altijd gezegd dat het eerste interplanetaire contact een of andere duidelijke suggestie van een getal of een reeks zou zijn, uitgedrukt in elektrische impulsen dicht bij de 1420-meterband.'

'Dat herinner ik me,' zei ik. 'Een waterstofatoom draait per seconde 1 420 405 752 maal om zijn eigen kern. De gedachte aan die enorme wolken waterstof, zwevend door het heelal, zoemend op dezelfde golflengte in het elektromagnetisch spectrum . . . dat heeft me altijd al getroffen, professor. Als ik iemand als u had ontmoet toen ik nog jong was, had ik zeker de wetenschap gekozen.'

Bekuv was met me ingenomen. 'Let wel, ik zei *bij* de 1420-meter band. Op precies die lengte hoor je alleen maar het gezoem.'

'En hebt u een antwoord gestuurd?'

'Een reeks binaire getallen – impulsen en stilten om de enen en de nullen aan te duiden – die een schematische weergave zijn van het atoomgetal van koolstof en zuurstof. Op zijn minst zal het uitgelegd worden als een teken dat er hier intelligent leven is. Op zijn best zegt het ze iets over de omgeving waarin we leven.'

'Briljant.'

Bekuv keek op zijn horloge. Hij was opgewonden, verward bijna. 'We maken het zaakje gereed voor vannacht. Allebei de telescopen. Eén wordt er gericht op Tau Ceti en de ander op de open hemel in de buurt. Allebei de telescopen voeden wat ze ontvangen in de computer hiernaast. Die vergelijkt beide informatiestromen en verwerpt alles wat door beide wordt ontvangen. Op die manier raak ik het achtergrondgeluid en het kosmische gekraak kwijt. Alleen de Tau Ceti-signalen komen door de output.' Hij nam een lange papierstrook van de computer-read-out. Het was een doolhof van onbegrijpelijke symbolen. 'Dit is er nog maar drie uur geleden uitgekomen. Wat ze ook zullen zeggen, er zit een regelmatig patroon in de impulsen van Tau Ceti.'

'Wat een droom, professor.'

'Ontneem niemand zijn droom, mijn vriend.'

'U verdient een eerlijk antwoord, professor,' zei ik hem. 'U schijnt de gevaarlijke positie waarin u verkeert niet te begrijpen. Voor de vs betekent u een uiterst pijnlijke situatie en een gevaar door een van de meest vermetele staaltjes van elektronisch afluisteren waar ik ooit van heb gehoord. U hebt Moskou geholpen deze zaak hier op te zetten om de communicatiesatellieten van de vs boven de Atlantische Oceaan af te tappen. Al het materiaal van de commerciële en overheidssatellieten en, tenzij ik me vergis, van FEDSAT, de satelliet die al het geheime diplomatieke materiaal en de voorrangsberichten van de CIA tussen Europa en de vs overbrengt. U moet Moskou alles hebben kunnen verschaffen, van presidentiële telefoongesprekken tot de dagelijkse instructies

van het CIA-hoofdkwartier naar Londen, Bonn en Parijs.'
'Het was een compromis,' zei Bekuv. 'Alle wetenschapsmensen moeten een compromis met de machthebbers sluiten . . . vraag het Leonardo da Vinci maar, of Albert Einstein. Ik had de elektronische stilte van de Sahara nodig. Het is de "koudste plaats ter wereld", om het jargon te gebruiken. De enige manier waarop ik het idee aan het ministerie kon verkopen, was ze te vertellen dat we hier ver genoeg naar het westen zaten om jullie satellieten te kunnen "zien".'

Ik ging naar het raam. De zon was bloedrood en stortte zich ter aarde en er kwam een zuchtje wind zoals vaak bij zonsondergang. Het bracht het zand in beroering en vormde stofwolken die over de woestijn rolden als buitelkruid. 'Het feest is afgelopen, professor,' zei ik. 'Het kapen van dat vliegtuig, de dood van de senator, het verraad en de dood van zijn assistent – hoe denkt u dat ze dat in Washington zullen opvatten . . . het is een kwestie van tijd voor ze om deze plek te vinden. En wat voor Moskou eerst een triomf was, is nu een gevaar geworden en ze zullen dit hier met één vingerknip laten verdwijnen. En u erbij.'

'Nou, zelfs Moskou kan deze plaats niet door een vingerknip van het ene op het andere moment laten verdwijnen.'

'Daar zou ik niet te vast op rekenen, professor.'

'Wat bedoel je?' vroeg hij. Ik zweeg lange tijd en keek naar de ondergaande zon. De woestijnhemel was zo helder als kristal en de sterren waren even dikgezaaid als de suikerkorrels uit een omgevallen pot. Je zou haast in hem geloven. Op zo'n nacht was het mogelijk alles te geloven. 'Ik bedoel dat die signalen vervalst kunnen zijn,' zei ik wreed. 'Experts – wetenschappelijke experts, bereid om hun eigen kleine compromis met de machthebbers te sluiten, zoals Leonardo da Vinci – kunnen zo'n serie signalen hebben ontworpen die u graag wilt horen. Een vliegend luchtmachtlaboratorium van het leger zou waarschijnlijk best de juiste hoogte kunnen halen en rondcirkelen op de plaats die in een directe lijn ligt met Mars of Tau Ceti of Luilekkerland.'

'Nee.'

'Een eindje terug in de woestijn, professor, staan een paar grote touring cars. Als ze halthouden, slaan ze een klein tentje op en zetten er "damestoilet" boven, maar er zijn *geen* dames te zien. Alle toeristen zijn gevechtsklare mannen van midden twintig. En op de zijkant van de bus staat de naam van een Duits reisbureau, als je Berlijn een beetje kent dan weet je dat dat adres aan die kant van de muur is waar geen reclameborden of stemlokalen zijn. Het kan best zijn dat ze klaar staan om hier de rotzooi op te komen ruimen.'

'Wat wil je precies zeggen?'

'Dat u hier weg moet, professor.'

'En meegaan naar Amerika, of Engeland?'

'Op dit ogenblik alleen maar weg.'

'Je bedoelt het goed,' zei Bekuv. 'Daar moet ik je voor danken . . . voor die waarschuwing.'

'En zend in godsnaam geen signaal uit waarmee een vliegtuig ons kan peilen.'

Hij veegde zijn neus af. Hij had zo'n virusaandoening die in de woestijn vaak voorkomen, het slijmvlies wordt geïrriteerd door het stof en het zand en als het eenmaal begint is het moeilijk kwijt te raken.

'Dat is juist de bedoeling,' zei hij. 'Dat is wat ik moet doen.' Zijn stem was schor geworden en zijn neus klonk verstopt. 'Mijn hele leven is op dit moment gericht, dat besef ik nu.'

'U hebt nog een heel leven voor u waarin van alles te bereiken is,' suggereerde ik hem.

'Ik heb *niets* meer voor me. Mijn eigen mensen willen alleen maar dat stuk van mijn kennis dat voor militaire doeleinden gebruikt kan worden. Ik ben slechts in de pure wetenschap geïnteresseerd. Niet in politiek. Maar als je in mijn land apolitiek bent, is dat maar één stap van het fascisme verwijderd. Geen man of vrouw, of kind, wordt toegestaan zijn leven te leiden zonder aan politiek te doen . . . en een echte wetenschapsbeoefenaar kan dat niet. Jullie zijn niets beter . . . ik vertrouwde jullie en jullie vernederden mij met valse papieren die me een leerstoel gaven aan een universiteit die nooit van mij had gehoord en niets van mij wilde horen. Mijn zoon wil jazz-zanger worden en mijn vrouw heeft me verraden.' Hij nieste. 'Verraden met een andere vrouw. Belachelijk, niet? De werkelijke tragedie in mijn leven is dat al mijn tragedies belachelijk zijn.'

'Het leven is een komedie voor hen die denken, en een tragedie voor hen die voelen,' zei ik.

'Wie heeft dat gezegd?'

232

'Weet ik niet,' zei ik. 'Bob Hope of Voltaire of Eichmann; maakt het veel verschil wie het gezegd heeft?'

'Ik *moet* vanavond die signalen zenden. Zelfs als de kans maar één op een miljoen is dat we met een andere wereld kunnen communiceren, dan zou het nog een misdaad zijn – een misdaad tegen de wetenschap – dat te laten lopen.'

'Die andere werelden hebben miljoenen jaren gewacht,' zei ik. 'Ze kunnen nog wel een nacht wachten. Mensen die u willen doden zullen vanavond op de 1420-meterband afstemmen.'

'Dat is de stem van de onwetendheid en achterdocht. Diezelfde gedachten en angsten sleuren de beschaving terug naar de middeleeuwen. Geen wetenschapsbeoefenaar die die naam waardig is, kan zijn persoonlijke veiligheid stellen boven het belang der kennis.

'Ik stelde uw eigen veiligheid niet boven het belang der wetenschap,' zei ik. 'Ik stelde *mijn* veiligheid erboven. Als u hier wilt blijven om met Tau Ceti te praten en bewijzen dat ik ongelijk heb – prima. Maar laat dan de rest van ons de woestijn intrekken.'

'Dan gaan jullie naar de autoweg en daarna naar het noorden om te vluchten. Doe niet alsof dat niet waar is.'

'Ik kan niet voor de anderen spreken,' zei ik. 'Maar wat mij betreft, dat is precies wat ik zou doen.'

Bekuv fronste zijn wenkbrauwen, kwam overeind en deed alsof hij zijn boekenplanken bekeek. Het daglicht was snel verdwenen en de zwakke gele lichtjes op het binnenhof gloeiden helderder op toen de generator werd aangezet en de vloer begon te trillen met een laag rommelend geluid.

'U vrouw rijdt zoals ik nog nooit iemand heb zien rijden, professor,' zei ik. Bekuv wendde zich naar mij om, knikte en haalde een pakje sigaretten uit de lade van zijn bureau. Het waren Amerikaanse sigaretten die hier in Algerije erg duur waren. Hij bood me er een aan die ik met dank aanvaardde.

'We zijn allebei verraden,' zei Bekuv. 'Jouw vrouw, en de mijne . . . zij hebben ons vernederd.'

Ik keek hem aan maar antwoordde niet.

'Ik ga ze allebei doden,' zei Bekuv.

'Uw vrouw en Red Bancroft?'

'Ja. allebei. Alleen op die manier kan ik mijn eer terugwinnen.'

'Hoe wilt u dat doen?' vroeg ik.

'Met mijn blote handen.' Hij hield ze omhoog en maakte een wurggebaar. 'En het zal me een vreugde zijn,' voegde hij eraan toe.

'Weinig wetenschappelijk, professor,' zei ik.

'Je bedoelt dat ik kinderlijk ben.' Hij staarde me aan voor hij zijn neus snoot.

'Erger – als van een kind het speelgoed wordt gepikt, probeert hij het terug te gappen; hij slaat het niet kapot.'

'Ik geef toe, ik houd van haar.' Hij inhaleerde diep en liet de rook langzaam wegkringelen.

'Red Bancroft is het probleem – elimineer haar en uw vrouw komt terug.'

'Ja, ik zal Red Bancroft doden.'

'Dat zou er alleen maar toe leiden dat uw vrouw u voor altijd zal haten.'

'Ik zal een van de Arabieren opdragen haar te doden.'

'Uw vrouw zal weten dat u de order gaf.'

'Ja,' zei hij. Hij drukte de sigaret in een asbak uit. 'Het moet een ongeluk lijken.'

Ik schudde mijn hoofd. 'Uw vrouw zal het raden. Ze is een erg slimme vrouw, professor.'

'Ik moet van dat meisje Bancroft afkomen. Dat begrijp ik nu. Je hebt gelijk. Zij is degene die boosaardig is. Het was die vrouw die mijn vrouw verleidde en haar die onnatuurlijke daden leerde.'

'Precies!' zei ik. 'En er is maar één manier waarop die vrouw kan sterven waarbij u in de ogen van uw vrouw geen enkele blaam zal treffen.'

'Je bedoelt als jij haar doodt.'

'Dat is een werkelijk wetenschappelijke benadering,' zei ik.

Bekuv staarde me aan. 'Waarom zou ik je vertrouwen?'

Ik zei: 'Als ik u zou bedriegen, hoeft u alleen maar majoor Mann te vertellen wat ik heb gedaan en ik sta terecht wegens moord als ik weer terug ben.'

'Dus je wilt dat ik je laat gaan?'

'Denkt u dan dat ik liever hier wil blijven?'

'Nee, waarschijnlijk niet.' Slechts met moeite kon hij zich iemand voorstellen die zo onverschillig tegenover zijn radiotelescopen stond.

'Ik wil een buggy, wat voedsel en water.'

234

'Een buggy, dat kan niet.'

'Goed, dan gaan we te voet, maar we moeten vanavond weg. Mann is ziek. Overdags haalt hij het niet, door de woestijn. Het is een verdomd lang stuk naar de autoweg en wie weet hoe lang we daar moeten wachten . . .' Hij knikte. 'Nog één ding, professor,' zei ik. 'Het moet zo gedaan worden dat Mann en Dempsey niet weten dat ik het heb gedaan.'

Bekuvs ogen flikkerden toen hij glimlachte. De behoedzaamheid die altijd in de geest van een bezetene aanwezig is kan voorzichtigheid waarderen. Hij stak zijn hand naar me uit. 'Die twee mannen kunnen gaan,' zei hij, 'maar jij gaat niet weg voor die vrouw Bancroft dood is.'

Ter bevestiging schudde ik zijn hand.

Het was donker tegen de tijd toen ik bij de kamers kwam waar Mann, Dempsey en de twee vrouwen verbleven. Voor hij overliep, was dit Bekuvs verblijf. De mannen zaten in de zitkamer. Het was er comfortabel. Er hingen een paar tapijten om de scheuren in de muur te verbergen, een nieuwe houten vloer die nog naar anti-termietspray rook, lederen fauteuils, een antiek kruis, een grammofoonplatencollectie en een uitgebreide versterkercombinatie en grote boxen. Een nieuwe Amerikaanse airconditioning ronkte zachtjes in het dichtgemaakte venster.

Percy Dempsey zei: 'We moeten hier weg.' Hij zat op de sofa. Mann zat er ook, maar hij sliep. Percy Dempsey zei: 'Je vriend is ziek. Hij had na het ongeluk terug moeten gaan.'

Ik ging naar Mann toe en bekeek hem. Hij zag eruit of hij koorts had, maar zijn ademhaling was regelmatig en zijn pols was krachtig. 'Dat gaat best,' zei ik.

Percy Dempsey gaf geen antwoord, maar hij was het duidelijk niet met me eens. Hij legde een helderrode deken over Mann heen. Mann werd niet wakker. Ik zei: 'Maak hem maar wakker en zorg dat hij op de been komt. Neem hem mee naar beneden en ga door de hoofdpoort weg. Ga pal naar het westen – je hebt een kompas, niet?'

'Laat hij ons gaan?'

'Ik heb een deal met hem gemaakt. Waar zijn de vrouwen?'

'De keuken door. Er is daar een andere kamer. Ik heb misschien je hulp nodig met majoor Mann,' zei Dempsey.

'Jaag hem maar op,' zei ik. 'Ik haal jullie later wel in.'

'Heb je een kompas?'

'Ik heb gekeken waar de zon onderging. Dat lukt wel. Wacht op me bij de autoweg.'

'Hij is behoorlijk zwaar,' zei Dempsey. Hij greep Manns arm en schudde ruw. 'Kom op,' zei hij.

Ik liep de keuken door, op zoek naar de vrouwen.

Hoofdstuk vierentwintig

De stilte van de woestijnnacht werd verscheurd door de afschuwelijke kreten van mevrouw Bekuv. Ze vocht zich een weg door de Arabieren die in de deuropening beneden aan de trap rondhingen. Haar wild zwaaiende armen stootten een jongen uit zijn evenwicht wat hem een bloedneus kostte. Ze werd nauwelijks tegengehouden toen ze hysterisch schreeuwend over de flauw verlichte binnenplaats naar de grote radiotelescoop rende. De grote schotelvormen waren maar zeer zwak verlicht door de afnemende maan en een duizendtal sterren. Toen mevrouw Bekuv de plaats bereikte waar haar echtgenoot stond, werden haar onverstaanbare kreten begrijpelijk. Het was Russisch. Ik kon hier en daar een paar zinsneden oppikken; 'het meisje is dood . . . wie heeft dat gedaan . . . jij . . . wie zegt het . . . ik haat je . . . waarom moest ze sterven? . . . ik wou dat ik het geweest was . . .' veel werd herhaald in die door droefenis verscheurde litanie waarmee de menselijke geest het verdriet probeert te verdoven.

'Ik was het niet en ook niet een van de Arabieren,' zei Bekuv, maar zijn stem bracht haar niet tot rust en snel maakte zich juist die hysterie van haar meester die hij probeerde te verhelpen.

Hij schreeuwde en sloeg haar in het gezicht – erg hard, op de manier zoals ze dat in oude Hollywood-films deden – maar het maakte het alleen maar erger. Ze vocht nu, slaand, stompend en schoppend, zodat hij haar dicht tegen zich aan moest klemmen om haar tegen te houden. Het was alsof je een panter probeerde te vangen. Een half dozijn Arabieren kwam naar buiten om het gevecht gade te slaan en de vier man die de stuurorganen van de schotels bedienden – Russische technici – hielden met hun werk op om te kijken wat er aan de hand was. Niemand deed iets om het paar te scheiden.

Ik keerde me van het raam af en keek Red Bancroft aan. 'Je kunt trots op haar zijn,' zei ik. 'Het had niet beter gekund.'

'Ze houdt van me,' zei Red Bancroft. Haar stem klonk zakelijk. 'En jij?'

'Ik kan niet meer liefhebben,' zei ze. 'Mijn psychoanalist zegt dat ik biseksueel ben. Hij begrijpt het niet. Ik ben onzijdig.'

'Je hoeft jezelf niet te haten,' zei ik. 'Je hebt haar geen kwaad gedaan.'

'Nee,' zei ze schamper. 'Ik heb haar van haar man weggenomen, ze zal nooit meer haar volwassen zoon zien. Als we hier ooit levend uitkomen, blijft ze haar levenlang een doelwit van de KGB. En wat heb ik haar teruggegeven – niets dan een goed nummer in bed en een boel loze beloften.'

Ik keek op de binnenplaats neer. Twee Arabische bewakers hielden mevrouw Bekuv vast. Ze sprak nog steeds tegen haar man, maar ik kon niets verstaan. Red Bancroft kwam ook naar het raam en keek naar beneden.

'Het lukt haar,' zei ik.

'Ja, het lukt haar,' zei Red. 'Ze is ongelooflijk handig – behalve met mij.'

'Wat is er toch?' vroeg ik.

'Ik durf niet langs dat touw naar beneden. Ik ben bang van hoogtes. Ik word al duizelig, alleen al als ik naar beneden kijk.'

'Ik zal je vastbinden en je laten zakken. Houd je ogen dicht en er kan je niets gebeuren.'

'Komt hij hierboven naar het lijk kijken?' vroeg ze.

'Misschien – maar niet voor hij zijn uitzending heeft verzorgd. En dat vergt uren.'

Ze ging naar het andere raam en keek naar het zand ver beneden haar. Dempsey en Mann waren al vertrokken, maar we konden hen niet zien. 'En de wachten?'

'Maak je geen zorgen,' zei ik. Ik ging naar haar toe en sloeg mijn arm om haar middel. Het was alleen maar een broederlijk gebaar en ze kromp niet ineen zoals ze eerder had gedaan.

'Het spijt me,' zei zij. 'We hebben allebei verloren – maar nu begin ik te geloven dat ik het meest verloren heb.'

'Laat me het touw nu maar vastmaken,' zei ik. 'Donkerder wordt het niet.'

De nacht was koel maar onder onze voeten was het zand warm en mul zodat we weinig en moeilijk opschoten. Zelfs met de sterren als gids verdwaalden we toen de maan was verdwenen. De zandheuvels, als een grote golvende oceaan, voor eeuwig bevroren,

238

glinsterden in het zachte sterrenlicht.

We hoorden niets, het moet erg hoog hebben gevlogen. Er was een flits als van de bliksem, en een gerommel als van de donder. Elders zouden we het betiteld hebben als onweer en onze paraplu's te voorschijn hebben gehaald, wachtend op de regen. Maar dit was vijftienhonderd kilometer diep de Sahara in.

'Denkende bom,' zei Mann. 'Je stuurt een laserstraal van het vliegtuig naar het doel en je laat de bom erlangs glijden.'

'Tenzij je het doelwit zo gek kunt krijgen zelf de straal omhoog te sturen,' zei ik.

Red Bancroft zei niets. Sinds we Mann en Dempsey hadden ingehaald had ze voortdurend een paar passen achter ons gelopen. Verscheidene keren had ik haar zien omdraaien in de hoop dat mevrouw Bekuv daar zou zijn.

Het geluid van de ontploffing rommelde over de lege woestijn, en rolde weer terug, op zoek naar een plaats om weg te sterven. In wachtte tot Red me had ingehaald. Ze had schoenen achter gelaten. Ik stak mijn arm uit, een aanbod voor hulp, maar zonder woorden hinkte ze me voorbij, af en toe uitglijdend op de steile mulle helling van een zandduin. Na de explosie keek ze niet meer om.